U0721775

素履以往

——藏地旅行日志

程伟 著

北京时代华文书局

序一　跋涉的双脚翻阅浩渺书页

陈人杰

西藏自治区文联副主席、2022 年鲁迅文学奖获得者

5 月的拉萨，已是嫩柳吐翠，暗香盈动，偶尔一场春雪飘过，玉树琼枝、中庭飞花，给这座古老而年轻的城市更添几分圣洁、妩媚。独坐文联小院，侧耳倾听清风徐来，享受片刻宁静时光，脑海中浮现出"若能澄心净耳听，万籁俱寂亦是韵"的诗句，正思索着如何遣词造句，一通电话打来，江南好友提到有本游记将要付梓，希望代为写一篇序言。因为都对西藏有着深厚的情结，我从西湖到西藏、从援藏到留藏，恍惚之间，已历十一载，程伟兄多次自驾，穿越青藏、川藏、滇藏线，一路向西，寻访自己心中的精神家园，可谓"心有戚戚焉"，加之邀之再三，却之不恭，只好勉为其难。

中国古代文人向来有寄情山水的独特情怀，他们在风雨兼程里历练才干、增长见识；在山色空蒙中抒情释怀、以遣胸臆；在巴山夜雨间体悟人生离合、岁月悲欢；在楼台庭院前寻访历史尘烟、风流韵事。将俗世的喜怒哀乐融入"且将岁月赠山河"的日子里，在"朝碧海而暮苍梧"中体验心路历程。东坡先生说"人生如逆旅，吾亦是行人"，其实我们在那漫长的宇宙星河里，又何尝不是一道风景。正如作者笔下所写，"旅行的意义，很多时候是在路上，这似乎是人生真实的写照"。

读完程伟兄的旅行四部曲——《一路向西》《在那遥远的地方》《行走香巴拉》《阳光与荒原》及附录《捡拾河湟谷地的历史碎片》，让我想起"身体和灵魂总要有一个在路上"那句话，既感慨于作者有大量闲暇时间来一场说走就走的旅行，也惊讶于作者对藏区的文化和典故如此熟悉，可以做到信手拈来。

在作者的笔下，我深深地感受到大美江山的多彩和秀丽。青藏高原以雄奇美丽而著称于世，由于地球板块运动，形成了独特的地质结构，拥有冰川、湖泊、草原、峡谷等众多的地貌形态，素有"亚洲水塔"之称。在藏区，多少次，当我看到玉寨、康布、九眼、伊日、德冲、羊八井，数不胜数的温泉，在冷雪的地表涌出激荡的暖流，在冷酷的高原地表下，其实奔涌着另一首激情的赞歌，而且因为强烈的反差，凌驾于更大的裂隙之上；在藏区，冈仁波齐、纳木那尼、普若岗日、来古、米堆、格拉丹东，数不胜数的冰川是冰川纪繁衍的女儿，是大自然仅存的乳房，无论走到哪里，她仿佛凝止不动，又恍若无限眷恋；在藏区，山魂水魄只有在匍匐中感知，天空可以在我们脚下，石头曾经高高飞翔，每一朵雪花都是天堂中正在使用的语言。正如作者在写到亚丁时一样："一条溪水不知何时流淌到了我们脚下，葱茏的草甸在眼前铺张，溪流自由、悠闲地在其间蜿蜒，时而在大片的绿色中闪现着点点晶莹。小溪、草甸、牛羊、白云、马儿、蓝天以及不知名的野花，此时，我们似不舍再迈开脚步。""随着视野的拓展，远处雪山向我迎来，在它们的磅礴气势下，峭壁少了冷峻，小溪更加柔情，草甸更加温婉。"祖国的大美江山，在作者的笔下时而婉约，时而妩媚，时而奔放，时而激荡，让人徜徉其间，流连忘返。

在作者的笔下，我深深地感受到西藏历史的厚重与沧桑。提到西藏，我不由得想起仓央嘉措，想起"世间安得双全法，不负如来不负卿"，想起"天上的仙鹤，借我一双洁白的翅膀，我不会远走高飞，飞到理塘就返回"的优美诗句，作为中华文化的重要组成部分，藏族文化以其特质特貌，参与了多元一体的中华文化的同构共建，在"各美其美"的民族文化之中相互映照。在布达拉宫广场，我从松赞干布、文成公主的爱情故事里想象着"天下没有远方，人间都是故乡"的温馨甜美；在宗山古堡前，我在陡峭的悬崖壁仞中看到那用生命和鲜血誓死捍卫祖国尊严的不屈和坚韧；在札达土林，我在一座座废墟中感受那古老文明的沧桑和生生不息。正如作者所写的那样，"站在残留的古格城墙上向下望去，洞穴、佛塔、碉楼、庙宇、宫殿布局有序，错落有致，依山而建，仿佛还能感受到万物对古格王国的顶礼膜拜，只是时光荏苒，现在只留下这一片凋零，显露出繁华落尽后的落寞与孤独"，古格死了，可历史还活着。

在作者的笔下，我深深地感受到守边固边的艰辛和不易，感受到家国在一个中华儿女心中的重量。"家是玉麦，国是中国"，激励着一个个中华儿女心中不朽的信念，诗人之于国家，犹如血液之于骨髓，是解不开、化不掉的。一个个西藏的日日夜夜里，我深深地感受着家国的重量，喜马拉雅、珠穆朗玛是祖国隆起的脊梁，雅鲁藏布江、澜沧江、尼洋河是华夏流淌的血脉，国家在边境线上更显示出寸土寸金的意义，给予我更多精神的触动和灵感，正如我诗里写的那样：

"其实我属于庞大的祖国／这山河，哪里不是家""多少年了，夜被露水所湿／远方近在眼前／缺氧被缺失代替／边境线画着同心圆""沉甸甸的嘱托里／我是客，又是汉藏之和／唐蕃古道运送家国的重量／铁马冰河穿越血管和史诗"，西藏虽远，扶摇可接，祖国的领土没有一寸是多余的，无论海疆陆疆，无论环境优劣，都是祖国母亲身上的一块肉，正如作者在写到文成公主时所说："家国的责任该有多重啊，却压在一个女人的肩上，她是如何丢下儿女情长，换得这后人香火供奉的？如果可以重新选择，如果真的有三维空间存在，盛唐的文成公主是否还愿远嫁他乡，把故旧亲朋一起抛却？"我想，如果有重新来过的机会，她一定会道出无数在藏兄弟姐妹的心里话："故乡之上，祖国的西藏，你是多少翅膀的向往，无论海角天涯，月亮只有天空一个家。"

"倘若南风知我意，莫将晚霞落黄昏。"抚摸着这部在缺氧的窒息中奉献出来的紫外光之书，深感跋涉的双脚翻阅浩渺的宇宙书页，超越象牙塔内的虚构与想象。

是为序。

2023 年 5 月 13 日

序二 日志：打通内心与藏地的通道

梁平
中国作协诗歌委员会副主任、中国诗歌学会副会长、
成都市文联名誉主席、国务院政府特殊津贴专家

《素履以往——藏地旅行日志》是一本可读、可收藏的好书。文是好文，图是美图，图文并茂。尤其是我知道这本书的文字与图片都出自同一作者，作者在二十年间，八次进出藏地，本书精选了其中四次深入藏地的所见所闻、所思所想。我在龙年大假期间，被作家程伟的文字带到去过和没有去过的藏地，时有情不自禁。更为重要的是，我读到作家对青藏高原以及藏民族深切的热爱和敬意。

我对执念这个词与生俱来有一种敬畏。有执念的人，有笃定的意志，有澎湃的激情，有生命的光亮。只有怀揣执念的人，才会拥有这样的激情、意志和生命的光亮。作家程伟就有这样的执念，也因为他的这个执念，才会有别出心裁的《素履以往——藏地旅行日志》摆放在我们面前。这样的读本无论是闲读还是被带入，都能够在阅读过程中冲洗我们心里或多或少的杂念，让我们的肉身和精神都变得越来越干净。

我认知的藏地，愿意把青藏高原以坐标划线。作为跨越中亚和东亚的巨大高原地区，青藏高原有"世界屋脊""雪域高原""第三极"之称，是世界上海拔最高的高原。高原的走向从

南向北延伸，从东向西延伸。广义上的青藏高原还应该包括横断山脉和喜马拉雅山，西起帕米尔高原，东至横断山脉东部，南至喜马拉雅山脉南缘，北至昆仑山、祁连山北侧。涵盖境内有西藏、青海、新疆、甘肃、四川、云南，以及境外不丹、尼泊尔、拉达克、巴基斯坦、阿富汗、塔吉克斯坦、吉尔吉斯斯坦等地。藏地独特的地理位置与文化内涵，使其成为一个令人无限遐想的地域。毫不夸张地说，几乎每个人都向往此生有藏地之旅，但是很多仅仅是猎奇的人，去过一次就满心欢喜，很难重振旗鼓，一而再，再而三。我所感动的是，《素履以往——藏地旅行日志》是一个人完成的孜孜不倦的行走记录，青海、甘肃、四川、西藏所到之处，记录的不仅仅是藏地和藏民族的风土人情，更有民族心理的交融与贯通，那些文字与图片呈现的宏阔与幽微，都为神秘而深邃的藏地和作家的个体生命留下了一抹亮色。

这么多年，作家的藏地书写在中国文学史上创建了丰碑。阿来、扎西达娃，以及梅卓、次多、加央西热、达真、尹向东、诺布朗杰、格绒追美、列美平措等对藏地独特自然景观的展示与历史文化的表达，通过西藏历史变迁的续写，理想藏地图景的展示和西藏民族文化的思考，体现了新时期作家对人类文化和民族的责任与担当。尤其是阿来《大地的阶梯》的藏地随笔，创造了一个独特的藏地地理空间，在这个奇幻与骄傲并存的地理空间，完成了他自己个人精神地理的版图。有评论家指出，阿来的藏地随笔不是一种简单的地理游记，而是个人的心灵史，也是古老民族的觉醒史，具有历史与文学的双重价值。很显然，程伟注意到了藏地书写的价值所在,《素履以往——藏地旅行日志》正是在努力规避浮光掠影似的景致解说,而是把自己置身藏地的自然与人文,与自己的心达成呼应,对自己所见所闻的藏地和藏民族的男女老少进行多维度的观察与思考。

8 月 14 日　晴　宿玛多

气温:10℃—20℃

海拔:4272 米

6:30 醒来,洗漱后来到酒店旁的共和县城香巴拉广场。

广场上人不多,最大的建筑物是民族文化博物馆,中心位置是莲花座的喷泉。让我感兴趣的是用藏族音乐伴奏的广场舞,跳的舞也极具藏舞风味,可见广场舞在中国已是不分地域、民族,极有群众基础。在这样一个偏远的藏地县城,在名称极具民族个性的广场上,群众主导的广场舞,极有民族性。

另一处有两位老人,用长笔杆的毛笔蘸水在地面上写字,内容是李商隐的《无题》诗:"相见时难别亦难……"中国书法的魅力由此可见一斑!

今天将开启高海拔模式,进入三江源地域。

作为"纯粹自然状态"的三江源位于青藏高原的青海省南部。青藏高原四面被地球上海拔最高的山脉环抱,这是地球上海拔最高的地质断块,三江源就位于这个地质断块北部。8000 万年前,这里还是一片汪洋恣肆的大海。从海洋到湖泊,从湖泊到盆地,从盆地到荒漠,然后就是高原。

三江源是古海洋消失后的幸存者，三江源有幸，人类有幸，这世界屋脊上的雪山冰川，孕育了三条伟大的江河——黄河、长江、澜沧江。三江源是当之无愧、名副其实的中华水塔，也是孕育了中华民族的伟大子宫，既是中华民族的生命之源，也是中华文明之源。

这三大江河流经我国20多个省市自治区，其流域涵盖了我国三分之二以上的地区，长江总水量的四分之一来自三江源；黄河总水量的近一半来自三江源；澜沧江—湄公河总水量的百分之十五来自三江源。

这一带的雪山冰川和河流湖泊互相交织、融会贯通，共同造就了世界上海拔最高、面积最大、分布最集中的三江源高原湿地，为中国乃至亚洲重要的水源涵养地，维系着全国乃至亚洲的水生态安全命脉。

进入三江源将面临高海拔的考验，不知道胡雅萍、周琴两位女士，以及盛祥军能否适应。钱洪斌、邵伟俊两位已经有了阿里之行的考验，应该不会有事。

9:00，在超市买了矿泉水、红牛饮料、水果、面包等，沿 G214 公路前往玛多。

路上，与昨天西宁到青海湖车水马龙的景象明显不同，车流量减少了很多，客车、小车更少。

10:15，过河卡山隧道，海拔 3700 米至 3960 米。

河卡山，汉族史籍称之为"汉哭山"。对于"汉哭"之名，复旦大学资深教授、历史学博士、博士生导师葛剑雄教授在其《高山反应挽救大唐帝国命运》一文中写道：

　　我推测大概是由于汉人到了这里都会因高山反应而难以坚持，加上远离故乡，往往会绝望地哭泣，所以吐谷浑人才如此称呼此座山。

　　按葛教授的推测，"汉哭"之名就被理解为吐谷浑对于唐人颇为轻蔑甚至带有侮辱性的地理命名了。不过我觉得葛剑雄先生作为一位历史地理学者，这一推考显然有望文生义之嫌。

　　其实这里是一个有着蓝天、白云、草原、河流、山和树林的世界，山脚下便是河卡镇。

　　我之所以选出《素履以往——藏地旅行日志》里的一则，就是想说像这样的日志，它已经区别于我很喜欢的《鲁迅日记》《胡适日记》《吴宓日记》。这些大师在他们那个时候，文章就是文章，日记记的是日常生活的琐事，而那些琐事，比如哪个朋友要来，哪家饭馆订了哪几个菜，每个菜的价格；比如哪天下午约了打牌，哪几个牌友；比如学校门口那个卖小面的今天没有摆摊；等等。这些鸡毛蒜皮正好为后人留下了研究他们生活真实的日常。

　　程伟的藏地日志，以文学笔触记录了他行走藏地所思所想，有赞美，有惊羡，有批评，有质疑，有不一样的行走和真实的感受。行至共和县，在河卡山从史籍记载的"汉哭"，联想到学界名家对"汉哭"的解释，恐有望文生义之嫌，直接记录了自己的质疑。这样的日志，我们不难看出，程伟绝不是一个藏地的观光者，不是普通的驴友，而是用心去呼应的行走。他的藏地的见闻，对大自然、社会及精神相碰撞的生态性审美，以及对青海、甘肃、四川、西藏等藏区"雪域文化""宗教文化"的多维度体验与把握，成就了《素履以往——藏地旅行日志》大有可圈可点之处。正如程伟自己袒露的心声："我将其中四次藏地之行的日志结集出版，无意过多地释放自己的情感独白，或无病呻吟，只是想沿着那些曾经的落满时光碎影的记忆，打通内心与藏地之间的通道，并与有藏地行经历的、没有藏地行经历的人一起分享我的那些体悟与记忆。"

行文至此，突然想到了"世界读书日"的主旨宣言："希望散居在全球各地的人们，无论你是年老还是年轻，无论你是贫穷还是富有，无论你是患病还是健康，都能享受阅读带来的乐趣，都能尊重和感谢为人类文明做出巨大贡献的文学、文化、科学思想大师们，都能保护知识产权。"这前面的语式有点像教堂里西方婚礼新人在神父面前宣誓的口吻，很神圣。每每想到这个宣言，就有了庄重的仪式感。我这里借用"都能享受阅读的快乐"，慎重推荐程伟的《素履以往——藏地旅行日志》，希望大家喜欢，并且从中获得不一样的藏地心得。

是为序。

2024 年 2 月 20 日于成都·洛带作家村

序三　青藏高原的旅游指南

井石
青海省作协顾问、省非遗保护专家工作委员会委员、国务院
政府特殊津贴专家

一

朋友孙继纲发来一部尚未出版的书，书名为《素履以往——藏地旅行日志》，原是他在江苏宜兴的朋友程伟写的游记。

程伟我不认识，突然想到"百度"，查了一下，一下查到了他的照片，原来是个头发已经花白，戴着眼镜，显得敦厚谦和、温文尔雅的人。资料显示，他是中国书法家协会会员、中国新闻摄影学会理事、江苏省书法家协会理事、无锡市书法家协会副主席……原来在无锡，还是个颇有名望的人物呢！

江苏文人遍地，操管挥毫者无处不在。作为江苏省书法家协会理事、无锡市书法家协会副主席的程伟，出版过《三耕堂艺话》《程伟作品集》等作品集；此外，他还是无锡市作家协会会员，曾担任宜兴市委宣传部副部长、宜兴日报社社长等职。《素履以往——藏地旅行日志》则是他10年多次到西藏、青海以及四川、云南的藏族地区旅行的游记。说到游记，我自然想到了江苏明代地理学家、旅行家和文学家，被

称为"千古奇人"的江阴人徐霞客，和他经 30 年考察所撰成的 60 万字的地理名著《徐霞客游记》。《徐霞客游记》既是科学著作，也是一部名副其实的文学游记，它的出版曾使洛阳纸贵，迷倒了多少人！

而今，又有一位在离江阴不远的宜兴、名叫程伟的人写了一本《素履以往——藏地旅行日志》。程伟大概受了游记先祖徐霞客的影响也说不准呢！

我对游记类文字还真感兴趣，跟着作者步步前行，去体验那些我想去但没能涉足的地方，欣赏他所感受到的自然美景，领略他所经历的民族风情和奇闻趣事，是颇为有趣的事。

我想，通过对这本书的阅读，便可以领受他心目中的藏地了。

二

《素履以往——藏地旅行日志》共有游记四章及附录一则，分别为《一路向西》《在那遥远的地方》《行走香巴拉》《阳光与荒原》等。

《一路向西》是他 2015 年 8 月经过青海到西藏阿里的游记。在文中他写道："去领略藏地广袤与空旷之间的自然禀赋，感受浓郁的西部民族的风情与文化，暂且远离都市，让身心超然宁静，成为一个心灵上的旅行者。"我特别感兴趣的是外地游客写青海的文字，他们第一次到青海，所以，对他们来说，青海的一切都是新奇的，新奇的体验便能带来新奇的感受，他们所写的文字，都是我对青海的新的理解。在好多年前我曾读过一本内地作者写青海的书，他说，他看到青海河湟谷地里的黄土庄廓，想象一枚枚拓在黄土地上的"黄泥大章"。看过这书几十年了，书中的内容早已忘记，但这枚"黄泥大章"却深深地拓进我的脑海中。

程伟他们这次是路过青海，他们到了塔尔寺，到了马步芳公馆，书中对这两个景点进行了详尽的记述。而后他说："来到青海，第一个遇到的不是别的，而是缺氧，'缺氧'可以说是青藏高原的别称，一个代名词，但不必因此就停止了前往青藏高原的脚步，相反，它可以成为行走青藏高原的理由。"这，也让很多人因为要"品尝"缺氧而到青海、到西藏，真如程伟所说，成了生活在"氧吧"里的他们"行走青藏高原的理由"。

程伟的这一感受是我以前所没有想到的，见解独特，颇有新意，使我一下子想起朋友孙继纲前几年去台湾时遇到的一件事：一个台湾人问他大陆的冬天青海冷还是东北冷，他说东北的冬天比青海冷，于是这个台湾人就专门在有一年冬天去东北旅游，"品尝"了生活在亚热带的人从未体验过的寒冷。在这里"寒冷"成了他行走东北的理由。而现在的青海人似乎也感到了这一点，体会到了"缺氧"的真正价值，青海如今在冷湖、大柴旦等地的高海拔缺氧地带建立的"火星体验基地"，就是欢迎缺氧运动的体验者前去探险的。其实，原始蛮荒、险地绝境、极地风貌又何尝不是真正旅行者的名片呢？

2016年8月，程伟他们真的专程来青海游历了。《在那遥远的地方》这组日志，便是他们到青海的经历。

这次，他"在高原炽热的阳光里，在牧人悠扬的歌声里，在沉默的雪山里，在草原深处湛蓝的湖泊里"进行了痛快的畅游；发现"青藏高原的湖泊，较之江南的湖泊，风光更加壮丽、水质更加清澈、湖色更加迷人。湖边是高耸的雪山，湖岸是金色的草地，草地上有成群的牛羊，湖水湛蓝，野禽群集，这是青藏高原湖泊的普遍景色，而这些在江南是绝对没有的"。

他们到了金银滩，听到了王洛宾先生所创作的《在那遥远的地方》的歌声，到果洛玛多，和藏羚羊一起，开启高海拔行走模式，进入三江源地域。

作者写道："三江源是当之无愧、名副其实的中华水塔，也是孕育了中华民族的伟大子宫，既是中华民族的生命之源，也是中华文明之源。""这一带的雪山冰川和河流湖泊互相交织、融会贯通，共同造就了世界上海拔最高、面积最大、分布最集中的三江源高原湿地，为中国乃至亚洲重要的水源涵养地，维系着全国乃至亚洲的水生态安全命脉。"

是的，三江源就是中国乃至亚洲重要的水源涵养地，维系着全国乃至亚洲的水生态安全命脉。青海地高，青海缺氧，可青海各族人民却毫无私心地保护着这一宏大的"中华水塔"，让涓涓细流汇成滔滔大江黄河，滋润中华大地。

在翻过鄂拉山口时，作者描述道，这里昔日为唐蕃古道要隘，"早在唐朝时就已存在。贞观十五年（641），唐太宗将一名年仅16岁的唐朝女子李雪雁，即文成公主，从遥远的长安城送往吐蕃，而后，文成公主又从这里一步一步地走向远方。从此，她架起了一座文化之桥，鄂拉山口留下了她无限的眷恋与情怀"。

这条记述很重要，有人不是想重走文成公主当年走过的路吗？《素履以往——藏地旅行日志》之《在那遥远的地方》中，就详细地进行了描写，只要你看了此书，便可沿作者所指之路线，追随文成公主的脚印而行了。在日月山，公主对着日月宝镜，告别长安，摔碎宝镜；在鄂陵湖和扎陵湖湖畔，千里迢迢从逻些（今拉萨）赶到此地的松赞干布迎接了文成公主，这便是唐蕃交往史上的"柏海相会"。

文成公主入藏的唐蕃古道，由西安出发到西宁，经共和，到玛多，再到玉树，进入吐蕃。藏民称她为"甲木萨"（汉族王后），认为她是尊胜度母的化身，在各大寺院为她塑像。

作者感叹："家国的责任该有多重啊，却压在一个女人的肩上，她是如何丢下儿女情长，换得这后人香火供奉的？"作者的这一感叹竟与我不谋而合，我曾为青海独有的曲艺青海平弦写过文成公主过日月山的唱段《赤岭行》，其中也有这种想法："江夏王李道宗愧言悲叹，叹公主离爹娘身孤影单，我大唐有将相千千万万，弱女子担大任愧煞儿男。"但作为文成公主，她却完成了汉藏和亲的重大使命，使得汉藏两家免除了生灵涂炭，她像尊胜度母一样，完成了万千英雄难以完成的使命。

文成公主的故事，在青海流传。同样在三江源流传的，还有藏族英雄史诗《格萨尔》。关于格萨尔，程伟先生在该书中也有描述："他率领麾下的 80 员大将最终以武功统一了青藏高原上的 150 多个游牧部落，又以智慧与崇信让天下归心，成为藏族人民心中的旷世英雄。一部伟大的英雄史诗《格萨尔》，至今在青藏高原上传唱，被誉为'东方的荷马史诗'。"越是民族的，越是世界的，它们和三江源一起，将进入游客心中，成为青海旅游的收获。

作者在这组日志中写道："三江源在我心中，曾经是一个遥不可及的梦。幻想着那闪电般飞掠而过的草原精灵藏羚羊，那圣洁的、晶莹剔透的皑皑雪峰，那无际缀满鲜花的茫茫草原，那神秘莫测、原始自然的蓝天白云。"

《行走香巴拉》，是作者一行于 2018 年 8 月对香格里拉之行的描述。"旅行的意义，很多时候是在路上，这似乎是人生真实的写照。在路上，你可以从不同角度观看风景、反观人生；在路上，你才会历经磨难，方有顿悟；在路上，你才能做到远观，不至于身在其中而'不识庐山真面目'。"

他对香巴拉的理解："香巴拉本身是一个精神领域的王国，是人们对纯真心灵的向往，香巴拉就在我们心中。我们明白，此'心中'必须经过去'远方'的艰难寻找，必须有过'千山万水'的历练，才能真正入自我的'心中'。"

由此，他触景生情，有感而发："对现代都市人来说，尤其是对生存于巨大责任、忙于奔波的凡人来说，不入香巴拉之境，又何以接受那雪山的忠告、那净水的安慰、那空谷的启迪？"

作者是江南文人。江南人和西北人不太一样，笔下比较细腻。这种江南文人的细腻在该书中，就有很深的体现。《阳光与荒原》是 2022 年 7 月至 8 月之间，他们经过半月的时间，在西藏的经历。呼吸虽然含氧率低但更纯净的空气；去看看离地特别近的、深邃的蓝天；去看看沉稳而又强壮的牦牛；去嗅嗅泛着酸涩的酥油气味；去看看磕着长头，匍匐在地顶礼的信徒……

相对而言，在书店里，对西藏的游记，比青海的要多，但我们从《素履以往——藏地旅行日志》中，仍然可以看到在作者的笔下不同于其他的对西藏的理解，当他听到那浑厚的诵经之声时，"我不知道他们念的是什么，也不介意他们念的是什么，对我来说，轻柔的音节代表着美好的心愿，让所有人都健健康康，让所有事情都顺顺利利"。

他站在松赞干布的墓葬之上，眺望整个藏王墓群，每一座都孑然自立，与世无争地"活在"它们自我的精神世界，那是一种经过千百年历史沉淀的稳健和从容，所有的人来人往都是匆匆过客。他感叹："藏民，是我所见到的最看淡生死的民族。"

是的，关于这一点，我们看看《西藏生死书》便知。再看这部《素履以往——藏地旅行日志》，就更明白了。

三

一部游记如果纯粹抒发个人情感，那也不成其为合格的游记。这部书给我的印象是触景生情、寄情山水、意境高远、视角独特、有感而发，且文字优美、结构紧凑、语句流畅，所以可读性强。作者对藏地之行做足了功夫，倾注了热情，充满了感情，但凡到过的每个城镇、河流、山川、道路都记述得详略得当，对一些著名景点、寺院的介绍注重历史渊源和文化层面，能让人在了解藏地地理景物知识的同时，还会给人以历史、文化的思考和启示。如同作者在后记中所说："藏地之行，有如在翻阅一本厚重、难懂的书，这本书由无尽的高山和草原、冰川和江河湖泊、村庄和人畜、嘛呢石和风马旗，无尽的历史、文化，并由阳光来串联编辑成册；藏地那记录着古拙、宏大、厚重而神秘的自然、人文的书页，你翻过一页还会有一页，每一页都有它不同的内容和不同的意境，也会给人以不同的体悟，你越翻越深远，越会被它的深邃和神秘所诱惑，其实旅行的魅力就如同阅读的过程，那一页页不同的邂逅，或人、或景、或文化冲突、或始料未及……"实际上，拿作者的这段话来形容他的这本书，也是十分恰当的。

所以，如果我们的背包里藏了这部书，然后像作者他们一样走向青藏高原，它，就是一部青藏高原旅游指南呢！

看过《素履以往——藏地旅行日志》后，我又在等着他的另一本游记的问世呢。

2023 年 6 月 18 于老孙家煮字坊

目录

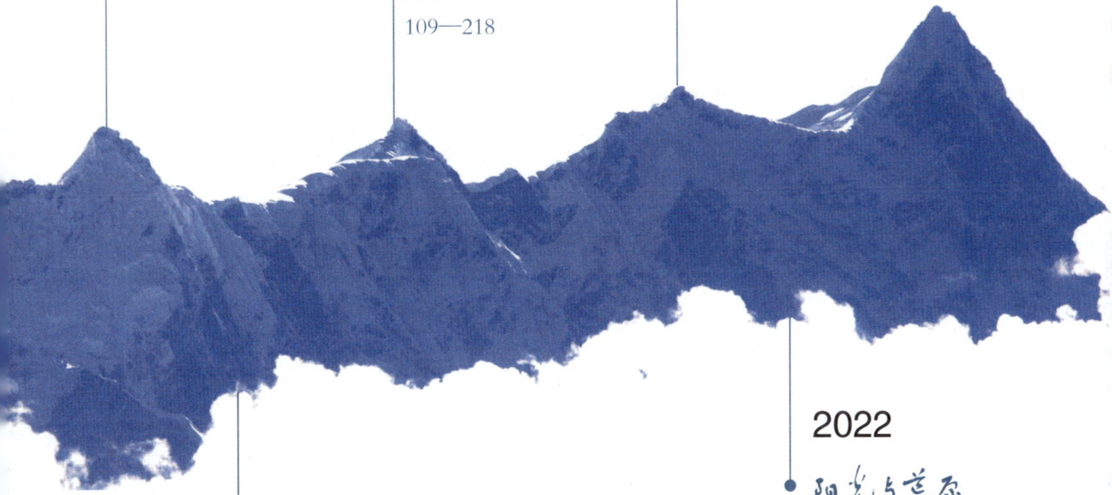

2015

一路向西

001—108

2016

在那遥远的地方

109—218

2018

行走香巴拉

219—334

2022

阳光与莽原

335—430

2023

拾捡河湟谷地的历史碎片

431—446

我的藏地

447—456

一路向西

2015

暂且远离都市，
让身心超然宁静，
成为一个心灵上的旅行者。

藏地行线路（一）：

拉萨—日喀则—拉孜—珠峰大本营—绒布寺—佩枯措—萨嘎—札达—古格—

日土—噶尔—革吉—改则—洞措—措勤—拉孜

2015 年 8 月

自右向左：

邵伟俊、潘造明、程伟、周旭、钱洪斌、钱昕霁

（李旭　摄于八角街）

古格

王国遗址的日出，不仅仅是**壮观**，更多的是**神秘**，那是在任何地方都无法体验到的，就像神秘的古格王国在**400**年前一夜之间在历史上消失，留给我们的只有那记录了古格灿烂辉煌的**文化艺术**成就的古格王国遗址。

"**缺氧**"可以说是青藏高原的别称，一个代名词，但不必因此就停止了前往青藏高原的脚步，相反，它可以成为行走**青藏高原**的理由。

300年前仓央嘉措和玛吉阿米约会的小楼，那是一定要去的，拉萨八廓街东南角一座黄色的二层小楼——**玛吉阿米酒吧**。

"天上的仙境，人间的羊卓；天上的繁星，湖畔的羊群。"

羊卓雍措——"世界上最美丽的水"

珠峰遥遥在望，令人心旌摇荡，有一种纵使死也要扑向天堂一样的意念。

唐僧玄奘《大唐西域记》中的"西天瑶池"——

玛旁雍措，与神山冈仁波齐一起被喻为"一对夫妻"，他们相互依偎、不离不弃。

题记

我要去阿里。

去领略藏地广袤与空旷之间的自然禀赋，感受浓郁的西部民族的风情与文化，暂且远离都市，让身心超然宁静，成为一个心灵上的旅行者。

这个梦是何时形成的？在读了网络畅销小说《藏地密码》后，阿里就像一个个遥远的梦串联起缥缈的幻觉，那荒凉、那广袤、那悠远、那神秘……札达、古格、象雄、狮泉河……在生活中、在睡梦中时隐时现。

去吧，阿里；来了，阿里！

8月9日 晴 西宁 宿火车上

气温：13℃—23℃

海拔：2261 米

终于开启了期待已久的再次西藏之行。

11 年前第一次去西藏时许下的心愿：10 年内将再赴西藏。可还是过了 10 年，好在终于成行了。

一早出发到南京禄口国际机场，飞机难得准点，两个多小时后飞机已在黄土高原上空，赭红色的山梁和一道道刀刻般的沟壑在阳光下显得分外刺眼。又飞了半小时，广播通知已到达西宁上空，透过舷窗，能看到远处明晃晃的雪山，看上去很近，但无法辨别方向与位置，我想，那就是我们即将去征服的地方。

10:40，到西宁。

8 月的高原，温暖芬芳，我们就这样踏入令人神清气爽的西部，即将领略这里广袤与空旷之间的自然禀赋，感受浓郁的西部民族的风情与文化，内心不由产生了一种远离都市之后身心超然且脱胎换骨的感觉，俨然成了一个真正的旅行者。

来到青海，第一个遇到的不是别的，而是缺氧，"缺氧"可以说是青藏高原的别称，一个代名词，但不必因此就停止了前往青藏高原的脚步，相反，它可以成为行走青藏高原的理由。

透过舷窗，能看到远处明晃晃的雪山，看上去很近，但无法辨别方向与位置，我想，那就是我们即将去征服的地方。

塔尔寺八宝如意塔

　　我的 10 多个高中同学在同学会会长黄志明的带领下也在西宁，红塔中学校友谢才新在青海一企业任老总。老谢、志明热情邀请我过去共进午餐，同学相聚确实是难得的机会，可我不能脱离团队，还是与同伴在一起吧。

　　我们取到了下午 6:50 进藏的火车票，于是决定去塔尔寺、马步芳公馆一游。

　　我们所坐出租车的司机是回族人，途中两次下车礼拜，我们只能默默等待。

　　在塔尔寺附近一建筑大门上方看到横幅："2015 相约塔尔寺·刘灿铭师生作品展暨南京湟中书法交流展"。刘灿铭是我多年的朋友，他担任东南大学中国书法研究院常务副院长，是江苏省书法界的中坚，我赶紧往展厅走去，工作人员告知，展览已在昨天撤展，我只能遗憾地通过电话向灿铭兄表示祝贺。

塔尔寺又名塔儿寺，始建于 1379 年，是为纪念黄教创始人宗喀巴大师而建的大银塔，藏语称为"衮本贤巴林"，意思是"十万狮子吼佛像的弥勒寺"，它与西藏的色拉寺、哲蚌寺、扎什伦布寺、甘丹寺和甘肃的拉卜楞寺并称为我国藏传佛教格鲁派六大寺院，也是青海省和西北地区藏传佛教的活动中心，其声望蜚声海内外。

寺院依山就势，错落而建。其中以八宝如意塔、大金瓦殿、小金瓦寺、小花寺、大经堂、九间殿等最为著名。

八宝如意塔一组八座，矗立于寺前广场，是为纪念佛祖释迦牟尼一生之中的八大功德而建造的，建于 1776 年。塔身白灰抹面，底座由青砖砌成，腰部装饰有经文，每个塔身南面还有一个佛龛，里面藏有梵文。

走进塔尔寺就能看见位于寺庙最中心位置的大金瓦殿，藏语称为"赛尔顿庆莫"，即金瓦的意思。进入大金瓦殿内，迎面矗立着高大的大银塔，这是宗喀巴诞生的地方。殿内还悬挂着乾隆皇帝御赐的金匾，匾额题字为"梵教法幢"。整个建筑庄严大方、雄伟壮观，阳光之下，金光灿烂，光彩夺目。

比大金瓦寺修建稍晚的小金瓦寺又名护法神殿，寺中回廊陈设野牛、羊、熊、猴等标本。据说，这些走兽标本象征一切恶魔鬼怪已被神征服。殿的左边有一匹白马标本，相传是三世达赖喇嘛从西藏拉萨到青海塔尔寺骑的。三世达赖喇嘛朝拜塔尔寺之后，要去蒙古传经布道，这匹白马怎么也不肯走，于是便留下来，不久，马不食而死。后人把它当神马，和家神陈列供奉。

大经堂是土木结构的藏式平顶建筑，是塔尔寺建筑中规模最大的。它是寺院喇嘛集中诵经的地方，可供千余喇嘛集体打坐诵经。殿内大柱都由龙凤彩云的藏毯包裹，整个经堂五彩缤纷、富丽堂皇。

小花寺又名长寿佛殿，在小金瓦寺后面，是为七世达赖喇嘛念长寿经而建的，故名长寿佛殿，它已形成一个小型院落。当天不知什么原因没有开放。

悠闲的塔尔寺僧人

塔尔寺诸佛殿装饰的堆绣、壁画和酥油花，被人们称为艺术"三绝"，其中尤以酥油花最为有名。

酥油花是用酥油塑制而成。酥油晶莹洁白、松软细腻，容易调和各种颜料，塑成各种珍奇且极具艺术感的花朵。塔尔寺的酥油花集塑雕艺术之大成，不仅具有很高的艺术水平和独特的艺术风格，而且规模宏大，内容也丰富多彩，很具观赏性。听说，塔尔寺有20多位专做酥油花的艺僧。

壁画大多绘于布幔和殿宇墙壁、栋梁上，壁画的染料采用天然石质矿物，经粉碎后使用，因此具有色泽鲜艳、经久不变的特点。塔尔寺的壁画属喇嘛教画派，因此具有浓厚的藏

塔尔寺正大门

地风味。壁画色调和谐，工艺精湛，手法细腻。

堆绣是塔尔寺独创的藏族艺术之一。它是用各种色彩艳丽的绸缎剪成各种佛像、人物、花卉、鸟兽等，然后以羊毛或棉花之类充实其中，再绣在布幔上，因此有明显的立体感，看上去层次分明、栩栩如生，内容大都取材于佛教故事和宗教生活等。

塔尔寺不仅是中国的藏传佛教圣地，也是造就大批藏族知识分子的高级学府之一，寺内设有显宗、密宗、天文、医学四大学院。因时间原因，我们未能深入了解。

马步芳公馆内院

15:30，到达马步芳公馆。

马步芳公馆是民国时期西北地区军阀马家军重要人物、国民党军高级将领、国民政府西北军政长官公署长官、"西北王"马步芳的官邸，位于西宁市区一条叫作"为民巷"的巷子里，乍一看并不起眼。

公馆是典型的民国时期汉式建筑，大门的装饰则带有明显的伊斯兰风格，门楣上用汉白玉嵌刻着"馨庐"两字，落款是时任国民政府主席的林森，进大门后有大理石碑，上刻同样的"馨庐"两字。公馆分三进院落，各院落装饰民族特色明显，同时又很富丽堂皇，有些房间甚至由玉石砌成，豪华又精致。公馆里还展示了一些有关马步芳家族历史和西北少数民族风俗的实物与图片。

18:35，上火车，开启看风景模式。

西部的落日比东部要晚许多，晚上8点阳光还灿烂着，西部落日更具有东部所没有的壮观。

天色暗下来后，我和同伴开启了高原行的第一次喝酒，钱团长与小马哥、造明为表达豪气喝上了青稞酒，我与周旭总、小钱喝啤酒，爽！

夕阳下的可可西里

8月10日　晴　西宁　宿拉萨

气温：15℃—26℃

海拔：3650米

　　在观赏沿途风光、赞叹"天路"的非凡、赞美筑路工人伟大的同时，大多时间在聆听同伴们关于头痛还是呼吸加重的问题，我告诉他们，车厢内已经充氧，有些感觉是正常的，缺氧也是来高原需要体验的内容之一，关键是调整好自己的心态。

　　为适应高原环境，我们的一些同伴在动身来青藏之前已经做了一些准备工作，有的同伴加强了锻炼，以增强肺活量；还有一些同伴提前一段时间开始服用维生素类和红景天类的药物以防万一。因此，大多同伴的身体感觉和心理都很正常。

9:15，火车过西藏那曲的安多，正式进入西藏，也进入了羌塘草原。

15:30，在《坐上火车去拉萨》的歌声中到达拉萨站，入住休息。

拉萨是一座位于河谷平原的城市，平均每天有8个多小时的光照，比同纬度的中国东部地区几乎多了一半，比四川盆地多了近两倍，因此被称为"日光之城"。

19:00，在宾馆旁川味餐馆用晚餐，大家觉得高原反应不明显，于是饮酒自娱自乐。

不知道是兴奋，还是酒精或高原缺氧的原因，一直没有入睡。子夜时分，我透过窗户眺望，拉萨城只有路灯和零星的一些灯火，按时下的都市现代化标准来看，拉萨依然还保有自然质朴的外在。

羌塘高原一瞥

布达拉宫俗称"第二普陀山",
坐落于拉萨市中心的红山上。

8月11日　雨转晴　宿拉萨

气温：11℃—25℃

海拔：3650米

　　到拉萨，是感受缺氧的窒息感；到拉萨，是看洁白美丽的湛蓝天空；到拉萨，是踏着朝拜者虔诚的足迹；到拉萨，是品尝酥油茶带给人们的神秘气息。同伴在经过一夜的休整后，为日光城的魅力所感染，大多状态良好，一早背起相机包出发了。

　　要感受拉萨的这些别样，布达拉宫、大昭寺、八廓街是必须去的。

　　10:00，我们赶到布达拉宫。

　　第一次见布达拉宫是在由贡嘎机场前往拉萨的路上。那是2004年，拉萨市区没有这么多的高层建筑，布达拉宫犹如一颗巨大的红白相间的宝石镶嵌在山巅，远远望去，就好像是从红山上自然生长出来的一样，自然、妥帖，以至于它身后的城市只能隐入灰暗之中。

　　至今还记得，第一次游览布达拉宫时，那种虔诚的膜拜和轻微的激动，进宫的坡道迂回曲折，我站在白色台阶上听着导游介绍这座宫殿的历史，说它是松赞干布所建，曾经是吐蕃王朝的象征，后来成了历代达赖喇嘛的冬宫。我当时颇为好奇地问：那它怎么会从一个王宫变成了佛门居所呢？之前或之后发生了什么？导游是个无锡小姑娘，解说后我还是一头雾水，于是回来便开始查阅资料，从此对西藏历史的兴趣便一发而不可收。

预订的门票是 11:00，我们跟随大批的游客拾级而上，步行上山大约要 30 分钟。

我努力地回想 2004 年游历布达拉宫的记忆，可惜只剩下一些记忆的碎片：统一的花岗岩石墙体，外挑的窗檐设计，整体的铜瓦鎏金装饰，经幢、宝瓶、摩羯鱼等装饰的屋脊等，这一切在我的脑海中遗留下来的就是极具藏族风情的富丽堂皇。

"布达拉"为梵语，常译作"普陀罗"，本意是指观世音菩萨的居住之岛，后来引申为佛教圣地。布达拉宫俗称"第二普陀山"，坐落于拉萨市中心的红山上，占地总面积约为 40 万平方米，建筑总面积约为 13 万平方米。其主楼高约 115.7 米，容纳了宫殿、灵塔殿、佛殿、经堂、僧舍、庭院等多个大型建筑，是当今世界上海拔最高、规模最大的宫殿式建筑群，被誉为"世界屋脊上的一颗明珠"。

这座宏伟的宫殿始建于 7 世纪。当时，松赞干布为娶大唐的文成公主，在红山上修筑王宫，称为"红山宫"。吐蕃王朝解体后，红山宫逐渐废弃。到了 1645 年，五世达赖喇嘛阿旺罗桑嘉措在红山宫原址上修筑了布达拉宫。应该也就从这时开始，布达拉宫从一个王宫变成了佛门居所。

布达拉宫是藏族文化的巨大宝库，宫内珍藏的各类历史文物和工艺品数量繁多。据"百度"：现有玉器、瓷器、银器、铜器、绸缎、服饰、唐卡共 7 万余件，经书 6 万余函卷。

布达拉宫的绘画艺术非常出色，最有名的当数西大殿壁画。这里共有壁画698幅，题材涉及历史人物、宗教神话、佛教故事等，除了佛像、佛教故事外，西藏妇孺皆知的"猴子变人"的传说、文成公主入藏、五世达赖赴京觐见顺治皇帝等重大历史事件，都能在布达拉宫的壁画上找到。壁画或以单幅表现，或以长卷形式将画面连缀起来。其中，最有藏族特色的就是画在绢布或藏纸上，再用绸缎缝制装裱的唐卡。

当走进这样震撼的壁画宫殿时，我的眼睛仿佛一下子明亮起来，似乎能够穿透历史的尘埃，优游在数百乃至数千年前的世界里。我并没有像其他旅行者那样，簇拥着走马观花匆匆离开，尽管时间限制在一个小时，我还是驻足在那些壁画之下，捕捉每一处细微的感动。

我很想看看那位富有情怀的六世达赖喇嘛仓央嘉措，弥补第一次参观的缺憾。我们像风一样穿越迷宫般的走廊，经过通红且泛着油腻的漆柱、细密的木雕和精致的彩绘，终于在红宫西侧的上师殿找到了那个多情的六世达赖喇嘛的金身塑像。我从密密匝匝游人的缝隙中，看到了他永远年轻的面庞。在管理人员"快快走动"的要求中慢慢地靠近他，感觉他的脸是那么熟悉，想想，应该是在他的充满深情的诗中读到过。

仓央嘉措的一生仿佛是一出戏，起承转合，波澜壮阔，宗教的神圣、政治的诡谲、爱情的凄美、命运的无常，使他的一生充满了传奇。

我带着满心的欢愉与平静继续前行。之后，来到灵塔供奉处。在这些灵塔之中，最有代表性的要数五世和十三世达赖喇嘛的灵塔了，其中五世达赖的灵塔最奢华，塔身镶有各种珠宝，极其辉煌壮丽。十三世达赖的灵塔上镶嵌了万余颗珍珠，显得珠光宝气、雍容华贵。想想也奇怪，既然已经成佛，为何还是这样世俗，既奢华，又华贵。是后人为之，还是佛本来也不能免俗，还是表示他们对人世间的留恋，奢望自己有一天可以回来？塔前供奉着长年不灭的酥油灯，空气中弥漫着酥油的芳香。

　　我很快注意到，在供奉的灵塔中，唯独少了六世达赖喇嘛仓央嘉措——那个以情诗名世的活佛。这时，听到宫殿中传来喇嘛的诵经声，细听下，什么也听不懂。仓央嘉措的诗却渐渐浮现在心头：

那一天，
我闭目在经殿的香雾中，
蓦然听见，
你诵经的真言；
那一月，
我转动所有的经筒，
不为超度，
只为触摸你的指尖；
那一年，
我磕长头匍匐在山路，
不为觐见，
只为贴着你的温暖；
那一世，
…………

在匆匆行走中走完参观线路。

走出这座宫殿，来到台阶上，我抬头仰望高原的天空，湛蓝湛蓝，抬眼远眺，拉萨河像玉带一样围绕着拉萨城汩汩流过，远处群山起伏，阡陌纵横，绿柳村舍，气象万千。刹那间，感觉布达拉宫的灵魂似乎已飞升上蓝天。

布达拉宫，作为西藏历史上政教合一的统治中心，这里曾居住过9位藏王、10位达赖喇嘛，是一座少有的能将"庄严"与"恬静"两种截然不同的气质融汇在一起的宫殿。其内部的珍宝和建筑极尽奢华，与世界上所有著名王宫一样，不仅以辉煌的建筑成就而著称，也以珍贵的文物和灿烂的艺术而闻名，是一座独一无二的艺术博物馆和文化宝库。但也正是这样的过于琳琅满目和珠光宝气，以及它被酥油灯熏染了千年而缺少阳光的内部，使我有点头晕目眩。

我更喜欢布达拉宫外部的古朴和冷峻，它高耸入云的神秘诱惑和漠视凡间的庄严，还有它幽深的庭院、寂寞的高墙和泛着寒光的石铺路面，在高原的阳光下发出金子般的响声。

此时布达拉宫沐浴在正午的阳光下，被阳光染上一层金色，神秘气氛更增，也显得更加巍峨壮观。

大昭寺门前有两座高大的泥土垒成的白色炉子
（钱洪斌 摄）

13:00，穿过广场前的人流来到大昭寺前，左侧是一圈围墙，围墙里立着非常眼熟的一块碑。走近一看才明白，原来这便是"唐蕃会盟碑"。它一直立在那里，诉说着流失的日日月月，看着人间的盛盛衰衰。

大昭寺门前两座冒着青烟的高大的泥土垒成的白色炉子引起了我的注意。顺时针转经的藏族人，像河流一般流过大昭寺门前。有些人在经过这两座白色炉子时，会停下来往炉子下边的一个类似炉眼的里面，添加一些松柏枝、糌粑、青稞等物品。这个炉子的上方一直冒着缕缕青烟，闻起来有一股奇异的香味。当时的我，不知道这两座炉子的名称和作用，也不知道这是什么仪式。后来，我才知晓，这是煨桑。

煨桑是藏族民众最普遍的一种宗教祈愿礼俗，是宗教场所不可或缺的形式之一。据说煨桑这一礼俗，源自诞生于西藏阿里的原始本教。在7世纪佛教进入青藏高原时，为了适应当时的社会文化生态，佛教吸取了本教的一些教义及礼俗，煨桑就是一例。

"桑"在藏语中有清洗、祛除等净化之意。煨桑的第一层功能就是净化和祛除自身及周边环境的污秽、邪气等，另外就是有明显的供献祭祀功能。煨桑时，除了点燃有香味的经过脱水的松柏枝和香草外，还要准备若干糌粑、炒青稞、茶叶、糖、苹果、清水等众多食品，所以有人也将其理解为"焚香祭""烟祭"等。煨桑时袅袅青烟飘向天际，仿佛可以通往神仙居住的天界。而桑烟的香味，则仿佛可以让天上的神仙感受到人间的美味和虔诚。人们以此祈求神仙保佑，同时自己的精神也得到净化和超脱。

大昭寺广场上数百盏酥油灯委实壮观，据说，酥油灯能够帮助人们看清是非、分清善恶、驱除黑暗、超度亡灵，使生者更快摆脱悲伤。

更让人叹为观止的是大昭寺四周磕长头的信徒，他们衣衫破旧、面容黝黑、头有厚茧，脸上却有最幸福的笑容。酥油灯跳跃着的橘色火苗，让我感受到的是无数信徒虔诚的心。而那些面对心中神圣殿堂，磕了无数次长头的信徒，一定是相信一切苦难都会在他们跪拜的反复中消磨殆尽，那门前用泥土、石子与酥油铺就的地面不仅明光可鉴，深深的凹陷已经用空间改写了时间。

经过无数次磕头，终于到达这里的人们，有人双眼含泪，有人合掌面对大昭寺跪地而拜，也会有人就此举双手合十，长立不语，更有人于此泣不成声。他们再次以身体投向大地，将双手合十置于头顶朝向大昭寺。这样的朝圣方式是从什么时代开始的呢？是什么人开始了第一次？为什么人们会以身体丈量大地这样的苦行前往朝圣？

大昭寺又名"祖拉康""觉康"（藏语意为"佛殿"），是一座藏传佛教寺院，是藏王松赞干布为纪念尺尊公主入藏而建，距今已有1300多年历史，后经历代修缮增建，形成庞大的建筑群。大昭寺在藏传佛教中拥有至高无上的地位，藏族人民有"先有大昭寺，后有拉萨城"的说法。大昭寺是西藏现存最辉煌的吐蕃时期的建筑，也是西藏最早的土木结构建筑。现在的大昭寺已是占地25100余平方米的宏伟规模，有20多座殿堂。

西藏的寺院多数归属于某一藏传佛教教派，而大昭寺则是各教派共尊的神圣寺院。西藏政教合一之后，"噶厦"的政府机构也设在大昭寺内。活佛转世的"金瓶掣签"仪式历来在大昭寺进行。1995年，确定十世班禅转世灵童的金瓶掣签仪式就是在这里举行的。

大昭寺在拉萨市具有中心地位，不仅是地理位置上的，也是社会生活层面的。环大昭寺内中心的释迦牟尼佛殿一圈称为"囊廓"，环大昭寺外墙一圈称为"八廓"，大昭寺外辐射出的街道叫"八廓街"，即八角街。以大昭寺为中心，将布达拉宫、药王山、小昭寺包括进来的一大圈称为"林廓"。这从内到外的三个环形，便是藏民们行转经仪式的路线。大昭寺的布局方位与汉地佛教的寺院不同，其主殿是坐东面西的。

大昭寺主殿高4层，两侧列有配殿，布局结构上再现了佛教中曼陀罗坛城的宇宙理想模式。寺院内的佛殿主要有释迦牟尼殿、宗喀巴大师殿、松赞干布殿、班旦拉姆殿（格鲁派的护法神）、藏王殿等。寺内各种木雕、壁画精美绝伦。

由正门进入大昭寺后沿顺时针方向便进入一宽阔的露天庭院，这里曾是规模盛大的拉萨祈愿大法会"默朗钦莫"的场所。庭院四周的柱廊廊壁与转经回廊廊壁上的壁画，因满绘佛像而被称为"千佛廊"。继续向右，穿过两边的夜叉殿和龙王殿，数百盏点燃的酥油供灯的后面便是著名的"觉康"佛殿。它既是大昭寺的主殿，也是大昭寺的精华之所在。佛堂呈密闭院落式，楼高四4层，中央为大经堂。这里是大昭寺僧人诵经修法的场所。从大经堂可遥遥看见造型精美的千手千眼观世音塑像，左右有两尊装饰华丽的佛像，左为莲花生，右为强巴佛。大经堂的四周俱为小型佛堂，除位于正中心的释迦牟尼佛堂外，开间均不大，布置简洁。

大昭寺顶层四座巨大的金顶分别建于 14 世纪中叶和 17 世纪。

（周旭　摄）

　　释迦牟尼佛堂是大昭寺的核心，这里是朝圣者最终的向往之地，此殿供奉的释迦牟尼佛 12 岁等身像是文成公主入藏所带的佛像，因而大昭寺在藏传佛教信众心中的地位非常高。释迦牟尼佛 12 岁等身像是释迦牟尼佛在世时按照释迦牟尼本人的形象塑造的。像塑好后，弟子有幸请释迦牟尼自己给自己的佛像开光加持。塑像的珍贵，不仅仅在于其历史价值和文物价值，最重要的是很多人认为参拜佛像和参拜 2500 年前的佛祖没有区别。据说，世上只有 3 尊释迦牟尼等身佛像。释迦牟尼在世时反对偶像崇拜，不提倡立寺供像。临终时释迦牟尼只同意以自己三个不同年龄时（8、12、25 岁）的模样塑像，并亲自为塑像绘图。走进殿堂，有一种久远的气息，那些依然矗立的古柱，被时间打磨去了所有的棱角，说不清有多少人触摸过这些古柱，却有一种近在眼前的亲切。忽明忽暗的酥油灯，上方是佛的塑像，慈眉善目地安详抚慰着众生，人们走过时，虔诚的、迷茫的、飘忽的、疑惑的……目光与之对视，都会感觉到佛对人们的宽厚与慈仁。

酥油灯后是大昭寺主殿正门，大昭寺最早的建筑都是从正门开始，外院是后来修建、扩充的，而主殿是 1400 多年前的建筑。经由千百年来信徒的抚摸，门口的石头地板光亮如镜。进入大殿，左右有两尊巨大的佛像。左侧为宁玛派创始人密宗大师莲花生，他本是印度的佛学家，8 世纪进藏，在其入藏以后藏区开始出现密宗。右侧是未来佛。大殿通道入口处右侧是关于大昭寺建寺故事的壁画，生动形象地绘出了 7 世纪时布达拉宫的样子，以及当年填湖建大昭寺的情景。要了解大昭寺，要了解 7 世纪时的拉萨，了解松赞干布和文成公主，就一定要看看这幅壁画。

逛完大殿，出门绕大殿一周，此处共有 380 个转经筒，一个紧挨一个。边走边推动转经筒是虔诚信徒必做的功课。我对大昭寺印象最深的就是转经的人流，转经筒如永动机般不停歇地发出轮转的声响，人群匆匆，擦身而过。我随着人流，触摸着那些被磨得发亮的经筒，感受着几百年来无数指尖的温度，在时间的缝隙里为自己祈祷，内心的虔诚竟是前所未有的，"那一月，我转动所有的经筒，不为超度，只为触摸你的指尖"。

拉萨的阳光总是明媚得刺眼，走在街上感觉眼前老是亮晃晃的，天空也是蓝蓝的，白云也显得异常生动。我们从大昭寺出来往八廓街走。

如果说布达拉宫是神秘、大昭寺是神圣，那么八廓街一定是生动。生动在于，这里有你想得到的西藏所有的特产；生动在于，这里的人们没有了那种神圣、虔诚的表情，呈现的是轻松的微笑与民族特有的性情。

八廓街也叫八角街，距今已有1300多年的历史。7世纪，松赞干布下令修建大昭寺时，同时在湖边修建了4座宫殿，并与嫔妃、臣民移居宫殿亲自监督大昭寺工程的进展，这4座宫殿就是八廓街最早的建筑。随着大昭寺的日渐兴盛，朝拜者日益增多，寺庙周围被踏出一条环绕大昭寺的小径，这就是最初的八廓街转经道，藏族人民称其为"圣路"。后来，为了解决朝拜者与往来商贩的住宿问题，周围又陆续建起了18座家族式建筑。

15世纪以后，大昭寺达到鼎盛之时，一些诸如僧人宿舍、宗教学校、小寺庙、民居、店铺、旅馆、手工作坊等小型建筑亦纷纷兴起。这一切与现世没有直接的关系，它的古老与现代的衔接和融合，只是一种他处无法再现的特殊方式和习俗而已，这个方式就是流动与旋转。

八廓街它不拒来者，摇着摩尼轮或牵着放生羊的转经人，唱经化缘的修行人，买卖古董、宗教器物和工艺品的商人，旅行者和更多的看热闹的闲人……集散于八廓街的环行街道。你或随那人头攒动的人流而流动；你也可以像所有的流浪人一样，坐在任何一个有阳光的墙角歇息或盘坐在大昭寺广场；无人看管的狗也喜欢在八廓街的寺院院墙下优哉游哉地荡游或低头觅食，或随意地卧在墙角抬头观

八廓街距今已有 1300 多年的历史。

望流动的人群。

　　八廓街大多数建筑都是白色，但东南角却有一座黄色的二层小楼——玛吉阿米酒吧。这喇嘛黄的颜色除去宫廷和寺院，凡人是不得擅自使用的，而这座小楼之所以涂成黄色，就是因为 300 年前六世达赖喇嘛仓央嘉措在此宠幸过一位姑娘，仓央嘉措曾在这里写下优美的诗句：

> 在那东方山顶，
>
> 升起皎洁月亮，
>
> 玛吉阿米的面容，
>
> 渐渐浮现心上。

　　"玛吉阿米"是什么意思？有多种解释，"玛吉"的直译是"尚未生育""未生的"，"阿米"是妈妈的意思，有人直译为"未生娘""娇娘""未嫁姑娘"，也有人译得比较诗意："母亲般的情人"。

　　不过关于玛吉阿米的真正含义，还有另一种说法：大昭寺的护法神是吉祥天母，藏语叫班丹拉姆，是松赞干布建立大昭寺的时候从印度请回来的。班丹拉姆有三种不同的法相：第一种是赤发倒竖，三目圆睁，手持盛满鲜血的嘎布里碗（用头盖骨做的碗）的怒相；第二种是美丽端庄的慈悲相，叫作白拉姆；第三种是长了一副青蛙脸的丑陋恐怖的形象，叫作白巴东则。藏地的信徒一般把美丽的白拉姆看作自己的精神依托，亲切地称之为"玛吉白拉姆"，意思就是把这尊美丽的女神视为自己的母亲一样。因此，有学者认为六世达赖仓央嘉措，是在流落他乡时，看到明月思念家乡，心头浮现出了护法神白拉姆的面庞，也就是说，这首诗的本意是思乡和思佛，这就很符合一些学者的看法，他们认为仓央嘉措写的情诗，都是以隐喻的方式表达了宗教的观修心得。

　　仓央嘉措本是一个穷困农奴的儿子，生长在藏南门隅，14岁时突然被选中成了五世达赖的转世灵童，送进布达拉宫研习佛法。少年的仓央嘉措向往自由和爱情，他经常在黑夜偷偷溜出宫，扮作浪子到玛吉阿米酒吧去唱歌喝酒交友，他才华横溢的情诗源源不断地从玛吉阿米酒吧传遍四面八方。然而，站在权力的顶端，如果不能成为左右时局的人物，就无法避免被政治操纵的命运，他被康熙皇帝降旨废黜，押解进京，途中坐化在了青海湖畔。

走在八廓街上，感觉与11年前来时已有很大变化，商铺更多、商业气息更浓。置身这样的环境中，仿佛在考验我们，红尘中谁能体味出佛教的博大精深？当你仔细来品味这样的场面，可能会明白，也许真正的佛理就在烟火人间，就在这充满机缘的红尘之中；也许正是在平凡中才能隐含高深的佛理，真正的境界是不需要任何环境来烘托的，所谓大隐隐于市，也许正是这个道理。

一天的游览同伴没感觉累，于是晚餐继续小酒咪咪。

8月12日　晴　宿日喀则市

气温：11℃—20℃

海拔：3836 米

一早，同伴周旭总发来短信，说他已到贡嘎机场。凌晨3点他开始头痛，于是在酒店总台要了氧气瓶，睡了1小时，感觉胸闷，呼吸不畅，于是打车去机场，提前退出行程。

我们5位今天将正式踏上西行之路，今晚将宿日喀则。

8:30，去超市购买了大量食品、水果、矿泉水，当然没有忘记酒：白酒、红酒、啤酒。

车出拉萨，沿G318公路，傍着雅鲁藏布江溯江而上，向着后藏的中心城市日喀则一路西行。雪山，或者没有雪的山，又陡又密，一直在车窗外缠缠绵绵地展开，远处山上小草一蔸一蔸，如星星般稀疏地撒在山坡，而雅鲁藏布江则一路低吟轻唱、匆忙奔流。

11:30，到达岗巴拉山口观景台，海拔5030米。

岗巴拉山，藏语的意思是"无法超越的山"，它位于雅鲁藏布江与羊卓雍措间的拉轨岗日山的鞍部，呈东北—西南走向，北陡南缓。岗巴拉山屏障似的把西藏分为两大部分，山以东称前藏，山以西称后藏。它南临羊卓雍措，东接冈底斯山，西连喜马拉雅山，西北侧为著名的羊湖抽水蓄能电厂。

从岗巴拉山山脚到山口，是险要漫长、蜿蜒曲折的盘山公路，长达 25 千米。到达 5030 米的山口后，就能俯瞰碧玉般的羊卓雍措，远望雄伟峻峭的宁金抗沙峰。拉亚公路经山口通过，是通往江孜、亚东的重要山口。

翻越山口时，在盘山公路上遇到好几位骑行的驴友，吃力地步行推车上山，据说从成都骑车到这里需要 4 个星期，真佩服他们的勇气。

山口众多的藏族小孩在游客多年的"引导"下，已懂得怎样用他们的"笑脸"来赚钱，1 块钱一次的拍照，他们为家庭赚取了些许生活费。

12:00，到达羊卓雍措，这是典型的高原堰塞湖，大约 4 亿年前因冰川泥石流堵塞河道而形成，是西藏三大圣湖之一，也是喜马拉雅山北麓最大的内陆湖，湖面海拔 4456 米，东西长 130 千米，南北宽 70 千米，湖岸线总长近 300 千米，总面积 638 平方千米，湖水深约 30—40 米。

左上：岗巴拉山口用"笑脸"来赚钱的小孩

左下：岗巴拉山口的藏族小孩

右：岗巴拉山口的藏獒

　　羊卓雍措，藏语意为"碧玉湖"，是"神女散落的绿松石耳坠"，被誉为"世界上最美丽的水"，在当地百姓中间，流传着这样一首民歌："天上的仙境，人间的羊卓；天上的繁星，湖畔的羊群。"

　　此时，远处一群野鸭擦着湖面掠过，湖面上顺势荡起一圈圈的涟漪，在太阳照射下，泛起点点金光。

　　车以每小时 30 千米的速度，傍着雅鲁藏布江，继续向西行进。一路上感受着高原风光的壮美、西部土地的贫瘠与荒凉、人们为了生存而不懈改变生存环境的精神。辽阔无涯的草原如同一张绿茵茵的毯子，一直伸向天的尽头。偶尔有羊群、

牦牛群像珍珠一样撒在其间，寂寞的草原就只有一朵朵云投下的影子在上面游移。

天穹之蓝，几近失真。

16:30，过仁布县切娃乡，海拔 3750 米。

17:30，途经年木乡。

听说年木乡有棵千年核桃树，据传此核桃树为吐蕃王朝先祖达日年斯亲手种植。核桃树虽已有千年之龄，但夏天来时，还能看到其葱葱郁郁、枝繁叶茂的风采，可惜我们赶时间，没能去一睹这棵千年核桃树。

19:00，到达西藏第二大城市——日喀则市。

羊卓雍措，典型的高原堰塞湖，是西藏三大圣湖之一，也是喜马拉雅山北麓最大的内陆湖。

日喀则，藏语意为"土质最好的庄园"，雅鲁藏布江及支流楚河在这里汇流。

日喀则海拔 3836 米，总人口约 80 万人，至今有 500 多年的历史。古代称拉萨山南一带为"卫"，称日喀则一带为"藏"，"西藏""藏族"的"藏"，均由此而来。历史上也称日喀则地区为"后藏"，而日喀则为后藏的首府，是历代班禅的驻锡地。日喀则一带气候温和、日照充足、农业较发达，是西藏的粮仓之一。

据说，莲花生大士在日喀则修行讲经时，就曾预言雪域的第一中心在拉萨，第二中心在日喀则。14 世纪中叶，绛曲坚赞建立帕竹王朝，取代了萨迦王朝，把政治中心从夏鲁（日喀则市东南 26 千米甲措雄乡的山坳中，曾经是吐蕃十大商市之一）迁到了日喀则，设立溪卡桑珠孜，习惯简称为"溪卡孜"，现译作"日喀则"。

14 世纪后期，宗喀巴大师创立黄教，所收的徒弟中有两人在历史上大放光彩，他们就是后来被追授的一世达赖和一世班禅。自五世达赖起，达赖和班禅分别成为前后藏的宗教首领。班禅驻锡扎什伦布寺，日喀则由班禅领辖。

住店后大家感觉都不错，于是找了个小饭店准备喝点"小酒"。点菜时钱氏父子为点什么豆腐起了争执，大钱说嫩豆腐好，小钱说老豆腐好，父子俩的争执为我们一路提供了开心笑料。

8月13日　晴　宿珠峰大本营
气温：8℃—18℃
海拔：5200米

　　早晨7点多，小钱在大钱陪同下去日喀则市的医院，据大钱说，凌晨3点，小钱高原反应严重，出现呕吐。8点多，钱氏父子从医院回来，说没什么大碍，稍做休息即可。大钱陪小钱在房间休息，我们三人去扎什伦布寺。

　　8:30，到达扎什伦布寺。清晨的扎什伦布寺静谧安详，大门前的广场上没有熙熙攘攘的游客，只有一个个虔诚朝圣者的身影。据说，这里是历代班禅讲经的地方，也是僧侣辩经的场所。

　　山坡上一排金顶红墙的寺庙和简陋的僧舍，宏大的气势和肃穆的氛围，让我们这些参观者的脚步不由得放轻、放慢，我们的心胸都有一种豁然开朗的感觉。

　　拔地而起的尼玛山，紧紧环抱着这座黄教六大寺之一的著名寺院，1447年扎什伦布寺的开山鼻祖，是黄教创始人宗喀巴大师的最小弟子根敦朱巴。

　　根敦朱巴是历史上第一个将黄教传到后藏的人，他后来也被格鲁派追尊为一世达赖喇嘛。由于后来主持扎什伦布寺的四世班禅是第一位被册封的班禅喇嘛，所以后来这里就成了历任班禅喇嘛的驻锡地。历经500多年，这座藏语意为

扎什伦布寺的强巴佛殿

"吉祥须弥山"的神话天堂早已成为藏传佛教信众心中的圣地，并成为后藏地区的唯一代表。

扎什伦布寺背靠高山，依山而建，坐北朝南，殿宇高低错落，依次递接，整体对称，疏密均衡，金顶红墙的主殿高大雄伟、金碧辉煌。我们沿着寺院南北向的主路拾级而上。由于殿宇建筑数量众多，多数已经印象不深了，唯有那座强巴佛殿让我印象深刻。

扎什伦布寺院西边矗立着一座近30米高的殿堂，这就是强巴佛殿。此时，在日喀则正是清晨，远眺在阳光照射下的佛殿，金光闪耀，四周云雾缭绕，佛殿后面环屏着日光山，这一切犹如绘画中的仙山琼阁一般。资料显示，强巴殿供奉的强巴佛鎏金铜像高26.2米，仅一根手指就有3米长，是当今世界最大的鎏金铜像。

约9点半，我们进入强巴佛殿，强巴佛造型生动庄严、神态安详，低眉凝视着虔诚的善男信女。藏族人相信，崇敬强巴佛能够远离病痛、瘟疫和战争，迅速圆满功德，获得智慧。佛教认为，5亿年后，强巴佛将接替释迦牟尼成为佛教至尊，因而被称为"未来佛"。其实在汉族，强巴佛就是弥勒佛。殿堂里灯火闪耀，人们排着队，献卜哈达、酥油，用额头轻触佛龛，以沐浴佛的法力与恩泽。我们一行也随着队伍，缓缓走过佛像，并祈祷我们的"一路向西"行程圆满顺利。

在参观扎什伦布寺的过程中，我们能在不同角度看到一座高高耸起的类似白色墙壁的地上构筑物，那就是扎什伦布寺著名的展佛台。

1468 年，一世达赖根敦朱巴为纪念释迦牟尼，在尼玛山上修建了一处巨大的展佛台。展佛台完全由石块砌成，高 32 米，长 42.5 米，厚 3.5 米，共分 9 层，内部木梯相通，数十千米外亦清晰可见。此台位于寺东北围墙外，两侧多转经架、风马旗和摩崖石刻。每年藏历五月的十四、十五、十六日，扎什伦布寺均会在展佛台次第展出三世佛的巨幅唐卡像。第一日展出"过去佛"阿弥陀佛，又叫无量光佛，让人们回首过去；第二日展出"现在佛"释迦牟尼佛，提醒人们珍惜现在；第三天展出"未来佛"弥勒佛，即强巴佛，让人们憧憬未来。时机不巧，我们无缘现场观看这一盛事，只能留待将来了。

扎什伦布寺内建有四至十世班禅的灵塔，在参观灵塔殿的时候，会看到殿外挂有一口小钟，僧人会在人们进殿的时候，先敲击一下，听听悦耳的钟声，代表着祈祷平安吉祥。

1907 年的冬天，瑞典著名探险家斯文·赫定从印度出发，九死一生地穿越藏北高原来到日喀则时，受到九世班禅的热情款待。在共度新年大法会并参观扎什伦布寺后，斯文·赫定激情洋溢地写道：

> 扎什伦布寺是一个"贡巴"，意为独居之所或寺庙。这座寺院仿佛一座城池，又好似一个大迷宫，至少有一百栋独立的房舍。房子用石头砌成，外墙刷成白色，屋顶一线则漆有红黑色相间的彩条。每座房屋由狭窄的巷道和台阶分隔开来。其中地势最高的那个建筑是拉卜楞，正面十分漂亮，背衬粗犷的山脉。拉卜楞的前方和下面都有一排五座中国式宝塔，那是安葬逝去班禅喇嘛的陵墓。

扎什伦布寺的僧人

扎什伦布寺听经的信众

100 多年后的今天，扎什伦布寺还是老样子。不过"外墙"并不全是"白色"，寺院外墙应该是绛红色，而僧舍及其他用房外墙应该是"白色"。

14:30，过嘉措拉山口，5246 米。造明为我拍照时竟然手抖个不停，说镜头中找不到我。

16:20，过边防检查站。

17:15，过拉乌拉山口，海拔 5200 米。

17:50，过卧龙村，一垄垄绿色青稞，让看了几小时黄色山体的眼球感觉有了一丝兴奋。

19:00，经过无数大拐弯，终于看见了珠穆朗玛峰。

到达珠峰大本营，入住大本营唯一的"宾馆"，上到3楼，真正体悟到什么叫"气喘如牛"。但在看到珠峰真容时，兴奋还是一下子盖过了气喘。

入住后，我拎着相机来到"宾馆"2楼平台，想拍摄珠峰落日，可惜云层太厚。餐厅有点餐服务，我点了五六个菜和一盆饭，打电话让同伴下来吃饭，可大家都表示不想吃，只想睡。但菜已点，在我的再三"强制"下，同伴才三三两两、勉为其难地来到餐厅。米饭难以下咽，不仅仅是半生不熟，更多的是咀嚼也需耗氧，在拉萨、日喀则还豪言壮语的酒友，更只能望酒兴叹了。可怜那些烟民，火柴刮不着，打火机好不容易勉强点着了一支，但吸了半支已是"男儿气短"。

饭不吃了，只能躺床上休息，此时头痛欲裂、无法入睡，形容失眠时的辗转反侧，在这里似乎也不能有所作为，翻个身也必须用慢动作完成。

左图：珠峰大本营我们住宿的"宾馆"

8月14日　晴　宿萨嘎

气温：7℃—18℃

海拔：4660 米

　　这是行程最受伤的一夜，同伴大都无精打采，我也感觉头痛欲裂，不过除小钱外，其他人居然都没有吸氧。

　　7:00，起床。

　　7:30，前往珠峰。

　　珠穆朗玛，藏语意为"第三女神"。珠穆朗玛峰是喜马拉雅山脉的主峰，海拔8844.43米（中国国家测绘局2005年10月9日正式公布的峰顶岩石面数据），是世界第一高峰。其山体呈巨型金字塔状，地形险峻，环境复杂，山脊和峭壁间分布着总面积1500平方千米的各类型冰川，冰川之上更有造型各异、晶莹无比的冰塔林。珠峰周围20千米的范围内，群峰林立，全世界8000米以上的14座高峰中，这里就有5座，六七千米的山峰放眼皆是，形成了一幅群峰攒动、波澜壮阔的地貌。据地质构造分析，在远古时代，这里是一片海洋，大约从新生代早第三纪晚期开始，海下深处的岩层受强烈的喜马拉雅运动的影响，珠穆朗玛峰横空出世，慢慢上升为世界最高峰。据科学家测定，珠穆朗玛峰现仍在不断上升，平均每年上升3.2至12.7毫米。

　　珠穆朗玛峰地区因受东南季风和西北寒流影响，气候复杂多变，即使在一天之内，也往往变幻莫测。

珠穆朗玛峰是我神往多年的山峰，11年前首次西藏行时没能如愿，愿望今天终于实现了，虽因高原反应而头痛脑涨，但想到即将一睹地球之巅摄人心魄的风采和高原光线在世界最高峰创造出的神奇光影效果，心中异常兴奋。

乘坐环保旅游车前往观景台。

我们进入了一个黑白世界：雾和雪是瓷白一团，峡谷和山坡都是灰色一片，在这里大地几乎丧失了生动的色彩。观景台其实就是一处满是石砾的山坡，放眼望去，如同一个巨大的矿山废料场，大石块和细碎的石子堆成了两边的大小山坡，它们像刚刚被倒下的废料，荒芜而无半点生机。观景台竖一石碑，标注此处海拔为5200米，我们在此拍照留影后，又继续艰难上行，选择最佳观赏点。

此时，峰顶飘着白云，峰顶欲露还休，白云像在峰顶飘扬着的旗帜，可惜由于云层太厚，我们没能恭候到传说中的那色彩鲜艳的"旗状云"。

天空慢慢地亮起来，开始有些蓝色出现，太阳也逐渐升起，光线透过云层，落在山谷两旁山梁的积雪上，显得生机勃勃。在阳光的照射下，珠峰峰顶开始隐约可见，像罩了一层面纱。

正在这时，前方的云层突然撕开了一个小缺口，出现了一小片蓝天。蓝天衬出一座雪山的尖顶，那正是珠峰，珠峰毫不吝啬地向我们展示她的绝代容颜，她好似从天空中呈现的，那么玄秘神圣，艳丽的蓝和通明如玉的白，使天地瞬间变得生动无比。她像一尊神，偶尔睁开眼睛，散发出层层清

蓝天衬出一座雪山的尖顶，那正是珠峰。

辉，默默注视着一切。终于见到了多少美文中所描述的那张女神的脸，真的是轮廓秀丽。

珠峰遥遥在望，令人心旌摇荡，有一种纵使死也要扑向天堂一样的意念。这种壮丽的场景，已不能由着自己，觉得有一种来自灵魂的召唤，心已去那个虚无缥缈而又纯净洁白的前方。我们历经千辛万苦前来朝拜，等待的正是这一刻的心潮澎湃。此时我已经深信不疑，只要心有梦想行则必至，西天虽远不过三步；只要意诚心坚，东海虽深何足三杯。只要你想到那个梦中去，那此处就是你梦开始的地方。

说也奇怪，想来看到珠峰本是让人兴奋的事情，大家都应该大喊大叫才对，可是，所有的人都很平静。也许是被珠峰的静穆所震撼，也许是自己内心的虔诚而郑重其事起来，也许是严重的高原反应限制了大家的情感表达。此时，想举起双臂也得慢慢张开慢慢伸展，任何过快的动作都可能令心脏无法承受而窒息。为此，我们只能默默地惊叹，徜徉在珠峰的怀抱里，感受着她宽广的胸怀。

作家毕淑敏在其散文《今世的五百次回眸》中写道：

> 我不喜欢任何关于征服高山的言论，以为那是人的菲薄和短视。真正的高山是不可能被征服的，它只是在某一个瞬间，宽容地接纳

了登山者，让你在它头顶歇息片刻，给你一窥真颜的恩赐。如同一只鸟在树梢啼叫，它敢说自己把大树征服了吗？山的存在，让我们永葆谦逊和恭敬的姿态，知道在这个世界上，有一些事物必须仰视。

其实，我们如果以仰视的心态对待一切，我们的心将是无比宽广的。

9:00，我们来到世界上海拔最高的寺院——绒布寺，海拔5154米。绒布寺始建于1899年，它是红教的著名寺庙。

绒布寺依山而建，这样的寺庙总能给人一种与天相接的感觉，从而增加了几分神秘。远远望去，一片白色的建筑群，而其中最显眼的要算耸立的白塔，白塔的顶端照例是金顶，孤零零的。在这群建筑上面攀满了经幡，为寺庙增加了更多的宗教气氛。这样看去，绒布寺就像一个隐居大山深处的修行者，虽然没有布达拉宫、大昭寺雄伟壮观，却更让人产生一种向佛的清净。比那些身处闹市的寺庙，更能让人安静下来。也许这就是当初那些僧侣把寺庙建在5000多米之上的原因吧，因为这里更接近天也就更接近宁静，更接近宁静也就更接近自己的心。这是苦修者的修行之法，正如一个真正的行者不会依靠旅行社的安排来游览。

在寺前能够看到一对相对跪在屋顶的金色的羊。

也许寺庙太高了，闻不到什么香火味，倒是寺前一辆小卡车，上有油漆喷印的文字"广东××公司捐赠"，透露着这寺庙的一点人间烟火。从这儿往南眺望，是观赏拍摄珠峰的绝佳地点。

绒布寺依山而建，
这样的寺庙总能给人
一种与天相接的感觉。

绒布寺就像一个隐居大山深处的修行者。

同伴大多已疲惫不堪，不肯下车。我和大钱踩着零碎的步子，进入了绒布寺，院子里比较空落，空无一人，显得十分荒凉，有一种世外清净地的感觉。寺院里外没有一棵树，这就是西藏的环境，种活一棵树都很难。但也许只有在这样的环境中，人才不会为物质拖累，不会为了物质活着。正如《西藏生死书》中说的，"我们的生活除了物质还有很多很多"，而他们就是这些话的践行者。

绒布寺虽然没有珠峰名气大，却成了珠峰之旅的必经之地。百年前喇嘛、尼姑在修建这座寺庙时，肯定没想到，有一天绒布寺会成为世界各地游客到珠峰的必游之地。

15:30，到达佩枯措，海拔4590米。

佩枯措蓝得让人难以置信。

湖边可清楚地望见一座雪峰，它应该就是海拔8012米的希夏邦马峰，希夏邦马峰是喜马拉雅山脉现代冰川作用的中心之一，为枯岗日山脉的最高峰，方圆6000平方千米的永久积雪和冰川地带都围绕在它的周围。希夏邦马峰的倒影与雅鲁藏布江的涛声，成为佩枯措永恒的主题。据说，能在佩枯措拍到希夏邦马峰的人都会交到好运，虽然也许只是传说，但雪山湖泊的祝福也让人更有驻足佩枯措的冲动和理由。

17:30，到达萨嘎县城。

萨嘎，藏语意为"可爱之地"，这是日喀则市最大的一个县城，坐落在雅鲁藏布江的源头马泉河畔，与阿里地区相邻，地处喜马拉雅山北麓，冈底斯山脉以南的西南边缘，属边境县之一，全县边境线长105千米，为日喀则市西部三县（仲巴、萨嘎、吉隆）之中心，全县总面积为2.55万平方千米，总人口为1.3万人。全县平均海拔4600米以上，气候高寒严酷，属典型的高原性气候。

萨嘎街头有很多印度人，甚至酒店里的招贴画都有很多是英文的。据说，这里的游客很多是印度来的香客，专程来看神山和圣湖的。

同伴都没有解除头痛脑涨，精神都不是很好，没有统一安排晚餐，我整理了一下日志，然后简单吃了点儿点心就早早休息了。

8 月 15 日　晴　宿普兰县巴嘎乡（塔尔钦）

气温：9℃—21℃

海拔：4650 米

8:00，早餐，今天早餐最具江南特点，豆浆、薄粥、油条，大家吃得甚欢，也许是昨晚都没有好好用餐。

萨嘎是西行的中转站，是前往阿里的必经之路。

8:30，从萨嘎出发，沿着 G219 公路，傍着西藏的母亲河雅鲁藏布江上游的马泉河（当却藏布）逆流而上，一路向阿里方向前进。以前这段路是非常颠簸难行的砂石路，特别是七八月的雨季，这里的道路经常被洪水冲毁，还要经过很多过水路面，是西藏司机"谈路色变"的伤心路。2009 年后，国家投入巨资对此进行了修建，现在是一条真正的坦途大道。

依据我们一路向西的行驶方向，道路左侧是喜马拉雅山的绵延群峰，在蓝天的映衬下，喜马拉雅雪山就像一条白色的巨龙，一路陪伴着我们西行。再向前数十千米，是冈底斯山海拔 7095 米的罗波岗日峰。临近老仲巴时，出现了一片片的沙漠，一种凄迷的苍凉浸漫而来。

10:10，到达仲巴县的突击拉山，海拔 4920 米。

10:45，经老仲巴的扎东寺，海拔 4700 米。

我们途经的仲巴老县城，古老而颓废。老仲巴有个寺庙叫扎东寺，被称为"冈底斯东大门"，是座千年古刹。当年文成公主远嫁吐蕃后，精通阴阳八卦的她测出西藏的地形如一巨大魔女仰天而卧，于是建造了 13 座寺院分镇魔女的四肢和心脏，扎东寺就是其中的一座。

12:30，到达仲巴县帕羊镇，午餐牛肉粉丝汤。

利用饭店下粉丝的一段无聊时光，我走出饭馆。

一排野狗慵懒地躺在门口，个个体形高大，人一不小心

老仲巴有个寺庙叫扎东寺，
被称为"冈底斯东大门"，是座千年古刹。

就可能踩在野狗的身上。站在街上，四处望去，几排简陋的黄色土坯房子构成了镇区的基本格局。有的土坯房子墙根前堆满了羊粪和牦牛粪饼，有的房子门头上也挂着某某饭店菜馆之类的招牌，街口上有一间小商店，站着几位身着藏族服装的妇女，好像在买什么东西，偶尔还好奇地扭头冲我站着的地方看看。街口的另一边，是几家沿街的汽车修理店，乱七八糟的废弃汽车配件和轮胎堆了一地，零星地停着几辆布满灰尘的汽车。街上行人很少，只有那些成群结队的野狗，仿佛主人般，在街上四处游荡。

仲巴，藏语的意思是"野牦牛出没的地方"，如今，老仲巴已是一座几乎被废弃的小镇，居民与商家所剩无几。

帕羊很明显，远远地你能看到成片的沙丘，当看到沙丘就到了帕羊。帕羊就是在河边用土坯房子堆出来的小镇，海拔近5000米。据说，在219国道全程柏油路通车前，帕羊一直就是驴友心目中的"龙门客栈"，因为黄色的土坯房，一眼望去满目黄沙的边关印象。这里的沙丘成因和雅鲁藏布江中游的沙丘成因应该类似，水流在这里太过平缓了，雅鲁藏布江的源

在蓝天的映衬下，
喜马拉雅雪山就像一条白色的巨龙，
一路陪伴着我们西行。

头就在离这里不远的杰马央宗冰川。南侧喜马拉雅山脉和冈底斯山脉发源的无数冰川，它们的融水细流渐至汇聚成河，流到这里，形成了著名的马泉河。

这是前往阿里的必经之地，从前这段路面淤积着被大风从马泉河里吹上来的厚厚的黄沙，过路的车辆都会格外小心，稍不留神就会陷在沙窝子里，动弹不得。路过这里后就将翻越马攸木拉山进入广袤无垠的阿里高原。

帕羊是风口，特产就是风，风把河道中的沙扬了起来，它们飞舞旋转，最后积沙成山。仔细观察这些由时间堆积出来的沙山，还能辨别出风的方向，它们居然有着惊人的一致。站在帕羊的沙山前，小水塘里倒映着南侧的喜马拉雅山脉，阳光下，那些积满白雪的山头闪亮刺眼，牧羊女正赶着牛羊越过沙丘，往河道深处走去。这里就是中国的最西部。

从帕羊出发，穿过帕羊草原，我们继续行驶在荒原上，在马攸边防检查站检查身份证和边防证后继续前行。

此时，一道斜向天空的绿色草原颇似通天之梯一般呈现在我们眼前，白云从它的后面升上来，好像那道天际线后面就是世界的尽头，是一个无底的深渊，白云是从地平线下冒出来的，那横在蓝天白云间的天际线就令人浮想让人猜度。汽车一路开上去，永远是这样不变的景象，像魔法一样，只见轮子在转，不见景色有变，看着草和石子在迅疾后退，但天际线和前面的草坡永远被定格了。

在前往阿里的路上，这样的情景我想还会不断重复，仿佛你真的在走向天堂。

车到了平缓的顶点，那往往是一个转折，在见到一堆有五彩经幡的嘛呢堆后，就是大地开始向下倾斜的时候了。

仲巴河谷的土地沙化非常严重，沙丘不断侵蚀着大片的草场，尽管蓝天、白云、雪山、湖泊、草原、沙丘构成了窗外的美景，但是一路西行一路沙化的现状，还是让我有些吃惊。

正当我们搜索着窗外的景色，我们的两部越野车停了下来。这回不是因为修路的原因，而是我们又到了一个检查站，这里就是马攸桥检查站。通过检查后，我们一行就开始翻越前面的一座高山。司机指着前方的那座山顶说，那里是马攸木拉山口，是阿里与日喀则的分界线，过了那个山口，我们就进入阿里了。

16:10，我们到达了经幡环绕的日喀则地区和阿里地区的界山——马攸木拉山口。

当我看到那块清楚地标着"马攸木拉山海拔：5211米"的蓝色路牌时，我突然意识到，我们已经进入了向往已久的阿里了。

阿里，我来了。

当我看到那块清楚地标着
"马攸木拉山海拔：5211米"的蓝色路牌时，
我突然意识到，我们已经进入了向往已久的阿里了。

　　我终于踏进了地球上高高隆起的这块33.7万平方千米的
土地，在东经78°30'00"至82°00'10"、北纬30°00'00"
至34°20'00"之间，在平均海拔4500—5000米以上的阿里
藏北高原之上，在脚下这片向西北延伸，一直到新疆昆仑、
到青海可可西里的藏北无人区之中……

　　阿里地处西藏的西部，平均海拔4500米以上，素有
"世界屋脊的屋脊""西藏的西藏"之称，拥有独特的高原

自然风貌。"阿里"在藏语中意为"领地""属地",在藏文古籍中,"阿里"一词直到 9 世纪中叶才出现,之前一直被称为"象雄"。也就是 9 世纪中叶吐蕃赞普的政权灭亡后,其后裔来到了藏西这块原属象雄十八部的统治区域,享有了其管辖权,故此有"阿里"这一称谓。

在阿里有句流传甚广的谚语:"这里的土地如此荒芜,而通向它的门径如此之高,以至于只有最亲密的朋友和最深刻的敌人才会前来探望我们。"作为陌生的朋友,我们来了。

沿着笔直黑黢的公路,行驶在阿里广袤无际的原野上,内心不由自主地被某种苍茫和崇高所撼动。来之前有朋友告诉我,只有到过阿里,到过那辽阔万里而又峡谷纵横的边远地带,才会理解为什么古代象雄王国会以"夏穹"(大鹏鸟)为图腾。

17:25,到达玛旁雍措。

两部越野车驾轻就熟地停在平坦宽阔的坡顶,透过挡风玻璃,一个浩瀚无垠的蓝色湖泊瞬间呈现眼前。一眼望不到边际的湖泊,这就是印度教徒、藏传佛教徒心中的第一圣湖——玛旁雍措。

玛旁雍措位于冈仁波齐峰东南约 20 千米处,湖面海拔 4588 米,是世界上海拔最高的淡水湖,被誉为圣湖,被藏族人视作"众湖之后",与神山冈仁波齐一起被喻为"一对夫妻",他们相互依偎、不离不弃。

"玛旁雍措"意为"永恒不败之湖",在唐僧玄奘的《大唐西域记》中称玛旁雍措为"西天瑶池",佛教经典中称之为"世界江河之母"。湖水由冈底斯山的冰雪融化而来,清冽甘甜。佛教徒视其为胜乐大尊赐给人类的甘露，认为湖水可清除烦恼、消除病痛、益寿延年。用它不仅可以洗涤人肌肤上的污秽，更可以清除人们心灵上贪、嗔、痴、怠、嫉"五毒"。

传说圣湖的四边有四个洗浴门，东为莲花浴门，南为香甜浴门，西为去污浴门，北为崇信浴门。凡来朝圣转湖的人，不但会在湖中沐浴，往往还会取圣湖的水带回家乡，馈赠那些没有机会来此朝圣的亲朋好友。印度教、佛教、本教及古耆那教也都把玛旁雍措视为最神圣之湖。因圣雄甘地的部分骨灰撒在了玛旁雍措，印度人对玛旁雍措尤为崇敬。

环湖一周约为 90 千米，我们没有足够的时间步行转湖，只能要求司机开车环湖一圈，我们在三个不同位置停车欣赏。玛旁雍措有无法形容的蓝，天空似乎已经融化在湖水里，更加透彻玲珑。湖水可能镇过冈底斯山的千年寒冰，幽幽地，泛着冷玉的晶莹，带些旷古的微凉气息。第一眼，被玛旁雍措的灵气浸润，身心得以清清爽爽；第二眼，让人平心静气，可以忘记世俗纷扰；第三眼，让人可以从容合掌，在玛旁雍措的注视下，做朴素的礼敬，又如莲花来仰望和感恩。

在西藏的历史上，玛旁雍措旁曾居住着象雄最后一位国王李弥夏的妻子萨玛噶，她也是吐蕃国王赞普松赞干布的妹妹。萨玛噶嫁到象雄后，并未受到欢迎，而是受到李弥夏的冷落。为此，萨玛噶毅然离开琼隆银城王宫，来到了东边的玛旁雍措。这里是萨玛噶的伤心之地，同时也开启了象雄灭亡的序幕。644 年，松赞干布发兵象雄。可叹的是，李弥夏被吐蕃大军俘虏后，竟被关押在这里达 7 年之久，后才被杀。

在玛旁雍措边可以遥望冈仁波齐，只见簇拥着她的山峰都消失了，只余一道幽蓝的山脉，低低地伏身于地平线上，唯有冈仁波齐高高在上，她洁白无瑕、亭亭玉立，好像凌空升起的一轮晓月，又如一支摇曳生辉的风荷，恰似开放在这片幽蓝的湖面之上。这是宇宙间少有的奇景，圆球形的冈仁波齐代表的是太阳、是父神，弯曲的玛旁雍措代表的是阴柔的月亮、是母神。这里是一个日月生辉的圣地，神示再一次暗喻了世界中心的旨意。

如我这样的从喧闹嘈杂的城市来到这里，会有一种"渐渐融化在蓝天里"的感觉，此时一种莫名的冲动涌起——就想独自安静地坐在湖边，放空自己。

在我们到访玛旁雍措 100 多年前的 1907 年，一位世界著名的探险家也来到了这里。他就是瑞典探险家斯文·赫定。这是斯文·赫定的第四次中国探险。与前三次不同，这一次，他的目标就是西藏。

1907 年 7 月 26 日，斯文·赫定来到西藏阿里的玛旁雍措湖畔，他在其《亚洲腹地旅行记》中写道：

> 西藏的玛旁雍措（抑或仁波齐措）、印度人所称作的玛那萨罗瓦湖是创造之神的灵魂，实乃神圣至极。湖岸四周耸立着一座座雪山，仿佛环绕的一道花环。北边凯拉斯山和南边古尔拉曼达塔山的雪原之下有金鹰的巢穴，它们从巢穴中飞上高空，俯视如绿宝石一般青绿的湖面。印度来的虔诚信徒在湖面上能看见湿婆从极乐园里降至人间，化成白天鹅的模样在湖上盘旋环飞。数千年来，古代有多少宗教圣歌都赞美过这座圣湖。

斯文·赫定他们决定要对玛旁雍错的宽度、深度进行测量。由于遇到大风，他只能在 27 日晚上登船测量。那一夜，他不仅探明了玛旁雍措的形状呈不规则的椭圆形，直径约 15 英里（约 24.1 千米），湖面海拔 15200 英尺（约 4633 米），而且有幸乘船观赏到月光下玛旁雍措和拉昂措如梦似幻的湖光水色，还目睹了 28 日湖面上迎来朝霞的全过程。尽管帮他划船的两个藏族人整晚吓得要死，但斯文·赫定却兴奋异常。那晚他在玛旁雍措湖上待了整整 18 个小时，并记录了这美妙的时刻：

> 夜里时光流逝缓慢，终于东边微微泛出黎明的光辉。新的一天从高山之上偷偷向我们窥探，轻如羽毛的云彩染上了玫瑰红色，而云彩倒映在湖面上的影子仿佛就是滑行在玫瑰花园之中。太阳的光芒照在古尔拉曼达塔山的峰顶，闪耀出紫色和金色的光辉。古尔拉山的半山腰飘浮着一圈云朵，影子正落在大山的斜坡上。
>
> 太阳升上天空，好似一大颗钻石一样璀璨亮丽，给整个无可比拟的山光湖色平添不少生气和色彩。自古至今，有数百万的朝圣者在这里看着一个又一个清晨在圣湖之上如期而至，但是在我们之前还没有哪个凡人是在玛旁雍措的湖中央目睹这个壮观的景致。

听说圣湖里的鱼可以治百病，并且常有鱼跃上岸来，藏民把捡到的鱼晾干后当宝贝带走。我便紧盯着透明的水面，但看来我的运气并不好，没有看到鱼，更不用说捡到跃上岸的鱼。

浅色的卵石在随波漂动，扑面而来的寒气让我们的皮肤不禁起了鸡皮疙瘩，且有些战栗，在大钱、造明分别用矿泉水瓶灌了圣湖水后，我们离开湖岸继续向西。

18:20，到达海拔 4573 米的拉昂措。

拉昂，藏语是"公牛"的意思。我们看见雪山映衬下的湖水很蓝，于是下车拍摄。因为湖水面积的萎缩，我们离开公路走了很远才到湖边。湖岸的沙子很细很白，甚至比北戴河的沙滩还好。

拉昂措距离玛旁雍措不远，据说北面湖底与玛旁雍措相通。虽然相邻相通，可玛旁雍措的水是淡的，而拉昂措的水是咸的，再加上湖水颜色变幻无常，而且湖泊四周很少有植物生长，所以这座湖又被人们称为"鬼湖"。

拉昂措虽没有玛旁雍措的雍容华贵和尊贵，但也颇为娇媚动人。湖水就更不用说了，清澈无比。湖心是深蓝色的，可是湖边的水却是透明的。湖上碧波如镜，朵朵白云倒映其中，水光一色。

20:00，入住普兰县巴嘎乡（塔尔钦）喜马拉雅·冈仁波齐酒店。

普兰县地处西藏西南部、阿里地区南部、喜马拉雅山南侧的峡谷地带，为中国、印度和尼泊尔三国交界处，是西藏自治区边境县之一。其面积 1.32 万平方千米，总人口约 1 万人，县府驻吉让。普兰，藏语意为"独毛"。普兰以高原山地为主，中部较高，主要山峰有纳木那尼峰。著名的神山冈仁波齐和圣湖玛旁雍措，是朝圣者视为最神圣的地方。

阿里与新疆的和田、喀什一样，在很大程度上就是一个文明的中转站。凭借喜马拉雅山脉与冈底斯山脉之间开阔的绿色走廊，以及南部的孔雀河、西部的象泉河和狮泉河这三条国际通道，阿里自古就与外部世界保持着密切的联系，尤其是与南亚的印度、尼泊尔等国。而普兰，正是位于中国、印度、尼泊尔三国文明交融的节点上。

普兰可以说是古格王国的最早发祥地。当年吐蕃王孙吉德尼玛衮惶恐中来到普兰，而当时的普兰土王格西扎西赞不仅给了吉德尼玛衮一个温暖的家，而且还给了他至高的权力。古老的象雄血脉与高贵的吐蕃王室融合，掀开了阿里新王朝的一角。

今晚我们的住宿地塔尔钦是阿里的重要中转站，是西藏自治区阿里地区普兰县巴嘎乡的驻地，这个人口不过2000人的小镇，每年却吸引着超过20万人的光顾，原因便是"神山圣湖"。一般前往冈仁波齐转山都以塔尔钦作为起点和终点。对于转山，我们既没有准备，更是没有勇气。

8月16日　晴　宿札达

气温：7℃—20℃

海拔：3700米

　　早餐时发现，4位同伴的嘴唇、手指全发紫，犹如刚吃了桑葚，大钱尤其严重。可能是我注意多喝水、多吃水果的原因，或许是几十年的书法练习，竟没有异常反应，嘴唇、手指色泽正常，虽然有些头痛，几分钟的深呼吸便能基本解除。

　　在塔尔钦的街上，一早能看到许多背着行囊的转山信徒，黝黑的脸上带着疲惫、风霜，更挂着虔诚、满足与幸福。

　　8:45，继续向西，今天行程：札达土林。

　　9:00，终于看到没有云彩遮挡的"神山"冈仁波齐了。

　　我们本以为今日因云层太厚而看不到冈仁波齐山峰了，准备驾车离开，正当此时，云团飘移，冈仁波齐在车的右前方出现了。冈仁波齐没有连绵的雪峰，只有单峰孤立，山峰上覆盖着一层厚厚的雪，像一朵尚未开放的莲花，又似大地母亲的一个丰满乳房，其外形近似于标准的几何形体。冈仁波齐山体疏密错落有致、黑白相宜，把它冷峻、刚硬、雄浑和人类赋予的神圣一并呈现给世界。

　　冈仁波齐，藏语意为"神灵之山"，梵文意为"湿婆的天堂"。冈底斯山脉绵延在昆仑与喜马拉雅之间，如同一道脊梁，支撑起令人崇敬的冈仁波齐。冈仁波齐海拔6721米，但高度对

冈仁波齐没有连绵的雪峰，
只有单峰孤立，山峰上覆盖着
一层厚厚的雪，像一朵尚未开放的莲花，
又似大地母亲的一个丰满乳房。

于冈仁波齐并不重要，因为它的神圣不在于它有多高，它是独一无二的神山，是一座跨越宗教、文化与国界的神山，被藏传佛教、本教、印度教以及古耆那教认定为世界的中心，据说，藏传佛教中尊崇的须弥山，指的就是冈仁波齐。

因此，至今无人登顶，也没人敢登顶。唯一的膜拜形式，就是一圈圈围着它转，年年不息。

绕神山冈仁波齐一圈，有 57 千米。

转山，本身是一种盛行于青藏高原及周边藏族聚居区的庄严而又神圣的宗教活动仪式，是朝圣者亲近神山最常见的一种形式，是藏族人表达宗教虔诚的一种方式，每年都会有很多虔诚的信徒参加。转山习俗，实际上源自古代象雄文明的

核心——本教。

众所周知，本教就发源于西藏阿里神山冈仁波齐附近。换句话讲，转山，是发源于阿里的神山冈仁波齐。

值得一提的是，以印度人为代表的南亚大陆的人们对于冈仁波齐的情感源远流长。在印度，只要是"转神山归来的人"，都身价倍增。印度教徒把冈仁波齐称作"凯拉斯"，在他们心目中，凯拉斯是宇宙的中心。

今日"神山"开恩，拨开云层，露出了真容。

从地质学角度讲，冈仁波齐峰山体的上部，是由第三系砂岩和砾岩组成，岩层平缓，是西藏少有的构造变动微弱的始新世地层。看上去，它那质地坚硬的水平纹理岩层，构成十分诱人的金字塔式阶梯。塔形王冠坚实地嵌入它雄浑的身躯，亿万年冰雪浇铸而成的晶莹透明的冠顶，把它冷峻、刚硬、雄浑和人类赋予的神圣完美地呈现给世界。

从人文角度看，"冈——仁波齐"在藏语中应该是这样念的。"冈"是"雪山"之意，"仁波齐"就是"仁波切"，意为"上师""宝贝"，"冈仁波齐"即"雪山至尊"之意。

我们沿 G219 公路继续往札达方向，
在路边，可以看到奇特的地貌，大地露出瑰丽的色彩，
这里应该有丰富的矿藏。

　　面对冈仁波齐，人是渺小的。膜拜的过客，崇敬着他们心中的神山，奉献着五彩的哈达，维护着那由来已久的信心。

　　冈仁波齐是神山，也是生命之山，它孕育了 250 多条冰川，它潺潺的雪水，从它和玛旁雍措附近分别向东、南、西、北四个方向流淌，形成了以天国中的马、狮、象、孔雀四种神物命名的四条河流，分别是著名的恒河（上游为孔雀河）、印度河（上游为狮泉河）、萨特莱杰河（上游为象泉河）和雅鲁藏布江（上游为马泉河）的源头，被誉为"万水之源"。这四条令人遐想的河流，养育了四大广袤流域的各族先民，也孕育了沿河两岸灿烂的古象雄、古格以及古印度的文明。

　　我们沿 C219 公路继续往札达方向，在路边，可以看到奇特的地貌，大地露出瑰丽的色彩，这里应该有丰富的矿藏。

　　在公路两旁，还能看到成群的藏野驴，还有白屁股的藏原羚。清晨的草原上，所有的小草、野花都挂满露水，可能这正是藏野驴和藏原羚最喜爱的早餐吧。

　　12:00，我们在惊叹中到达壮美的札达土林。

　　札达地处西藏西部，为西藏自治区边境县之一。其面积

面对冈仁波齐，人是渺小的。
膜拜的过客，崇敬着他们心中的神山，
奉献着五彩的哈达，
维护着那由来已久的信心。

24676平方千米，总人口8000人。札达，藏语意为"下游有草的地方"，隶属阿里，县政府驻地托林。

札达平均海拔4000米，地势南低北高，高差1500米。境内有阿里地区的第二条大河象泉河横穿县境。象泉河两岸土山林立，蜿蜒曲折数十里，形成独特的地貌结构。在土林中有古格先民遗留的400多座洞穴，形成了以象泉河流域为主的古建筑群，其中古格王国遗址最受外界关注。

青藏高原是由于印度洋板块与亚洲板块相碰撞而形成的。碰撞带来了一场造山运动，海洋变成了高原。札达100万年前还是一个湖，如今发育成了鬼斧神工的土林。汽车一个右转弯，钻进了一条普普通通的山沟，它慢慢扩大，土坡出现水流冲刷而成的缝隙和沟，渐渐地，土坡升高，沟加深，形状各异的土林成形了，它让人震惊！再也看不到草原了，甚至看不到完整的天空。

在土林，你的心灵会被眼前的一切景色所震撼，惊异于大自然造物之神奇。

到达土林底部的峡谷，青葱的绿色，不时透出生命的气息，宁静的河流和周围土林完美相约。形状各异的土林，似一座座城堡、一群群碉楼、一顶顶帐篷、一层层宫殿、一尊尊佛像，参差嵯峨、雄浑苍凉。甚至连土林上一道道被雨水冲刷的痕迹，都像西藏老人脸上的皱纹。

形状各异的土林，
似一座座城堡、一群群碉楼、一顶顶帐蓬、一层层宫殿、
一尊尊佛像，参差嵯峨、雄浑苍凉。

正是这土林，为建造洞穴提供了很好的基础。少雨、干燥、缺乏木材，洞穴成为藏西先民的选择，而正是这些洞穴，诞生了象雄、古格时期的璀璨文明，众多的石窟和洞穴秘密隐藏在广袤的土林深处，在1000多年的岁月里，经历王朝盛衰更迭，时间让它们最后渐渐与这些土黄色的山丘浑然一体，消隐在历史的长河中。

13:00，到达札达县政府驻地托林镇，午餐面条。

托林镇在一片土林的环绕中，很小，整个镇也就两条街。据说，托林镇几乎全是移民，没有土生土长的，也无人知道这片奇异土地上所发生的一切。街边开设店铺的，大多是来自遥远藏东的康巴人，他们是藏族的吉卜赛人，高原上到处都有他们的身影。他们剽悍，有商业头脑。他们身携锋利的藏刀，戴着红色头巾，走遍四方，到哪里就把自己的歌舞带到哪里。

14:45，入住土林城堡酒店。

听说札达土林的晚霞漂亮，古格遗址的朝霞壮观，大家商量决定先住下来，一是休整，二是看晚霞、赏朝霞。

遗憾的是，大家都急于休整，居然没能去在阿里佛教史上具有重要意义与地位的托林寺。托林寺始建于古格第二代王松扼时期，它效仿西藏第一座佛、法、僧俱全的寺院桑耶寺所建，号称阿里地区的第一座寺院。大译师仁钦桑布曾驻锡托林寺翻译了大量佛经。

黄昏的札达土林与白天黄尘蒙蒙的景色截然不同，有了自己特有的颜色，随着太阳落山，不同的时间段，周围土林在太阳光的照射下，宛如神话世界，变幻着不同的色彩，金

黄昏的札达土林有了自己特有的颜色，
随着太阳落山，不同的时间段，变幻着不同的色彩，
宛如神话世界。

色、橙色……如武士的甲胄、僧人的衣袍，荒芜而又充满盎然生机。

最后一抹夕阳滞留于山巅，让人想到为什么我们把时间称为"光阴"。时间是空洞的，山下的阴影正一寸一寸上升，山上的夕阳在一寸一寸退缩，时间在这光影中呈现了它流逝的影像。100万年，湖水换成了一片土林；400年，一个曾经显赫一时的古格王国，神秘消失，只留下残破的托林寺和坍废的灵塔。

8 月 17 日 晴 宿噶尔

气温：6℃—21℃

海拔：4279 米

　　6:15，出发，沿着古老的象泉河前往古格王国遗址，准备欣赏古格遗址的日出，古格王国遗址离托林镇并不远，出城往北半小时后到达。

　　象雄远去了，吐蕃也远去了，终于，藏西的阿里高原上，吐蕃的后人在苍凉绝境中，又开启了上部阿里曾叱咤风云 700 年的神秘王朝——古格。这是一个厚重得让人过目不忘的名字，一个至今仍是阿里最为生动、最具诱惑力的词语。中学学历史时知道有个古格王国，但内容一笔带过，对此并没有过多、更深地去了解。直到 2012 年在阅读畅销小说《藏地密码》后，我有了探究的兴趣，也成了此次一路向西阿里行的重要原因。

　　此时，空气很清冷，吸进肺里凉凉的。抬头仰望，看到了我有生以来见到的最浩瀚、最美丽的夜空，满天的星星压得如此之低，就在头顶一闪一闪冲我眨眼，摘星在那一刻似乎并不是个遥不可及的传说，而是伸手就能实现的愿望，我着

伴随着太阳慢慢升起，
阳光轻轻洒在西侧的古格城堡遗址上，
先是最高的山头亮了，
有一束金黄的光，跟舞台聚光灯似的，
然后迅速扩大开来。

迷地望着硕大的星星，力图将这童话般的景象铭刻心中。

　　不远处，黑魆魆的札不让山上古格王国的遗址，在星空下显得诡异、深邃，似乎在黑暗中有许多灵魂在游荡。

　　6:50，东面地平线出现一丝丝的鱼肚白。

　　7:50，太阳的霞光出现，太阳终于要出来了。

　　8:10，太阳在东侧土林的肩膀上露了出来，东方天空泛起一层浅淡的白色，揉成浑浊的一团，散发出柔和的光，照亮了天空里的几片流云，流云或舒或卷，悠然飘袅，变幻莫测。此时的天穹就像一个巨大的半透明罩子，罩子内纯净如洗，将微弱的晨光反射到大地上，大地上的景物逐渐露出清晰的棱角边缘。

　　8:20，伴随着太阳慢慢升起，阳光轻轻洒在西侧的古格城堡遗址上，先是最高的山头亮了，有一束金黄的光，跟舞台聚光灯似的，然后迅速扩大开来。金色的光辉瞬间倾泻下来，顿时，如从城堡遗址顶上倾倒了一大盆液体的黄金，迅速向

从山脚下仰望遗址，并不很高的山冈上密布着像蜂窝一样的洞穴，
半山腰一座绛红色的建筑物，
在土黄色山体的映衬下，格外醒目。

整个遗址漫延、伸展，瞬间，整个遗址成了金色。这金光就像
是一双慈爱的大手，温柔地抚摸着昔日有过十万人之众的庞
然大国，用世间最美妙的颜色还原古城华彩夺目的面貌和威
严雄壮的身姿。

从远处望去，金黄色的城堡和山融为一体，傲然挺立在
荒芜的土地上，显得格外苍凉、古老、雄伟。披上金甲的残败
的城堡遗址，似乎要再现往日雄风。

周边没人说话，大家忘记了清晨的寒冷，或取景拍摄，
或翘首凝望，一片相机咔嚓声。5分钟后，城堡上一片光亮，
金色迅速消退。整个过程，让人感到神奇、神秘，壮观、壮
美，惊奇、惊艳。

我多年神往的一个所在，突然如此具象、如此丰富、如
此壮观地呈现在眼前，感觉有点不真实。

太阳已经升起，照亮了古格王国遗址，整个光线变化的过程，是一个神奇的时刻，在古格，我又一次被感动。

太阳完全升起之后，远方山脉的轮廓，低处山谷的色彩，高处古格城堡遗址的恢宏，都清晰可见。

城堡建筑在一座300多米高的黄土丘上，地势险峻，洞穴、佛塔、碉楼、庙宇、王宫有序布局，自下而上，依山而筑，气势恢宏壮观。

城堡遗址被土林远远近近地环抱其中，因是用取自周围土林的黏性土壤建筑而成，所以古老城堡的断壁残垣与周围的土林浑然一体，使人难以分清究竟哪是城堡、哪是土林。

当我们的越野车停在山脚下古格王国遗址并不高大的大门外后，我迫不及待地下了车，想尽快一睹小说《藏地密码》中非常神秘的古格城堡。大门两侧分别竖着一块石碑：左边的一块刻的是汉文，上刻"全国重点文物保护单位，古格王国遗址，中华人民共和国国务院，一九六一年三月四日公布，西藏自治区人民委员会立"；右侧的一块与这块大小一致，只是上面刻的是藏文，内容应该与左边这块一样。

从山脚下仰望遗址，并不很高的山冈上密布着像蜂窝一样的洞穴，半山腰一座绛红色的建筑物，在土黄色山体的映衬下，格外醒目。残垣断壁之中，隐约能窥到一些残败的碉堡和佛塔，以及荒芜的寺院。

城堡中山坡及山腰以下，大多是民居，房屋开间不大，洞穴亦不深。寺庙也集中在这里，保存完好的神庙有4座，依次是白殿、红殿、大威德殿和度母殿。这一带应该是世俗社会，百姓的起居场所。不少洞窟内，被烟火熏过的洞壁，依然黑黢黢的。洞中的泥土里有石锅、石臼，也有一些残存的壁画，古格臣民市井生活的场景依然历历在目。

　　遗址建筑群内部，地道四通八达；外围则由用黄土垒成的城墙环绕。残墙上，仍然依稀可辨认出许多石刻的佛像。

　　山腰之上，山势陡峭，抵近山顶处，四面悬崖，只有一个洞口可直通山顶。洞是竖直的，洞内挖了梯级。这里真可谓一夫当关，万夫莫开。

残垣断壁之中，隐约能窥到一些残败的
碉堡和佛塔，以及荒芜的寺院。

　　遗址没有全部开放，仅能参观度母殿、红殿和白殿，而山顶的护法神殿、坛城殿等尚未开放。

　　沿台阶到山腰底部，是仅有 30 余平方米的度母殿，东向的殿门和经过修整的前门廊没有涂色，本色的木柱和门廊虽然有些简陋，但这座土山上最东面的小殿，却在阳光下亮灿灿的，显得生气活跃，而殿中因为风蚀雨剥，格外斑驳，一种残缺的美感，通过早晨温暖的阳光呈现在四壁。虽然战火摧毁了城堡，黄土淹没了辉煌，但作为西藏佛教史上最为独特的一个时代，古格王国依然在沧桑中透出厚重的历史，其中最难能可贵的应该就是古格壁画。这是古格艺术的精品，虽然它们已经沉睡了几个世纪，如今依然光彩照人。

　　红殿和白殿是古城中最大的两处建筑。

　　红殿以外墙遍涂红色而得名。殿中主供佛像已被毁坏，现在红殿中最有价值的，就是总面积达 300 多平方米的壁画了。红殿壁画以佛像、佛传故事及古格人庆典场面为主。一幅画中十来个女子，俊秀娇媚，一字排开，跳着舞蹈。讲解员说，这就是传说中的古格宣舞。

　　与红殿相距 10 多米处，就是白殿。白殿是因殿堂外墙所涂颜色为白色而得名。白殿面积是古格王城中最大的。白殿壁画侵蚀严重，画面十分模糊。但白殿还留存了十数尊各类塑像，最可观的是门后一左一右的红色马头明王与蓝色金刚手菩萨。

　　古格死了，可这些壁画还活着。

　　透过这些绚丽斑斓的图画，不仅让我们赞叹古格先民精巧的绘画技巧、颜料制作技术，更让人们可以从中窥探到昔日古格王国的政治经济以及文化风情，从中去追寻古格王国兴

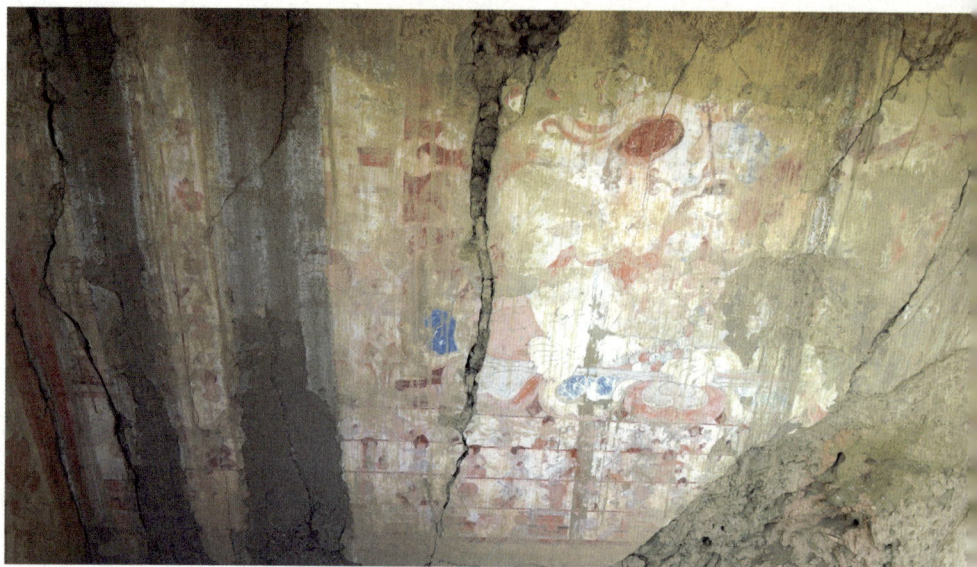

洞中有一些残存的壁画

衰、消亡的历史。偏安此地 700 多年的古格王国，鼎盛时控制着今天阿里的大部分地区。在 13 世纪至 15 世纪，经济、佛教和文化艺术发展进入繁荣昌盛时期，16 世纪进入鼎盛时期。

古格王国以佛教立国，经常派人远赴克什米尔学习佛经，并翻译了 108 部佛经。1042 年，古格王从印度迎请高僧阿底峡至阿里弘法，使这里成为当时西藏的佛教中心。许多重要的佛教经义都是从古格所在的阿里传入西藏其他地方的。阿里地区自此寺院如林，它是吐蕃世袭的延续，还使佛教在吐蕃瓦解后在西藏的再次传播找到立足点，开启了佛教在西藏的后弘期，奠定了西藏藏传佛教今天的格局和基础。

古格除了佛教势力全藏闻名，其政治和军事力量东部势力已经抵达昌都地方，东南方向达到普兰和亚孜，向西甚至扩张到了中亚地区。

古格不仅有以"古格银眼"为代表的工艺精湛的佛像、精美的金银器，还有世界上最纤细、最珍贵的羊毛。

同时，古格王国以其毗邻中亚和南亚的独特地理区位，一直是沟通西藏与中亚、南亚等地的重要商埠。到了近代，这朵辉煌的文明之花，甚至吸引了西方传教士来传教。

时间很快到了 1626 年 4 月 12 日，那天在古格王城最好的地块上，竖起了古格历史上，也是整个西藏历史上的第一根圣十字架，这是中科院民族研究所的伍昆明先生撰写的《早期传教士进藏活动史》中所记载的史实。

古格的灭亡，有人说是因为拉达克王悔婚，导致双方战争；也有人说是因为瘟疫。但真正的原因只有一个，那就是西方天主教的传入导致的。

宗教一直是西藏王朝更迭的重要原因，于是这根十字架将本已危机重重的古格推入万劫不复的灾难之中，这个有 700 多年历史的古老王国开始陨落了。

1630 年，相当于明代崇祯三年，古格爆发了反对国王与洋教的武装暴动，位于克什米尔东南部，崇信噶举派佛教的"同胞"王国拉达克在国王森格南杰的带领下，乘虚攻进古格王城，古格第二十六代王扎西扎巴德战死（一说受降），王后变成黑猫逃亡，历时 700 余年的古格王国走到了尽头。

站在残留的古格城墙上向下望去，洞穴、佛塔、碉楼、庙宇、宫殿布局有序，错落有致，依山而建，仿佛还能感受到万物对古格王国的顶礼膜拜，只是时光荏苒，现在只留下这一片凋零，显露出繁华落尽后的落寞与孤独。

如果能用宿命来解释古格王国的消失，那再恰当不过了，但是古格文明的突然消失至今仍是个谜。

古格王国，虽然未能像吐蕃王朝那样统一整个西藏，但它却在喜马拉雅山脉和冈底斯山脉之间建立了世界最高处的政权和文明。古格王国历经 35 代国王，曾拥有 10 万臣民，延续了 700 多年，这在人类历史上并不多见。

至今，我仍然困惑的一点是：鼎盛时期的古格王国人口号称有 10 万之众，但古格王国遗址的所有洞穴、宫殿等可以住人的空间加起来，最多可以满足 2000 人左右住宿，那么剩下的那么多人到底分布在什么地方呢？最为合理的推测可能是，在阿里这片神秘的大地上，还有许多至今尚未被人发现的古格文明遗址隐藏在广袤的札达土林中。

在我们穿越方圆 400 多平方千米的札达土林的过程中，我不止一次看到在一些山峰顶端残存的形似古堡遗址，那么，是否在一些现在还没有人烟的荒漠中存在着神奇的城堡、塔林或者佛教遗迹？即如小说《西藏密码》所写的那样，还有许多类似札布让的古格王城一样的古堡，至今仍被历史的尘埃所掩盖。

神秘的古格王国在 400 年前一夜之间在历史上消失，留给我们的只有那记录了灿烂辉煌的文化艺术成就的古格王国遗址。

古格王国虽已灰飞烟灭，但作为西藏佛教史上最为独特的一个时代，古格为后人留下了为数不少的遗址、史迹及谜。

离开遗址前我们下坡去寻找传说中的"藏尸洞"，据说洞内安葬的都是古格王国战争时期被砍头的俘虏，都是青壮年，而且没有发现头颅，因为札达这边气候干燥，这些尸体都成了干尸。当然，我们连干尸都没看到，更没有看到"黑猫"。

王国遗址的山脚下，现在是一座人口稀少的村落。但这个地方的名字，无论是在象雄历史上，还是在古格历史上，都是一个响亮异常、无法回避的符号：札布让。

9世纪中叶，吐蕃王朝末代赞普朗达玛的重孙吉德尼玛衮，在王朝崩溃后率领亲随逃往阿里，在距离今天托林镇10余千米的象泉河畔——札布让，建立起了古格王国。

13:48，车驶离札达境。

告别札达，告别土林，告别古格，我们沿G219公路向北驰向远方的阿里首府狮泉河镇。

这时，阿里的天，蓝得纯粹、蓝得洁净、蓝得坦荡，如从宇宙深处漫溢而来；阿里的云，白得单纯、白得纯净、白得神怡，像孩子喜爱的棉花糖，在空中随风飘荡，仿佛可以随手采摘；阿里的山，连绵平缓、光秃秃的、层次丰富；阿里的草原，枯黄稀疏，粗犷而又博大。

向北翻越冈底斯山脉，冈底斯，藏语意为"众水之源或众山之根"，山顶海拔达到了6000多米。

17:00，我们看到远处山坡上"毛主席万岁"的巨大白色标语时，司机告诉我们前面就是阿里首府所在的噶尔县狮泉河镇了。

过狮泉河，然后直奔日土看岩画。

看到远处山坡上"毛主席万岁"的巨大白色标语时，
我们前面就是阿里首府所在的噶尔县狮泉河镇了。

日土，是藏语的音译，意思是"城堡坐落在形似枪叉支架
的山上"。日土位于阿里的最北部，北接新疆和田，南邻阿里
地区的噶尔县，西临印控克什米尔地区，东靠阿里的改则、
革吉两县，主要山脉有昆仑山脉、喀喇昆仑山脉、冈底斯山
脉和阿龙干累山，整个县群山环绕，河流纵横交错，湖泊星
罗棋布，平均海拔 4500 米左右。

18:15，到达日土日姆栋岩画。

从狮泉河镇出发，沿着 219 国道行驶 90 多千米，司机老
梁将越野车停在路边。他用手指了指右手边紧靠 219 国道的一
处山体崖壁，告诉我们，这里就有岩画。

虽然在启程来阿里之前，我就做好功课，知道阿里的日
土县有很多精美的岩画，并且已经将岩画考察作为本次旅行
的一项重要内容来对待。但这么快就能如此方便地在国道旁近
距离欣赏岩画，还是大出我所料。

这就是著名的日姆栋岩画。日姆栋，藏语是"鬼神之画"的意思。

岩画所在的地方属于日松藏布河东岸的山前地带，新藏公路（G219公路）从岩画面前穿行而过。下车后，我习惯性地测量了一下这里的海拔，数字显示是4380米。

藏北岩画的最早发现者，应该是探险家斯文·赫定。斯文·赫定在《亚洲腹地旅行记》里记述了1900年他在西藏北部某个海拔约4500米的地方发现：

> ……我看见一块山石上雕刻着几个拿弓的猎人追赶着羚羊。山谷中又有一块蒙古人的石碑……

就是这短短的文字，为后人留下了20世纪初关于藏北岩画最早的文字记录。据有关学者推断，斯文·赫定发现岩画的地点，可能就是在今天日土的某处。他对岩画内容的简单描述，与藏北地区最常见的"狩猎岩画"内容吻合。

历史不会因为文字记载得简单就尘封光芒。

西藏岩画的集中发现是在20世纪的前40年，发现者大都是在西藏境内进行考察的外国学者。

20世纪意大利藏学家G.杜齐曾多次深入西藏腹地进行考察，对岩画研究考察较为专业。杜齐在他那本著名的《穿越喜马拉雅》中也有关于西藏西部、后藏及西藏东部地区发现岩画的记载。学养深厚，通晓梵文、巴利文、藏文和汉文的杜齐，首次提出了西藏阿里地区发现的岩画在图像风格上与拉达克具有相似性的观点。因此，学者推测这种岩画极可能是在前

1000 年间流行于欧亚大草原所有游牧部族的重要风格。

日土的岩画，多为凿刻式的北方猎牧人的岩画类型。藏北高原一直以来都以牧业为主，当今发现岩画存在的密集地区几乎都是游牧民族活动的区域。西藏早期北部游牧部落社会生活中，原始宗教发展兴盛，具有鲜明的特点，原始宗教是岩画存在的一个重要理由和内在动力。青藏高原北部地区曾经是古象雄王国的统治地域，这就意味着藏北"羌塘"草原在铜石并用时期曾经是文化、经济相当发达的地区，因此奠定了岩画存在的基础环境。

从日土岩画的周边环境分析，这些承载岩画的大石头附近，一般都有充足的水源和便利的交通条件，这表明日土岩画的分布地区应该是远古先民生产生活活动较为频繁的地区。

日土岩画题材丰富多样，以动物为主，其次是日、月、山、植物等自然景观，还有狩猎、放牧、舞蹈等社会图景和反映生殖崇拜的内容。这些岩画与贺兰山的岩画都是中国画的最早样本，反映了我国先民对自然、社会活动的具象描绘和抽象概括的能力。

据说附近山沟的洞穴内还有壁画，但不知具体位置，时间又晚，只能带着遗憾离开。

19:00，到达班公措。

日土湖泊众多，也被称为"湖泊环绕的地方"，主要湖泊有班公措、鲁玛江冬措、郭扎措、邦达措、龙木措、结则茶卡、芒措、芦布措、骆驼措等。其中，班公措面积最大。

班公措是高原内陆湖，也是一个国际湖泊，东西走向长达 155 千米，向西延伸至克什米尔地区；南北平均宽约 4 千

日土岩画题材丰富多样，
以动物为主。

米，南北最宽处为 15 千米，最窄处只有 5 米。班公措的面积
很大，中国境内的湖面面积约为 413 平方千米，比圣湖玛旁雍
措还大一些。如果算上克什米尔地区的部分，班公措的湖面面
积达 609 平方千米。

斯文·赫定在著述中断定：

班公措东段的淡水区湖面宽阔，水草丰美，景色宜人，
湖面上不时有野鸟掠过、野鸭游过。

　　班公湖原先是一条外流河，它始于色林措，向西沿
一洼地至班公湖，进入克什米尔后即与印度河上游相
接，最后注入海洋。

　　中国科学院青藏高原综合科学考察队的考察结果也肯定
了他的观点，认为，班公湖要西流是完全可能的；并强调，
班公湖两岸丰富的洪积物将班公湖出口处堵塞，使它与印度
河支流协约克河断开而成为内陆湖泊。
　　如果我们从空中俯瞰班公措，可以看到班公措水面像一
只天鹅。最吸引人的是那段细细的如同天鹅细长颈部的水面，

深深地向西伸入克什米尔地区，因此班公措藏语意为"明媚而狭长的湖"或是"长脖子天鹅"。

班公措最奇特的并不是它的形状，而是其"一湖分咸淡"的独特水质。中国境内的班公措湖水是淡水，克什米尔地区的湖水却是咸水。这种一湖之内既有咸水又有淡水的湖泊，在全世界也极为少见。

班公措东段的淡水区湖面宽阔，水草丰美，景色宜人，这里有世界上海拔最高的鸟岛。湖面上不时有野鸟掠过、野鸭游过，水中小渚还有野马在踱步，很是悠闲。

不知不觉，夕阳开始西下。忽然，阳光冲破厚厚的云层，

班公措落日

耀眼的余晖瞬间照亮眼前的蓝色湖面、绿色湖岸，远处，一位衣着鲜艳的藏族牧羊女正赶着一大群羊儿沿着湖畔走来，一幅绝美的班公措牧羊图！我的心里仿佛被什么触碰了一下，竟没能将这一绝美"牧羊图"拍摄下来，等回过神来，牧羊女已经远去。

22:00，到达阿里首府狮泉河镇（噶尔）。

23:00，入住古格王国酒店。

　　噶尔地处西藏最西部，是西藏18个边境县之一，面积18080平方千米，总人口9800人。噶尔，藏语意为"帐篷、兵营"。原西藏地方政府在抗击克什米尔的森巴（锡克族）军队入侵时，蒙古人甘登次旺率兵打败森巴军队后曾在此扎营，由此得名。县政府驻狮泉河镇，隶属阿里。狮泉河镇还是阿里地委、行署机关驻地。从这里经日土，走新藏线可去新疆的喀什。

　　一般认为，7世纪，松赞干布统一西藏各部落，建立了强盛的吐蕃王朝，同时佛教开始传播与兴起，西藏文明由此开始。但西藏文明也与其他各文明一样，不是一天形成的，7世纪以前的西藏也有着自身的文明发展。

　　在阿里，7世纪前的象雄文明同样有着自身的特点与光彩。在日土、革吉境内就有旧石器时代的考古发现，使象雄文明成为西藏文明的根。在那片高耸的雪域高原，象雄文明所展示出的灿烂文明之光，现在依然映照着整个藏区，由此而延伸出的种种传统风俗文化一直流传至今。

　　今天，藏族人许许多多的习俗和生活方式，如婚丧嫁娶、天文历算、医学文学、歌舞绘画、驱灾除邪、卜算占卦，还有入珠、跳锅庄、宣舞等，在不同程度上仍沿袭着象雄文化传统。我们现在所熟知的，比如转神山、拜神湖、撒风马旗、悬挂五彩经幡、刻石头经文、放置嘛呢堆、使用转经筒，都源自本教的遗俗。

8月18日　晴转雨　宿改则

气温：1℃—17℃

海拔：4350 米

　　9:30，沿 S301 线向东，前往改则。

　　11:35，到达革狮边防检查站，海拔 4600 米，这是我们沿途所见到的条件最好的检查站。

　　过革吉县城后没有了正式公路。

　　革吉地处西藏西部、狮泉河的源头，面积 47225 平方千米，总人口 1.1 万人。

　　革吉，藏语意为"美丽富饶的土地"，隶属阿里，属羌塘高原大湖盆区，平均海拔 4800 米，有"世界屋脊的屋脊"之称。海拔 6000 米以上的山峰有 11 座，5000 米以上的有 23 座，其中最高峰直龙拉峰海拔 6380 米。野生动物资源有国家一类保护动物野牦牛、黑颈鹤，二类保护动物盘羊、野驴等。县政府驻革吉镇那坡村，人口 400 余人。

　　革吉的地貌与塔克拉玛干大沙漠边的戈壁相似，大地只有一种让人感到干渴窒息的杏黄。

　　此时正值中午，烈日炎炎，让人感觉燥热烦闷。

　　听说夜里气温会陡降，在这种冷热交替中，石头地慢慢都风化成了砂地。偶尔有一些坚韧的石头，挺立于蓝天白云下，把遥遥岁月的信息以神秘不可知的古怪造型，向走近它

到达盐湖乡，
正遇该乡一年一度的赛马会，今天是"开场戏"。

的人传达。

因今天早餐吃得晚，为了赶时间，大家商定午餐不在革吉镇吃，继续向东 100 千米。

14:00，到达雄巴乡，午餐，面条。

进入改则，海拔又升高了，草原已是半荒漠，大地变得更加荒芜，许多地方寸草不生，只有一片片黄褐的石头。那些顽强生存下来的草，形状像针，长不到一寸，根却要几倍长，稀薄得远看才感觉得到一点点绿意。风不时卷起高高的尘柱，它们在阳光下移动，如轻烟一缕，制造出梦幻的感觉。

17:00，到达盐湖乡，正遇该乡一年一度的赛马会，今天是"开场戏"。

赛马会是草原的节日，往日沉寂的草原，仿佛被一只神

赛马会上的小孩主动摆个 pose，
还要"验证"一下照片。

盐湖乡赛马会上的僧人

奇的手拨动了，所有的事物都变得生动起来，激情在空气中
激荡。藏民围着一个大圈，载歌载舞，甚是欢喜，尤其是小
孩，相互追逐戏耍，吃着、喝着，看到我拿着相机，主动摆
个 pose，还要"验证"一下照片。大人们满脸春风，我问及集
会情况，很热情回答，可惜语言障碍，沟通困难，只能"扎西
德勒"，互道安康。

在看了长达一天的"荒凉"后，能遇上这样一场精彩的藏族风情的集会，既让人意外，更让人欣喜。一天坐车的疲惫与困倦顿时一扫而光。

继续往改则县城行进，天气逐渐阴下来，突然一片乌云袭来，顷刻间天地一团漆黑，连自己也看不清自己，一场暴雨不期而至横扫而来，那真是一场空前浩瀚的雨，像千军万马一般席卷而来，天地顿时苍茫一片，雨点扫过荒地，汽车进入了一段黑暗的、泥泞的"路"。

离改则县城还有108千米，车外道路泥泞坎坷，天空风雨交加、深不可测。打开了远光灯，灯光冲开地面上的黑暗，光亮所到之处，如刀劈浪涌，暗夜分开，黑白分明，我们试图从这缺口突围，继而暴风雨又很快吞噬了这弱小的缺口，仿佛夜的伤口，只是这伤口愈合之快，让人怀疑我们是不是从来没有经过。

暴风雨势力如此强大，一种无力感油然而生。我们现在能做的，只能借助这弱小的、瞬间的车灯光晕，慢慢摇晃前行。暴风雨下的黑夜是这样顽固，而此时车内的人饥寒交迫，显得那样无助。虽然想下车去方便，但旷野里的风、雨及更可怕的狼，让我们不敢下车。车如航行在大海上的一叶小舟，又若颠簸的花轿。

车在摇摆、扭曲中行驶，此刻希望能远远望见一点灯光或有个车交会，可得到的都是失望。就这样颠簸着，气喘吁吁的汽车在泥泞的所谓路上挣扎顽抗，但它的努力似乎成效有限，一个小时过去了，两个小时过去了，我们的车仍然在风中、在雨中、在荒野中盘桓……

22:30，终于在担忧、惶恐中，凭借司机高超的驾驶技术平安到达改则县城。

经过漫长的荒原，进入寂静的县城，路灯昏暗，投下一团团橘黄的光亮，它们的作用似乎不是为了照明，只为区别集镇与荒原，同时也告诉我们，到了可以休息的地方。

23:00，晚餐。

改则地处西藏西北部、阿里地区的东部、藏北高原的腹地，面积135580平方千米，总人口46930人，县政府驻改则镇鲁仁村。

改则处南羌塘高原湖盆地，均为高山河谷地带，无平原，山势平缓，地形由西北向东南倾斜。境内主要山脉有昆仑山、隆格尔山等。鲁仁因其北面的鲁玛仁布河而得名，居民500多人。

老人沧桑的脸上淳朴中带着点童真，我看到的是与陈丹青笔下
藏民那种艰辛、神秘神情所不同的坦然与满足。

8月19日　晴　宿措勤

气温：0℃—13℃

海拔：4700米

　　9:00，向东南出发，前往措勤。

　　11:00，到达洞措。路边遇上一藏族老人，很配合地让我拍
照，一句"扎西德勒"让我俩都友善地相视一笑。司机说，这
儿的藏民很淳朴。老人沧桑的脸上淳朴中带着点童真，我看到
的是与陈丹青笔下藏民那种艰辛、神秘神情所不同的坦然与
满足。

从路两侧石块与草丛上的点滴积雪，
以及几天胸腔对氧气的敏感度看，
许多路段的海拔应该在 5000 米以上。

在洞措至措勤一路，从路两侧石块与草丛上的点滴积雪，以及几天胸腔对氧气的敏感度看，许多路段的海拔应该在 5000 米以上。路的两侧雪山连绵，看似近在咫尺，但想抓把雪，又觉得很远。在 5000 多米的高度，我们能走多远呢？

近山，薄薄的雪勾勒出的山石，像男子身上的肌肉，显示出力量与野性；远山，厚厚的雪像头巾，将山打扮成披着头巾的、妩媚而丰腴的女子。

一直想看看藏羚羊，可看到的仅仅是藏原羚、野驴……人类的活动，使这片无人区已不再"无人"，使这些野生动物的生存空间得到了异化。

14:30，过措勤县达雄乡。

一直想看看藏羚羊，
可看到的仅仅是藏原羚、野驴……人类的活动，
使这片无人区已不再"无人"。

　　进入措勤地域后，海拔明显升高，本已久违的高原反应，这时在部分同伴中渐趋强烈。

　　16:00，到达措勤县城。措勤，地处西藏中西部，阿里地区南部，处羌塘高原大湖盆地带，冈底斯山脉中段北侧，县境内山峦叠嶂，多为东西走向。其面积22890平方千米，总人口15799人。措勤，藏语意为"大湖"，因距县政府驻地东部10多千米处的扎日南木措咸水湖而得名。

　　办理住宿后在县城信步，看到东面的坡地上有土坯砌的佛塔，下面是刻满经文的嘛呢堆。几个老人手转经筒，口诵经文，一圈又一圈绕着嘛呢堆和塔转经，从这里可以俯瞰全城。

8月20日　晴　宿拉孜

气温：10℃—21℃

海拔：4000 米

9:15，出发，沿 S219 线前往拉孜。

继续是辽阔的草原！

太阳从地平线升起不久，因为阳光，大地变得五彩斑斓。又是一个接着一个的坡、一个接着一个的山口，这是魔幻般的大地，它微微斜向天空，地平线就在前面，以为车很快就可以开上那个坡顶，很快就可以看清楚后面藏着的是个什么天地。但一切似乎都凝固了，只有车在跑，近处的草一片片退到后面去了，前面的情形却无丝毫变化，像被定格了一般。

马上将要离开阿里这片神秘的地方，当人们慨叹西藏"神秘不再"、拉萨"圣城不圣"之时，远在西藏最西部的阿里仍完美地维持着它最后的神秘和封闭。除极少数的小城镇外，它仍与现代文明保持着隔绝状态。

古老辉煌的王朝早已消失在了历史的尘埃里。但是，当我们面对古格遗址，当我们置身札达土林，当我们观看日土岩画，当我们穿过一座座赫赫荒城，我们怎能不怀疑自己不是走进了某个洪荒时代，或者走进了另一个类似火星的星球？时间，仿佛凝固在了阿里辽阔的荒原上，它为谁而停滞，它又在等待着谁的到来？

15:30，到达昂仁县桑桑镇，海拔 4560 米。除司机外，同伴都不饿，不想吃午饭。

桑桑是个藏味十足的小镇，"桑桑"藏语意为"水质好、草质好的地方"，桑桑酥油是桑桑镇特产。

16:20，过帮拉山口，海拔 4710 米。

17:15，过拉孜县湿地保护区朗措。

18:15，到达拉孜县城，入住。

今日行程无亮点。整个行程 500 多千米，道路较好，沿途印证了"一措再措"的传说，道路两侧不时出现大小不一的"措"。

道路两侧高山连绵，远处偶有雪山。

整个线路中有许多工地，大都是筑路，而在工地方圆数百米内对环境的破坏比较严重。由此明白了，我们所进入的"无人区"其实已是名存实亡，知道了为什么这么多天来，在"无人区"很少看到野生动物，特别是藏羚羊。我不明白，在这样的区域，目前修建高等级的公路意义何在，经济、社会、环境效益都不好，尤其是对环境的破坏是不可估量的，更是无法弥补的。其实，西部大开发，不应只是修几条没有效益的公路，环境保护应该也是开发的重要内容。

拉孜的藏刀很有名，晚饭后我们去了一家专营藏刀的小店。藏刀，不仅是藏族人民生产生活中不可缺少的一种工具，而且由于它的形状、工艺等都具有独特的民族风格和地方特色，在国内外享有很高的声誉，甚至许多人描述藏民族特征时，总把人与刀联系在一起。

日喀则地区的藏刀以拉孜藏刀最为有名。

　　拉孜生产的藏刀，历史悠久、样式美观、淬火适中、刀刃锋锐，配有精致的刀鞘，鞘由白银、黄铜等有色金属制作，雕龙、凤、虎、狮和锦花图案，镶嵌红珊瑚、绿松石之类，刀把有牛骨的，也有羚羊角的，非常美观，价格在300到1000元之间，老板坚称这些刀具都是他自家手工打造的。我们两位同伴买了几把，请店家帮助托运回家。

在那遥远的地方

2016

旅行能使人融入天地，
懂得珍惜和尊重自然；
旅行会让人生充满惊喜与想象，
使我们的阅历更显灵光更加丰满。

藏地行线路（二）：

西宁—青海湖—共和—河卡—鄂拉山口—花石峡—玛多—巴颜喀拉山口—黄河源—玉树—杂多—澜沧江源—隆宝—曲麻莱—不冻泉—沱沱河—唐古拉山镇—格尔木—小柴旦—德令哈—都兰—茶卡—日月山—西宁

嘛呢堆规模之大让我们大为震惊。2.6亿多块嘛呢石一块一块地堆积，一堆一堆地排列，然后不断向前推进，每个方阵几乎都与周边的房屋等高，一望无际。

2016 年 8 月

自右向左：

程伟、钱洪斌、周琴、胡雅萍、邵伟俊、盛祥军

（梁宗国　摄于牛头碑）

玉珠峰，《山海经》称之为"玉山"。据说那是当年太上老君炼丹的地方，是中国道教尊奉的一座神山，道教正神西王母在那儿居住。

牛头碑下，鄂陵湖、扎陵湖湖畔，当年松赞干布千里迢迢从逻些（今拉萨）赶到此地迎接文成公主，谱写了一段唐蕃交往史上"柏海相会"的佳话。

三江源自然保护区纪念碑

立于通天河与巴塘河交汇处的通天河畔。这里是一个河流意义上的节点，巴塘河汇入通天河后，作为河流称谓的通天河算是在此终结，金沙江接过接力棒，开始新的旅程。

玉树的人文景观像一部浓缩的藏传佛教史，沿唐蕃古道去玉树，便是重溯了古老吐蕃和藏传佛教的历史，仿佛时光倒流、轮回至从前。

勒巴沟藏语意思是"美丽的沟"，是目前玉树乃至我们此次高原之行所经历地区植被原生态最好的地方，没有之一。

初秋胡杨树枝上的那一抹绿色，比深秋的胡杨多了一些生机，感觉在绝境中勃发出一种希望，也给整片单调的沙漠增添了层次。

澜沧江。

站在源头，我们感受到浩荡博大的气势，更有置身于世外桃源、童话世界的感觉。这些小溪蜿蜒行进，竟然是跨境奔流的大江

题记

旅行会改变人的气质，让人的目光变得更加长远；旅行会扩展人的心胸，让人与人之间更加宽容体谅；旅行能使人融入天地，懂得珍惜和尊重自然；旅行会让人生充满惊喜与想象，使我们的阅历更显灵光更加丰满。

8月12日　晴　宿西宁

气温：13℃—20℃

海拔：2295 米

下午在听过南京大学新闻学院副院长胡翼青的新闻讲座后，5:00 离开单位，5:15 拿了行李离开家，5:30 人员集合前往南京禄口国际机场，7:10 办完登机手续、安检，一切顺利，并与青海方面梁子互道："等会见。"

晚点……

22:30 终于登机，23:20 起飞。13 日凌晨 1:45 到西宁，2:30 入住西宁中发源饭店。

西宁虽说是青海省的省会，但它更是青藏高原及河湟地区的中心城市，是沟通中原与西部的重要枢纽、内地进入青藏高原腹地的交通要冲。历史上，西宁也曾是丝绸之路的青海道的通衢、唐蕃古道必经之路、汉唐西部疆域的边界，素有"西海锁钥"之称，现在的西宁是中国著名的夏都。

这是我第三次到青海。

第一次是 2011 年，去了青海湖，晚上到的，在湖边"胆大妄为"地喝了酒，显示豪迈与健康。第二天看了鸟岛，湖边转转，并没有感到特别美，当天还去了塔尔寺。

第二次去青海是为了坐火车进藏，火车是晚上的，白天陪同第一次来青海的同伴，去了塔尔寺和马步芳公馆。

虽说来了两次，但似乎对青海还是陌生的。我为何要第三次来青海？青海的魅力到底在哪儿呢？

我想应该在高原炽热的阳光里，在牧人悠扬的歌声里，在沉默的雪山里，在草原深处湛蓝的湖泊里……于是我又来了，这一次，我将花两周的时间细细地寻找、品味、感悟。

8 月 13 日　晴　宿共和

气温：13℃—22℃

海拔：2835 米

生物钟让我在 7:00 醒来，又躺了会儿。第二次醒来 8:30，刷牙、洗澡、早餐、泡茶……

9:00，出发前往茶卡。

往茶卡的路上，不时出现羊群，它们代表了一种贴近自然的古老生活：悠闲而自由。

游牧民族的诗意生活是由羊群在大地上书写的。

11:10，到达湟源。

湟源是古丝绸南路、三峡（巴燕峡、药水峡、东峡）交会，海藏咽喉之地，有赞普林卡寺。赞普林卡寺塑有世界上最大的藏王松赞干布和王妃文成公主、尺尊公主像，还塑有藏传佛教格鲁派、宁玛派、萨迦派、噶举派、噶当派、觉囊派、希解派、觉域派八大教派创始人塑像。

不过现在的赞普林卡寺门前已是一派商业繁忙。

13:00，到达青海湖金银滩草原，这里正将举行草原音乐节，演出在晚上，我们无缘观赏，只能先睹"人海"。在这样一个偏僻的草原上，能举办这样规模的音乐节，应该归功于王洛宾吧。

14:00，在西海镇午餐。

我们来的季节不是沙雕节的时候，
但湖边那极具艺术感染力的石雕
还是可以令人感受到沙岛的艺术魅力。

16:00，到达青海湖沙岛。

青海湖是青海的名片，我这是第二次到达青海湖。每次见到青海湖，脑中便会冒出"青海长云暗雪山"的诗句，就会响起王洛宾先生《在那遥远的地方》的歌声，幻想着是否也能遇到个美丽的卓玛姑娘。

沙岛是青海湖最有艺术气息的地方，如果说青海湖是青海的眼睛，那么沙岛就是青海湖的眼眸。虽然我们来的季节不是沙雕节的时候，但湖边那极具艺术感染力的石雕还是可以令人感受到沙岛的艺术魅力。

18:00，前往共和。

20:00，到共和县城，入住隆豪大酒店。

共和县位于青海省东北部，属青海海南藏族自治州，是青海藏区人口较多、地域辽阔、畜牧业经济比重较大的一个县。它也是青藏高原的东门户，素有"青藏咽喉"之称，北靠青海湖，南临"母亲河"——黄河，东以日月山与东部农业区为界，西与青海青南藏区毗连。

共和县地形以高原山地为主，平均海拔3200米。

8月14日　晴　宿玛多

气温：10℃—20℃

海拔：4272米

6:30醒来，洗漱后来到酒店旁的共和县城香巴拉广场。

广场上人不多，最大的建筑物是民族文化博物馆，中心位置是莲花座的喷泉。让我感兴趣的是用藏族音乐伴奏的广场舞，跳的舞也极具藏舞风味，可见广场舞在中国已是不分地域、民族，极有群众基础。在这样一个偏远的藏地县城，在名称极具民族个性的广场上，群众主导的广场舞，极有民族性。

另一处有两位老人，用长笔杆的毛笔蘸水在地面上写字，内容是李商隐的《无题》诗："相见时难别亦难……"中国书法的魅力由此可见一斑！

今天将开启高海拔模式，进入三江源地域。

作为"纯粹自然状态"的三江源位于青藏高原的青海省南部。青藏高原四面被地球上海拔最高的山脉环抱，这是地球上海拔最高的地质断块，三江源就位于这个地质断块北部。8000万年前，这里还是一片汪洋恣肆的大海。从海洋到湖泊，从湖泊到盆地，从盆地到荒漠，然后就是高原。

三江源是古海洋消失后的幸存者，三江源有幸，人类有幸，这世界屋脊上的雪山冰川，孕育了三条伟大的江河——黄河、长江、澜沧江。三江源是当之无愧、名副其实的中华水塔，也是孕育了中华民族的伟大子宫，既是中华民族的生命之源，也是中华文明之源。

这三大江河流经我国 20 多个省市自治区，其流域涵盖了我国三分之二以上的地区，长江总水量的四分之一来自三江源；黄河总水量的近一半来自三江源；澜沧江—湄公河总水量的百分之十五来自三江源。

这一带的雪山冰川和河流湖泊互相交织、融会贯通，共同造就了世界上海拔最高、面积最大、分布最集中的三江源高原湿地，为中国乃至亚洲重要的水源涵养地，维系着全国乃至亚洲的水生态安全命脉。

进入三江源将面临高海拔的考验，不知道胡雅萍、周琴两位女士，以及盛祥军能否适应。钱洪斌、邵伟俊两位已经有了阿里之行的考验，应该不会有事。

9:00，在超市买了矿泉水、红牛饮料、水果、面包等，沿 G214 公路前往玛多。

路上，与昨天西宁到青海湖车水马龙的景象明显不同，车流量减少了很多，客车、小车更少。

10:15，过河卡山隧道，海拔 3700 米至 3960 米。

河卡山，汉族史籍称之为"汉哭山"。对于"汉哭"之名，复旦大学资深教授、历史学博士、博士生导师葛剑雄教授在其《高山反应挽救大唐帝国命运》一文中写道：

我推测大概是由于汉人到了这里都会因高山反应而难以坚持，加上远离故乡，往往会绝望地哭泣，所以吐谷浑人才如此称呼此座山。

　　按葛教授的推测，"汉哭"之名就被理解为吐谷浑对于唐人颇为轻蔑甚至带有侮辱性的地理命名了。不过我觉得葛剑雄先生作为一位历史地理学者，这一推考显然有望文生义之嫌。

　　其实这里是一个有着蓝天、白云、草原、河流、山和树林的世界，山脚下便是河卡镇。

　　11:40，翻越鄂拉山口，海拔4499米。

　　鄂拉山是昆仑山系北列支脉，藏语意为"青色的山"。西北部起于柴达木盆地东部山地，东南部止于兴海县黄河附近，西北—东南走向。长150千米左右，宽20—30千米。西北部海拔4500—5000米，中部多在5000米以上，最高峰虽根尔岗海拔5305米。

　　鄂拉山口昔日为唐蕃古道要隘，今G214公路穿过。这是一条耐人寻味的重叠之路，曾经的唐蕃古道，早在唐朝时就已存在。贞观十五年（641），唐太宗将一名年仅16岁的唐朝女子李雪雁，即文成公主，从遥远的长安城送往吐蕃，而后，文成公主又从这里一步一步地走向远方。从此，她架起了一座文化之桥，鄂拉山口留下了她无限的眷恋与情怀。

　　12:45，过苦海滩。

　　苦海，名为海，实为湖。唐代称"烈谟海"，当地人称"豆措"，属于一个小型的山间断陷盆地，湖面海拔已经超过了4200米。

　　苦海是海南藏族自治州兴海县和果洛藏族自治州玛多县的分界线，形成了奇特的"一湖跨两州"的景象。苦海，便成为唐蕃古道路经今天海南州境内的最后一个点。苦海滩属于碱性土地，一层层白色的碱露出土层，走在上面如同在雪地中行走。

苦海西行 50 千米，便到达花石峡。

13:30，到达花石峡镇，午餐。

花石峡镇被誉为"千里黄河第一镇"。

唐太宗、松赞干布相继辞世后，唐高宗咸亨元年（670），唐与吐蕃曾在玛多（唐时称河口）大战，唐军在老将薛仁贵统领下，取得了大胜，并乘胜进占花石峡（唐时称乌海）。而花石峡一战终因唐军副将郭待封不服薛仁贵指挥，又轻敌草率出征，唐军以 1 万兵力迎战吐蕃 20 万兵力而失败。不过唐军大败还有一个重要原因不可忽视，就是高原作战导致唐军战斗力的下降。薛仁贵当时已 56 岁，这位骁勇的大将军，还能率军在高原征战已是豁出性命了，而最终的结果是，他在这里打了一场他一生最屈辱的大败仗，那也是唐朝开国以来对外作战中遭受的最大的一次惨败。

午餐后原计划去花石峡，可惜转了多处，都在修路，无奈只能放弃，直趋玛多。

16:00，到达玛多县城玛查理，这也是唐蕃古道上的一个古驿站。

玛多，玛指黄河，多指源头。玛多，藏语意为"黄河源头"，玛多又有"千湖之县"之称，隶属果洛藏族自治州。

从地形地貌考察，玛多是全国海拔最高的一个县，县城海拔 4500 米以上，被藏族人称为"天上玛多"，且地域辽阔，哪怕是昆仑山，在这儿也不再突兀。玛多年平均气温 -4℃，最低气温直逼 -50℃，达到南极洲内陆高原的平均气温，属高寒草原气候。黄河源鄂陵湖和扎陵湖，及星宿海在其境内。玛多人口有 16000 人，其中 13000 多人为藏族。

入住宾馆前我们先参观了"岭·格萨尔文化博览园"，博览园建在格萨尔王广场旁的地藏王经山上，有 5 万多平方米，气势恢宏、神圣庄严，应该说是玛多人的一个大手笔。

格萨尔，是个穷苦游牧之家的孩子，本名觉如。相传，格萨尔 12 岁时，游牧到了岭国——今黄河源区的扎陵湖一带，而扎陵湖乃是藏族嘉洛部落的寄魂湖，嘉洛部落的头人嘉洛·东巴坚参据说是岭国的第一富豪，他拥有千匹骏马，其中有一匹堪比神兽麒麟的独角马。那时岭国凭赛马争王，嘉洛的儿子就骑着这匹独角马参赛，但格萨尔在激烈的角逐中最终拔得头筹，于是坐上了王位，并迎娶嘉洛的女儿珠姆为妃。格萨尔王从此一生戎马征战，一手操持除暴安良、降妖伏魔的宝剑，一手捧着扬善抑恶、弘扬佛法的经卷，他率领麾下的 80 员大将最终以武功统一了青藏高原上的 150 多个游牧部落，又以智慧与崇信让天下归心，成为藏族人民心中的旷世英雄。一部伟大的英雄史诗《格萨尔》，至今在青藏高原上传唱，被誉为"东方的荷马史诗"。

这座"岭·格萨尔文化博览园"就是一个藏地文化和《格萨尔》英雄史诗的展示园。园中建有童年格萨尔赛马争王的塑像、格萨尔的神箭、格萨尔王的登基宝座、格萨尔与珠姆相会的敖包、嘉洛·东巴坚参那千里挑一的独角马，还有格萨尔麾下 80 员大将的音容尊貌，以及唐卡、佛塔、八宝祥瑞、五妙欲、七珍宝、六字真言石刻、煨桑台等，这些藏地文化元素浓缩于一园，如同一部藏地文化的百科全书，在这博览园转上一圈，对藏域文化就大致有了了解。可惜天不帮忙，突然

岭·格萨尔文化博览园，
建在格萨尔王广场旁的地藏王经山上，
有5万多平方米，气势恢宏、神圣庄严，
应该说是玛多人的一个大手笔。

袭来的一场暴雨，把我们驱赶出了博览园。

玛查理的街上不见一棵树，这不奇怪，但玛查理的河道里竟然只有薄薄的一层水，一些河道还露出了河床，这让我从奇怪转为震惊了。黄河源头第一县，万里黄河第一镇，为何竟然如此缺水呢？

晚上住岭国商务宾馆。

8月15日　晴　宿玉树

气温：10℃—26℃

海拔：3681 米

　　昨晚 9:30 睡觉，到凌晨 1 点多醒了，起来看朋友圈、看书、看电视连续剧，到 4 点多，迷迷糊糊，时醒时睡。头疼开始出现，不知是高原反应，还是没睡好的原因。

　　早晨 7:30 集合时，头疼成了团队的流行病，包括司机，看来传说中所谓玛多的"邪乎"——夜宿玛多是许多人的"噩梦"，还真有其事。其实我们的住宿宾馆所在地 4272 米的海拔对于我们几个曾到过西藏阿里的人来说，并不算特别高。

　　如果说玛多给我留下印象最深的记忆，我感觉，这就是一个让我一阵阵头疼的地方。

　　目前，旅行者前往黄河源鄂陵湖和扎陵湖，路径一般都会选择从"黄河源头第一县"玛多县城出发，我们当然也不例外，因为从这里出发是最近、最方便的线路。地图上，这段里程标注为 50 千米，其实不止，这仅是玛多县城到鄂陵湖的距离，抵达鄂陵湖后，还得沿湖走上几十千米，才能抵达双湖中间的黄河源牛头纪念碑或扎陵湖，全程约有 90 千米，其中鄂陵湖边一段为湖畔公路。

　　三江源在我心中，曾经是一个遥不可及的梦。幻想着那闪电般飞掠而过的草原精灵藏羚羊，那圣洁的、晶莹剔透的皑

玛多的草原特色表现充分，一望无际，
风吹草低，原野苍茫，
符合我此前对三江源的想象。

皑雪峰，那无际缀满鲜花的茫茫草原，那神秘莫测、原始自
然的蓝天白云。

车行驶在无际的草原上，我们看到，玛多的草原特色表
现充分，一望无际，风吹草低，原野苍茫，符合我此前对
三江源的想象。可能是时间早的原因，沿途看不到车，也不
见人，望不到边际的草地，虽然阳光已经普照，但还是不
见牛羊。草已经泛黄，唯一让人感觉到生机的就是路两侧的
电线杆。

8:30，到达鄂陵湖。鄂陵湖除了蓝得发绿的水、水中倒
映着的云，还有湖滩上扁平如瓦片的石头，恍惚间穿越回童
年，我们不禁在平静的湖面上打出了水漂。

在鄂陵湖边漫步是一种享受，游人可以随时下车沿湖徒步，一边欣赏湖光山色，一边与水鸟或其他野生动物亲近。

鄂陵湖，古称柏海，又称鄂棱诺尔、鄂灵海，藏语中叫错鄂朗，意思为"蓝色的长湖"。据资料记载，鄂陵湖水面超过 600 平方千米，据说还是青海最大的淡水湖。是否真的是淡水湖，我不能确定，只因为在湖边见着了盐场，遗憾的是，忘了亲口品尝一下湖水的味道。

在鄂陵湖边漫步是一种享受，路况的好坏已不再重要，游人可以随时下车沿湖徒步，一边欣赏湖光山色，一边与水鸟或其他野生动物亲近。鄂陵湖的湖面在蓝天白云映衬下，湛蓝透彻，随着光影的移动，色彩不断变幻。在鄂陵湖畔的诸多湿地之中，水鸟众多，觅食、鸣唱，翩翩起舞，让大自然的"自由和野性变得可闻、可见"。这是鄂陵湖带给我的最初印象。

9:30，到达位于鄂陵湖、扎陵湖中间的巴颜朗玛山上的牛头碑，海拔 4610 米。开车上去并不困难，半山腰有一个小型停车场，下车后再徒步攀爬一段路便到达山顶。山顶最有名的

126

鄂陵湖、扎陵湖中间的
巴颜朗玛山上的牛头碑，
海拔 4610 米。

　　当然是牛头碑，上面有胡耀邦和十世班禅分别题写的汉、藏碑文"黄河源头"。

　　山顶是纵览两湖的最好位置，分别位于牛头碑两侧的鄂陵湖和扎陵湖如蝴蝶双翅一般。

　　天色晴好，东侧的鄂陵湖湖面博大宽广，湖水在逆光下通体发亮，让人不禁把目光一直寻向远方，感受它的广阔情怀；西侧的扎陵湖"青海黄河卷塞云"，在纤云四卷的云影中若隐若现，云影徘徊，眼前景色恍若梦境。此时，游人可以站着远观，或坐卜来静静欣赏，体验"黄河之水天上来"的意境。

　　此刻，站在这山顶，遥望苍茫大地，不禁想象到石器时代靠游牧狩猎为生的人们在那片广袤土地上的原始生活。他们从何而来？是本土而生，还是源于遥远的他乡？1000 多年前，经长途跋涉来到此地的吐谷浑人建立起自己的王国。之后还有党项羌人、藏族诸部落，他们在这里彼此争夺、妥协、融合。经过漫长的岁月洗礼，原先古氐羌部落的一部分，已演

变为今天新的羌族。曾经在高原上风光 300 余年的吐
谷浑人，是否已湮灭于历史的尘埃之中，或者经过
华丽转身之后依然生活在高原？

相传，在鄂陵湖和扎陵湖湖畔，当年松赞干布
曾千里迢迢从逻些（今拉萨）赶到此地迎接文成公
主，谱写了一段唐蕃交往史上"柏海相会"的佳话。
时过境迁，虽只是传说，但在美丽的鄂陵湖畔迎娶
自己的新娘，的确意味深长。

我们一辆车的车胎破了，在海拔 4610 米的地方
换轮胎，司机可是用了"洪荒之力"。

10:50，往扎陵湖去，所谓的路，就是那种"车走
得多了也便成了路"的路，我突然想，500 年、1000
年前，除了这"路"，是否一切与现在都一样？

从鄂陵湖前往扎陵湖途中，看到了落单的野
驴、成群的黄羊、湖泊水面上的野鸟，引起大家的
一阵兴奋，胡雅萍说头已不疼了。

11:30，到达扎陵湖。扎陵湖，又称扎棱诺尔、查
灵海。

遇到了前所未有的大蚊群，每只蚊虫身长约有 2
厘米。大家都不敢下车，我全身包裹，下车匆匆拍了
几张照片就狼狈地逃上了车。

鄂陵湖、扎陵湖是黄河源头最大的高原淡水湖
泊，比青海湖高出 1000 多米，这里位于高寒地带，
山顶辽阔清静、游客稀少，是放飞心灵的绝佳处。
8 月是鄂陵湖和扎陵湖一年中气候最好的时节，阳光

我们一辆车的车胎破了，在海拔 4610 米的地方换轮胎，司机可是用了"洪荒之力"。

从鄂陵湖前往扎陵湖途中，
看到了落单的野驴、成群的黄羊、
湖泊水面上的野鸟。

充足暖和，蓝天之下云舒云卷。

尽管这里号称黄河源，其实距离真正的黄河源头曲麻莱县麻多乡还有150多千米。从此地前往黄河源，到扎陵湖西边后便无路可走，需要过河蹚水走湿地，除非探险和科考，一般旅行者基本不会选择做这种冒险。

我们生活在江南，习惯了江南湖泊的众多，都说水乡江南。而此刻，在青藏高原，我突然醒悟为什么中国的大江大河的源头都在青藏高原。在这里，突然推翻自己固有的"降水稀少、荒漠戈壁"的印象。

青藏高原的湖泊，较之江南的湖泊，风光更加壮丽、水质更加清澈、湖色更加迷人。湖边是高耸的雪山，湖岸是金色的草地，草地上有成群的牛羊，湖水湛蓝，野禽群集，这是青藏高原湖泊的普遍景色，而这些在江南是绝对没有的。

13:50，回到玛多县城，午餐面条。

15:00，午餐后离开玛多前往玉树。

刚过玛多县城，在道路前方出现一座桥，司机说，那就是"黄河第一桥"，原本桥旁有碑介绍，现在正在修路，碑找不到。桥下，一条一丈来宽的小河静静地躺在那儿。这就是

鄂陵湖、扎陵湖是黄河源头最大的高原淡水湖泊，8月是鄂陵湖和扎陵湖一年中气候最好的时节，阳光充足暖和，蓝天之下云舒云卷。

（图为扎陵湖）

中华民族的母亲河吗？这就是在中原地区汪洋恣肆、奔腾无羁的大河吗？在这里，它静静地躺在蓝天白云之下，无声无息，那样安详、那样温柔、那样弱小、那样……

玛多黄河大桥全长86.7米，净宽7米，6孔；1966年竣工，是座钢筋混凝土少筋微弯板与工型梁组合结构的桥梁，曾被称为"万里黄河第一桥"。

从黄河第一桥上驶过，车行不远，G214公路两侧无垠的草原上，竟然有无数的湖泊，像一只只清澈的眼睛，在炯炯地注视天空，更像一颗颗明亮的星星，在顽皮地闪烁。我脑海中灵光一闪，星宿海！我知道，真正的星宿海在扎陵湖上游，但此时，我更愿意将此也当成星宿海。星宿海，是古人探寻黄河源头最远的地方，是星星休息的地方，古人的浪漫情怀由此可见一斑。

元代翰林侍读学士潘昂霄撰有《河源志》一书，这是一部地理文献，是潘昂霄根据实地考察河源的叙述与记录，记载我国历史上历代王朝派遣人员考察黄河源头情况。《河源志》中的"水从地涌出如井，其井百余"，所指的应该就是黄河源头的星宿海。

在星宿海奉献出汩汩清流后，众多涓涓细流得以汇集，形成扎曲、卡日曲和约古宗列曲等河流。最终，这些河流归流扎陵湖，并经扎陵湖汇入鄂陵湖，呈浩瀚之势。

高原上的黄河并不"黄"，旷野之中，流淌着超凡脱俗的怡然与自信。

16:10，到达巴颜喀拉山口，海拔4833米。

G214公路是贯穿青海中东部、南北走向的一条主干道，巴颜喀拉山是这条路上的一个高点和节点，恰好公路从山脉中部穿越。中学时在地理课上知道了巴颜喀拉山，地图上是一条自东向西，由嫩绿、土黄、褐色组合的地条，充满着神秘与好奇。

从黄河第一桥上驶过，
车行不远，G214公路两侧无垠的草原上，
竟然有无数的湖泊，像一只只清澈的眼睛，
在炯炯地注视天空，
更像一颗颗明亮的星星，在顽皮地闪烁。

巴颜喀拉山是唐蕃古道的必经之地。山口，经幡在风中高扬，而我们，在这风中体味那段尘封已久的历史传奇。7世纪，文成公主入藏和亲，经这里前往吐蕃首都。之后，唐金城公主入藏也是经山此地。

站在山口，望着这广袤的高原，在灰暗的天空下，人是那么微不足道、那么渺小，让人油然而生对大自然的敬畏、对这座大山的敬畏。公路两侧是色彩鲜艳的嘛呢堆，为这座大山增添了神圣色彩。

18:00，到达三江源自然保护区纪念碑。

三江源自然保护区纪念碑立于通天河与巴塘河交汇处的

三江源自然保护区纪念碑
立于通天河与巴塘河交汇处的通天河畔

通天河畔。

这里是一个河流意义上的节点，巴塘河汇入通天河后，作为河流称谓的通天河算是在此终结，金沙江接过接力棒，开始新的旅程。

这是一处峡谷地段，通天河两边，高山耸立，沟壑纵横。G214 公路经过美丽的歇武大峡谷后在此与通天河交会。灌木葱郁的山谷河边，原公路老桥已被弃用，新建的两座大桥，一为高速桥，另一为国道桥，成为玉树南北行的主要通道。

这里是通天河的终点，金沙江的起点，江流滚滚，穿越时空，承上启下。

通天河与巴塘河交汇处河面开阔，8 月正当高原进入雨季，降水量猛增。此时，通天河上游及各支流河水暴涨，峡谷窄处，浊浪滔天。与清澈的黄河上游比较，通天河泥沙含量明显高出许多，更像一条实至名归的"黄河"。而此刻，流程较短的巴塘河则要温顺许多，缓缓带来一弯清澈透亮的河水。

通天河与巴塘河，一急一缓，一浊一清，江水在交汇处形成回流、漩涡，场面壮阔。当年文成公主一行曾来到此地，面对尚未被驯服的江水能否成功渡河是个问题，其实直到公路老桥修通之前，经过此地的商客和路人都得通过牛皮筏渡江，既刺激又危险。

合流后的江水，义无反顾，一路朝南，汹涌澎湃继续金沙江段的流程。

纪念碑建于一处多级台阶之上，台阶由大理石堆砌而成，它俯视着奔腾咆哮、滚滚东逝的江水。碑的正面镌刻着江泽民同志题写的"三江源自然保护区"碑名，背面是用汉、藏文雕刻的全国人大常委会原副委员长布赫撰写的碑文。碑文开头这样写着："高原极地，一派风光，水塔天成，源远流长……"充满气势与力量，长长的碑文记录了三江源自然保护区的概况，强调了保护高原生态系统的重要性，阅读后令人肃然起敬。

纪念碑最上部用大理石雕刻着摊开的两只巨大的手掌，合拢地捧起，然后伸向蓝天白云，伸向空幽的苍穹，似乎在向苍天诉说、乞求和保证，表达人们对母亲河的崇敬之情和高原人宽广博大的胸怀，昭示着人类将永远把这自然视作生命加以保护。

通天河，是一条流淌在神话中的河流，小时候读《西游记》时知道了通天河，对这条河充满着无限神秘的想象。

在通天河大桥南端不远处的悬崖上，悬挂着一棵大树，一株苍枝纵横的古松，这古松虽说不是高大挺拔的那种，却因年深月久而愈见苍劲嶙峋，又于苍劲处见高节，因嶙峋而生气概、长精神。这是藏族人心中的一棵神树，树杈上挂满了经幡，树下还有嘛呢堆和煨桑台，他们在此敬佛祭河。

在这树影下的河边，我们找到了唐僧的晒经石，那是一块倔然独立的磐石，那石面光滑而平坦，当地藏人在晒经石旁建起纪念亭，周围挂着经幡，垒起煨桑台，同样经常在这里敬佛祭河。

其实历史上真实的唐僧玄奘去印度取经并没有途经这里。

21:10，到达玉树州政府所在地结古镇。

来之前，我对玉树没有印象，只是因为那年的地震对玉树有了感觉，但这一感觉，其实还是个错觉，我原以为这里只是一个荒凉闭塞的小小边地。如果不是来到了这里，又怎能知道玉树州之大，它大大超乎了我的想象。

这 26.7 万多平方千米的神奇高原，比中国的大多数省份还要大（是两个半江苏省的面积），也比世界上许多中等国家还要大，而仅玉树市就有 1.57 万平方千米（是两个半上海的面积）。

玉树州是全国少数民族自治州中主体民族比例最高、海拔最高、人均占有面积最大、生态位置最重要的一个自治州。长江、黄河、澜沧江均发源于玉树州，三江源自然保护区和可可西里自然保护区覆盖自治州全境，素有江河之源、名山之宗和中华水塔之美誉。

玉树市是一座千年古城，是整个青藏高原的地理中心。相传，玉树为古氐羌之地。隋朝前后，玉树属苏毗和多弥两国，唐时融入吐蕃。格萨尔王曾在这一带建立强大的岭国，如今，在玉树结古镇宽阔的中心广场上，格萨尔王塑像依然横刀立马。在这块神秘、神圣的地带，生活着藏民族的康巴、安多两大方言区的众多居民。

因为历史和地理的原因，玉树又是整个藏区藏传佛教最具传统的地区之一，甚至保留有比西藏很多地方更纯正、更完整的藏传佛教体系。

玉树的人文景观像一部浓缩的藏传佛教史，沿唐蕃古道去玉树，便是重溯了古老吐蕃和藏传佛教的历史，仿佛时光倒流、轮回至从前。

玉树是江河之源和歌舞之乡，还是著名的康巴文化之乡。

玉树也曾是内地和蒙古及西域出入西藏的交通要道，唐蕃古道上的重镇，当年文成公主进藏，千里迢迢从长安出发，走的就是这条古道并经过玉树。

玉树又是一座新城，2010年4月的那次强烈地震几乎摧毁了玉树的一切，但玉树人的意志没有垮掉，在全国各地的援建下，玉树重新崛起，从一个"灰头土脸"的大集镇，旧貌换新颜，成为一座现代化新城。

因而它是国内外探险家和旅游者梦寐以求的净土。走进玉树，我努力寻找6年前那次地震的痕迹，除了城中刻意留下的一处遗址，一切都已淹没在川流不息的人流和车流之中，只留下一段刻骨铭心的记忆。玉树，旧貌不存，俨然是一个现代化的新城。

结古镇是玉树州州政府和玉树市市政府所在地，这是唐蕃古道上的一座重镇，也是青、川、藏三地的一个交通枢纽和贸易集散地，在藏语里，结古即为"族众兴旺"和"物资集散地"的意思。

从玛多到玉树，海拔降了600米，虽然仍是高原，但玉树给我们带来了神清气爽的好心情。安顿住宿后已近22:00，我们好不容易找到一家还开门的餐馆，准备改善一下，决定一起喝点小酒，当点完菜，问服务员要酒时，才被告知，这是一家清真餐馆，没有酒。

禅古寺鼎盛时有僧众 2 万多名，
故又名"万僧之寺"，
天成公主庙也隶属此寺。

8 月 16 日　晴　宿玉树

气温：9℃—26℃

海拔：3681 米

9:00，早餐。

全天在结古镇区及周围活动。

按我对词语的理解，玉树，在汉语中可延伸为玉树琼花；结古，在藏语中可解释为万物茂盛。两者合在一起，便是一个绿意盎然、寓意美好的地方，这就是玉树的结古镇。

上午第一个点去了禅古寺，该寺位于结古镇南 4 千米处的禅古村，距文成公主庙 16 千米，为玉树地区著名的噶玛噶举派寺院，分上下两寺，相距约 70 米，初有下寺，后建上寺。

文成公主庙在结古镇南，坐落在白纳沟口不远的山谷里，
四周被几座低矮的石山保护，五颜六色的经幡挂满了整座山，
远远望去，极其壮观，它已成为今天玉树人的"洞天福地"。

　　"禅古"直译为"花石头"，得名于下寺附近一块花色磐
石。据寺院管理人员介绍，该寺在12世纪由噶玛噶举派创始
人都松钦巴·却吉扎巴亲手创建，修持本派"大手印法"。禅古
寺鼎盛时有僧众2万多名，故又名"万僧之寺"，文成公主庙
也隶属此寺，禅古寺也因管护文成公主庙而享有声誉。现在的
寺院，已是2010年"4·14"玉树地震后重建的。

　　禅古寺内正在举行讲经大会，由九世洛卓尼玛仁波切讲
经，场面庄重肃穆，经堂内堂坐满了僧侣，经堂外草地上也
坐满了信众，嘴里念着经文，手里转着经筒，一脸虔诚。

　　我们以为今天正巧遇上了这样的盛会，后经工作人员介
绍，每天如此。

　　随后，我们来到了文成公主庙。

文成公主庙在结古镇南，坐落在白纳沟口不远的山谷里，四周被几座低矮的石山保护，五颜六色的经幡挂满了整座山，远远望去，极其壮观，它已成为今天玉树人的"洞天福地"。

红褐色的文成公主庙，别名"沙加公主庙"，正规名是"大日如来佛庙"，因庙内有文成公主塑像，人们对她仰慕，久而久之，把这庙的本意给取代了，而"大日如来"的称谓本身就是当时汉文化向吐蕃传播的一种象征。

公主庙规模不大，三层高，分内外两室，实为连体一堂，后室之上建有一亭屋。

进入庙宇，我摘下遮阳帽、墨镜，脱下鞋子，轻步迈入堂内，一普通话比我标准的年轻僧侣正在做介绍。庙中主殿供奉着大日如来佛像和佛教摩崖浮雕群像。走进其中可见，厅堂中间银盏烛光点点，燃烧的酥油味道，袅袅缠绵，每一支火苗都象征着一个永恒的神祇。大堂两侧的壁画值得看也耐人寻味，其中一幅，描绘当年文成公主入藏时，在玉树受到当地头人和藏族民众隆重欢迎的场景，它引领着我们跨越了千年时光。

公主庙由文成公主亲手设计，710年，金城公主嫁藏王赤德祖赞，途经此地，见精心雕刻的佛像受风雨剥蚀，乃令侍从工匠重修。整个建筑既有藏传佛教寺院的神韵，又有唐朝宫殿的巍峨风格。庙内佛像，也是结合了当时唐代与藏传佛教的雕塑艺术，整个庙宇，为古代藏汉建筑、雕塑艺术完美结合之精华。

从寺庙出来，一位工作人员指着我衣袖上"宜兴日报"

寺庙的背后还有精彩，
一大块岩壁上，有许多藏文和汉文石刻。

四个字说："你是记者，你对庙后山岩壁上的古文字有兴趣吗？"果然，寺庙的背后还有精彩，一大块岩壁上，有许多藏文和汉文石刻。据说其中那些汉文石刻还是当年文成公主亲自设计，命随行工匠所刻，只是经过漫长的岁月、雨水侵蚀后，笔迹大多已经模糊不清。

如今文成公主庙已成为唐蕃古道上的重要文化遗存之一。

在距离文成公主庙不远的山坡上，被藏族民众视为"功德无量、法力无边"的经幡迎风招展。

经幡在藏地这片广袤的大地上是祈福特有的形式，只有大自然风调雨顺，我们才可能太平祥和、幸福安康；当灾害来临的时候，无论穷富、高低、贵贱都无法逃避。人们企盼着风调雨顺、亲人平安，用印上经文的五色经幡来表达这种心理依托。

经幡形式一般有三种：

第一种印有佛教箴言和各种自然图案的红、白、蓝、绿、黄呈方形的薄纱布，一块连一块缝在绳子上，悬挂在山垭处、河谷当风的地方，一般人烟稀少，人们认为这里有圣迹。文成公主庙所在的白纳沟口悬挂的就是这种。

第二种经幡是一条长方形的布条，颜色单一，上面也印有佛陀的箴言，布条的一边缝在木杆的上端或是环绕成塔，立在寺庙的庭院里或是立在山坡上、空旷的原野上。单一的颜色插在向阳的山坡上，山风拂动，像极了古战场上的旌旗。附近的巴塘天葬台四周的经幡就是这种。

第三种仍然是红、白、黄、绿、蓝的方块薄纱，每块薄纱边上镶了单一色彩的边，上面印上佛陀的箴言，系在柳枝条上，插在楼顶的角上或是神山的祭祀处。这一种最为普遍，在道路旁、居民区随处可见。

自古以来，经幡的颜色就是固定的，排列也是固定的，不能随意更改。最顶端为蓝色，它象征博大厚德的蓝天；接下来是白色，象征绵软吉祥的白云；白色下面是红色，象征生命的火焰；红色下面是绿色，象征神圣洁净的水；最下面是黄色，象征养育我们的大地。这五种色彩的排列方式体现的是我们对组成大自然五种物质的敬畏。

对于人们来说，挂经幡是为了祈求远行的人平平安安，祈求世界和平安宁，不是为了装饰山川。然而不可否认的是，雪山森林因了这五彩的经幡上下飞扬，变得更加多姿多彩、绚丽斑斓。千百年来，藏地的人们一代又一代传承着属于这个民族独特的符号!

　　文成公主纪念馆就在文成公主庙不远处,馆内详细介绍了文成公主入藏的缘由及送迎盛况。文成公主入藏的唐蕃古道,由西安出发到西宁,经共和,到玛多,再到玉树,进入吐蕃。而我们此次行程的一半,西宁至玉树,正是唐蕃古道的一部分,这也让我们一行感到异常兴奋。

　　时至中午,大家还不觉得饿,决定去勒巴沟。

　　前往勒巴沟,需要沿着通天河边的悬崖公路走上一段,便可抵达勒巴沟的沟口。沟口的金沙江在流经这里时似乎也刻意放缓了奔流的脚步,开阔的江面不再汹涌,江边积攒了不少鹅卵石,形成一处巨大的流石滩。

　　勒巴沟藏语意思是"美丽的沟",是目前玉树乃至我们此次高原之行所经历地区植被原生态最好的地方,没有之一。

　　进入沟内会使你同时产生两种截然不同的情绪体验:通天河的喧嚣,勒巴沟岩画的静谧、神圣。

　　沟口生长着大片高大的白杨树,沟内则灌木丛生,阴暗幽静,花草馨香。一条清溪从山涧深处流出,水势迅疾,最终注入通天河。在这样的山间,有这样一股灵动的溪流,溪畔绿树成荫,或许就是最美、最动人的场景。

　　勒巴沟不但自然条件很好、很美,人文景观更加丰富,素有"山嘛呢""水嘛呢"之称。"山嘛呢"主要体现在悬崖之上,沟内崖壁到处都是岩画和雕刻遗存,这些"山嘛呢"大都年代久远,饱经沧桑,显得模糊不清;"水嘛呢"则呈现在溪水之中,历经百年、千年清水的洗礼,石头上所刻的"六字真言"流光溢彩。而新近凿刻的,清晰可见、色泽鲜艳,大都堆

左图："水嘛呢"呈现在溪水之中，历经百年、千年清水的洗礼，
石头上所刻的"六字真言"流光溢彩。

右图：在一处古铜色的裸露崖壁，上面是一幅阴线石刻的《礼佛图》，
据说也是当年文成公主进藏时留下的遗迹，散发着久远年代的气息。

积在石壁之下，或散放在小溪两岸。

我们一行沿着勒巴沟一路行走，所见之神迹圣迹无处
不在。

在一处古铜色的裸露崖壁，上面是一幅阴线石刻的《礼佛
图》，据说也是当年文成公主进藏时留下的遗迹，散发着久远
年代的气息。

《礼佛图》上，释迦牟尼袒露上身立于仰莲座上，左手置
胸前持一莲花，右手结施与愿印，身后有圆形火焰纹项光和
拱形火焰纹龛门，上面刻有华盖。佛祖右手边刻有四个朝佛的
人，依次应该是文成公主的侍童、松赞干布、文成公主和文
成公主的侍女。松赞干布头戴吐蕃时期的塔式缠头，宽袍大
袖，双手捧一只供奉用的钵碗。文成公主身披无领裘皮大氅，
手捧莲花。四人神情肃穆、恭敬，显示对佛祖的无比虔诚。佛
祖的脚下，刻有老虎、豹子、大象、鹿等动物，其意为六道

众生齐来聆听佛祖讲经度化。

《礼佛图》风格属盛唐雕刻造像风格，图中人物丰满、神态安详，各自地位以高矮大小相区别：释迦牟尼像高 3.4 米，松赞干布像高 1.5 米，文成公主像高 1.3 米，她身后的侍女像高 0.9 米。

在《礼佛图》左侧不远处，一块青色石壁上雕刻有一幅《三世佛图》。画面中心为释迦牟尼像，手结转法轮印，半跏趺坐在双层仰莲狮座上。画面上部有四个合十交脚菩萨像，画面左下方为四个双手合十的牛头人身或人头蛇身像，是为天龙八部中的诸天。佛图右下方有一些古藏文刻字，石刻是一件吐蕃时期的作品。

除此之外，沟内还筑造了许多佛像、佛塔和六字真言嘛呢石等法物标志，这些石刻大多已存在千年以上，如仓央嘉措一首诗中所述："刻在心上的图纹，如何擦也擦不去。"藏族民众就是这样执着神性，将牢固不变之心喻为"如同石上刻的图纹"，将它长久存留于岁月之间。

勒巴沟沟口有一座著名的"古素赛嘛"老式藏塔，佛塔的塔基上堆满嘛呢石，旁边，后人修建了一座四方亭，亭子内立着一块石碑，正面上书"勒巴沟石刻"，背面刻有碑文。

据说，勒巴沟是文成公主在玉树停留期间非常喜欢的一个地方，曾在此久居。这些岩画和文字不知当年公主本人看到过没有，至少，我们在此瞻礼了比公主当时所见更加久远丰富的自然与人文历史。

13:30，我们来到位于结古镇的世界第一大嘛呢堆——嘉那嘛呢堆。

勒巴沟沟口有一座著名的
"古素赛麻"老式藏塔。

藏民在一块块白石头
上刻写《六字真言经》《大
藏经》以及各种佛像
和吉祥图案，并饰以五彩，
成为嘛呢石刻。

嘛呢堆，
一块一块地堆积，一堆一堆地排列，
然后不断向前推进，
每个方阵几乎都与周边的房屋等高，
一望无际。

嘛呢堆规模之大让我们大为震惊。

嘉那嘛呢堆位于玉树城边山水相依的新寨村，村子背倚着西巴旺秀神山，清澈的饶吾河、扎西河分别从寨子的东边和南边流向通天河。从地理位置看，新寨是一块风水宝地。

嘛呢堆规模之大让我们大为震惊。嘛呢石呈现的色彩多样，以红色为主，黄色、绿色、蓝色均有，彩色的颜料多用于写字作画。经石，则有大有小，大的如桌面，小的如鸡蛋；形状，以扁平方形为主，也有条形，或其他形状；嘛呢堆，一块一块地堆积，一堆一堆地排列，然后不断向前推进，每个方阵几乎都与周边的房屋等高，一望无际。

嘛呢文化是玉树地区的嘛呢石经堆和文成公主进藏遗留的传说、建筑及习俗集结而成的历史文化遗产。藏民在一块块白石头上刻写《六字真言经》《大藏经》以及各种佛像和吉祥图案，并饰以五彩，成为嘛呢石刻。嘛呢是梵文佛经《六字真言经》的简称，嘛呢石堆则是由刻有"六字真言"的嘛呢石堆砌而成的。

早在641年，文成公主进藏，玉树就有了汉、藏、梵三种文字的石刻，历经1000多年沧桑风雨，各种人与事只留在了故纸堆里，而真正留下的，是这嘛呢堆。

嘛呢石墙上挂满了印有经文、佛像的经幡。嘛呢墙四周红色、白色神塔高高耸立，庄严而神圣。来自各地的信众，心怀各种期冀，风雨无阻地围着石经墙转行。

1715年12月8日，嘉那活佛在这里放下了第一块嘛呢石，迄今已历时300年，在后人不断添加的过程中，这一工程一直持续到今天，即便经历了多次地震，嘛呢堆也被民众迅速恢复。嘛呢堆的体积越来越庞大，到1955年，据说堆积了

25亿多块嘛呢石，"文革"时期，损失了许多，现还存有2.6亿多块，为"世界第一大嘛呢堆"。

嘉那活佛是西藏昌都人，少时剃度出家，后来去拉萨、印度等佛教圣地朝圣、求法，也曾到过内地，在五台山和峨眉山修行长达20多年，熟悉汉文化。嘉那活佛也是我们即将前往的结古寺的创建人之一。

嘉那活佛以刻凿嘛呢石度过了他的余生，最后圆寂在新寨村。

在藏族人心目中，嘉那嘛呢堆是一个无上圣地，每天都有不少僧人或普通民众前来嘛呢堆转经、烧香。据说，目前增添石块的人少了，转经的人多了，嘛呢堆旁还有人专门在现场生产制作"六字真言"石刻销售，人流之多甚至还带旺了旁边一个小型集贸市场。

被此场景感动，我们一行6人，在这神圣、神奇、神秘的环境中，不由得冒着强烈的紫外线，围着这石经堆转了一圈，转一圈大约耗时半小时。

14:30，午餐，面条。

15:15，去结古寺。

结古寺位于结古镇东边的结古山上，是全镇最高的建筑群，历史悠久。

据说，明朝时西藏萨迦派高僧当钦哇·嘉昂喜饶坚赞曾到此传教，在扎武部落头人的支持下兴建结古寺。它是青海萨迦派的主寺，也是青海最大的萨迦派寺院。该寺僧众学员多，拥有的文物也不少，因此在藏区有很高的知名度和影响力。

结古寺的选址非常好，整个寺院依山而建，山下边就是

在藏族人心目中，嘉那嘛呢堆是一个无上圣地，
每天都有不少僧人或普通民众前来嘛呢堆转经。

结古寺位于结古镇东边的结古山上，
是全镇最高的建筑群。

巴塘河。站在市区观看，它高高在上，气势凌人，众人必须仰视；站在寺院广场，俯瞰山下，玉树城尽收眼底；站在寺院广场往更高处欣赏，殿堂僧舍错落有致，多层楼阁耸立，尤其是主体建筑"都文桑舟嘉措"经堂建于山巅，高高在上，意味着居于天界，气势更加逼人。

我们现在看到的是 2010 年玉树"4·14"地震后重建的寺院。"4·14"地震使结古寺建筑全部垮塌，目前结古寺还在重建中，从已建部分看，规模宏大，殿堂僧舍错落有致，高耸于山冈之上，围墙上用黑白红三色涂料涂的条带从顶贯到底，这是萨迦派的标志，分别象征着文殊菩萨、观音菩萨和金刚手菩萨。

下午 3 点半，此时阳光直射在皮肤上，感觉有点发疼，整个寺院广场除了我们一行人外，没有其他游客。

我们进入最高处正在重建的大殿，大殿内已建成的有：两侧墙壁上用金粉绘成的描述释迦牟尼解脱成佛的十二形状图壁画，以及大殿正中的观音菩萨、文殊菩萨、金刚手菩萨、莲花生大士和萨迦五祖的高大塑像。

大殿内很安静，可能工匠正在休息。此时，突然跑出一群嬉耍的僧人，给这透着庄严的大殿增添了些生气，从发出的嬉闹声分析，应该是一群觉姆。

16:00，参观玉树地震纪念馆。

2010 年 4 月 14 日 7 点 49 分，玉树发生地震，最高震级达7.1 级，地震造成 2698 人遇难，失踪 270 人。

时隔多年，来到玉树，我们仍然想找寻当年大地震留下的痕迹，但似乎已不太容易。地震后，在全国人民的支援下，

在结古寺院广场俯瞰山下，
玉树城尽收眼底。

玉树快速重建，已是旧貌换新颜。不过，玉树人并没有忘记当年地震带来的巨大灾难。在结古大道的最南端，就保留着这样一处地震遗址：

一幢四层楼高的宾馆，已成一堆残垣断壁，那是曾经的格萨尔宾馆，在当时的结古镇算是高楼大厦了，在地震中坍塌为二层，于是玉树人顺势而为，将其改建成一座遗址纪念馆。

纪念馆的一侧，是一座破损的时钟雕塑，钟面定格在"7点49分"，四周玻璃柜式的墙摆放着在地震中损坏的电脑、电视机、吉他、玩具等实物。地下部分为二层，最下一层展馆里还保留了如同地狱般的部分真相，让人触目惊心；上一层用大量图片介绍了地震灾情、玉树人民在全国支持下抗震救灾的场面，以及全国各界大爱献真情的图片。

玉树地震纪念馆的时钟雕塑，
钟面定格在"7点49分"。

　　如今漫步玉树街头，已经很难让人与2010年4月14日那次7.1级强烈地震挂上钩。城市虽然不大，但令人耳目一新。重新规划后的街道，绿树成荫，人群熙熙攘攘，与内地任何一座同级别城市已然没有太大区别，吃住行都非常方便，并拥有自己的风格与特色。

　　格萨尔王广场位于市中心，广场的中心矗立着格萨尔王横戈跃马的高大铜像，黝黑金属铸成的人、马、兵器和盔甲立体浑然、威武庄严，已是玉树的城市地标。我们环行雕像巨型基座细细品味，欣赏其中的巨幅壁画，瞻礼英雄的故事。格萨尔王雕塑告诉我们，这里是康巴之地，勇猛的格萨尔世界，格萨尔王是康巴人心目中的"精神战士"。

　　玉树是著名的康巴文化之乡，康巴文化是藏族文化中充满神秘色彩的一种文化。康巴人是生活在西藏昌都、青海玉树及其他使用康区方言的藏族人。

康巴人体格高大、威武勇猛、习俗独特、生性浪漫、喜欢游走，被称为"高原吉卜赛人"。康巴男人喜欢将红色或黑色丝线和发辫编在一起，盘于头顶上，称之为"英雄结"，显得潇洒剽悍，因此，"康巴汉子"在藏区很有名，很得女人喜欢。

我们在格萨尔王广场旁找了一家餐馆，今天晚餐可以喝点小酒了，周琴姑娘的高原反应似乎也好了不少。

8 月 17 日　晴　宿杂多

气温：8℃—29℃

海拔：4860 米

今日前往澜沧江源，往返总路程约有 620 千米。

澜沧江是条一江连六国的国际河流，号称"众水之母"，东南亚第一巨川，亚洲第六大河。全长 4909 千米，源头海拔 5200 米。它从三江源地区杂多发育后，沿青南高原，经横断山脉向南流淌，出境后改称"湄公河"，有"东方多瑙河"的美誉，是缅甸、老挝的界河。在称谓上，河流流经昌都市区，与昂曲汇合后，正式命名为"澜沧江"，之上为扎曲。

8:10，极具江南味的早餐：薄粥、油条。

8:30，起程。

10:35，过长拉山隧道，海拔 4499.98 米。

2015 年 6 月 23 日正式建成通车的长拉山隧道在玉树州杂多县境内，是目前世界上海拔最高的公路隧道，全长 2400 米。长拉山隧道建设的海拔高度是从未到过的，严寒天气的时间长度是从未有过的，施工区域经常四季飘雪，严酷的冬季长达 9 个月，工人往往是 5 月进到工地，12 月才能出来。

10:50，过查乃拉卡山口，海拔 4750 米。

11:05，进入石佛沟，沟内几千米长的摩崖石壁上满是彩色的六字真言及佛像，凿于山壁上最大的一个佛像竟

石佛沟内几千米长的摩崖石壁

有十几米高。

杂多县地处唐古拉山北麓，平均海拔4200米以上。地势西高东低，西部多为平坦的高山湿地草原，东部多高山峡谷。境内水系众多，河流密布，较大的河流有扎曲、结曲、当曲、莫曲等。澜沧江正源扎曲即发源于扎青乡境内的吉富山区域，而长江南源发源于唐古拉山脉东段结多乡境内保扎日山麓的当曲。

"杂多"为藏语译音，意为"扎曲河源头"，有"澜沧江源第一县、长江南源第一县"之称。

12:40，继续出发。

13:20，过扎青乡，进入峡谷地带，路牌标注：至澜沧江源头260千米。

澜沧江上游是典型的峡谷河流，越往上那峡谷越是深邃逼仄。

追溯澜沧江源头，不断在峡谷中穿行，由昂赛大峡谷后穿越至扎曲大峡谷。峡谷之上的山势逶迤起伏，峡谷深处的河流也逶迤起伏，我们的车同样逶迤起伏。

我们进入了荒野，没有村庄，渺无人烟，没有树，草也很少，不见任何动物，原始空旷，没有任何声响，静谧之氛围令人窒息。

越野车随山体伸展起伏，颠得筛糠似的。峡谷中到处都是石头，石头泛着白光，若非隐隐约约还分辨得出的小草，真有踏上火星的感觉。这儿像是一个失落的世界，我们仿若回到了人类起源之前的地球蛮荒之中。

这里从原始之初，历经几十万年、几百万年，甚至更

河流在草甸间逶迤而行，
流经的区域既有险滩，
又有平川、草地，
源头静谧的美景让我们叹为观止，
这儿就是澜沧江文化源头——扎西气瓦，
译为"吉祥如意的泉水"。

久远，虽历经时代变迁，但古老世界的痕迹，似乎都不曾改变。跨越时空，我们像是走入了地球蛮荒的历史之中，像个科幻的世界。或许，荒原带给我们的想象和体验原本就是这个样子。在此，觉得我们人类真的已经变得无足轻重。有人在路边垒起了一排石堆，那是向神灵祈求保佑，也显示着这里的人类活动。

峡谷两侧的山体上，不时有巨石挣扎出草皮，露出满是"皱纹"的身体，似乎要向鲜有路过的旅行者诉说自己亿万年的历史沧桑与故事。行车过程中，海拔越来越高，翻越一座座不知名的雪山，空气变得越来越稀薄，人的高原反应也显著增强。

在不断的颠簸中、在不断的寻"路"中前行，溪流潺潺逐渐增多，也预示我们进入了源头地带。车开始涉水爬滩，我们知道，这些流淌着的涓涓小溪，其实就是澜沧江的一部分。就是这样的小溪，在经过不断的汇集后竟然成了世界级的大江。

18:00，到达澜沧江源扎西乞瓦，海拔 5200 米。

源头在一片山坡上，山坡周围是布满小溪与小海子的草地，有如星宿海，远远望去，大大小小的泊子，就像被摔碎镜子的碎片，闪着银光。河流在草甸间透迤而行，流经的区域既有险滩，又有平川、草地，源头静谧的美景让我们叹为观止，这儿就是澜沧江文化源头——扎西乞瓦，译为"吉祥如意的泉水"。

一块 1 米高的"澜沧江源科考纪念碑"竖立在扎西乞瓦山坡上的两个经幡之间。

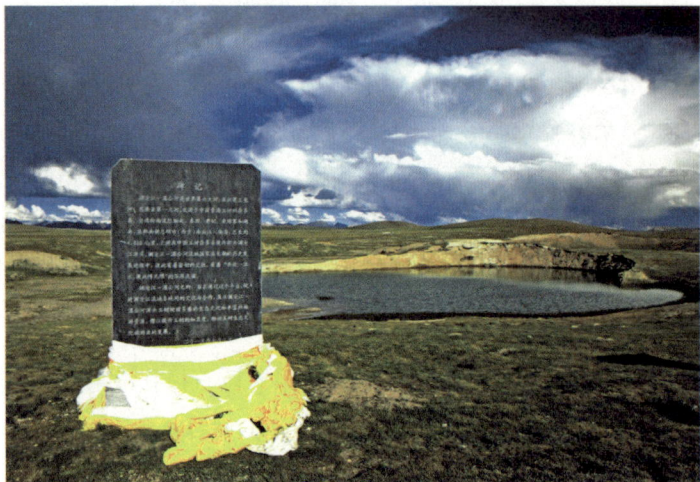

一块"澜沧江—湄公河之约"的碑，
碑上镌刻着汉藏两种文字的碑铭，
缠绕着一圈一圈的五彩哈达。

　　另有一块"澜沧江—湄公河之约"的碑，碑上镌刻着汉藏两种文字的碑铭，缠绕着一圈一圈的五彩哈达，蓝色象征蓝天，白色象征白云，绿色象征江河水，红色是空间护法神，黄色象征大地。

　　站在源头，我们感受到浩荡博大的气势，更有置身于世外桃源、童话世界的感觉。这些小溪蜿蜒行进，竟然是跨境奔流的大江澜沧江。白天一直头疼，躺在车上一直睡觉，怀疑自己要先撤退的队员周琴，居然也下车了，年龄最大的胡雅萍居然豪气地说："5200米，我如履平地。"

　　整个下午、晚上11个小时，行程往返约620千米。

一轮满月高悬天空，
感觉是那样近、那样亮。

此时，我却毫无睡意，突然想起王安石《游褒禅山记》中的文字：

夫夷以近，则游者众；险以远，则至者少。而世之奇伟、瑰怪，非常之观，常在于险远，而人之所罕至焉，故非有志者不能至也。有志矣，不随以止也，然力不足者，亦不能至也。有志与力，而又不随以怠，至于幽暗昏惑而无物以相之，亦不能至也。然力足以至焉，于人为可讥，而在己为有悔；尽吾志也而不能至者，可以无悔矣，其孰能讥之乎？此余之所得也！

8月，高原多雨，
脆弱的丹霞地貌一经暴雨冲刷，
泥沙便滚滚入江，
河水颜色便被染成黄色、橙红色。

8月18日　晴　宿玉树

气温：9℃—25℃

海拔：3681 米

早晨 9:00 集中，队员个个精神饱满，连昨天头疼一天的周琴在经过 5200 米上美景的洗礼后也恢复了，神奇！

9:50，早餐后离开杂多县城。

我们顺澜沧江向东南而行，道路开凿在澜沧江一侧山崖上，我不禁想起汉隶《石门颂》《开通褒斜道刻石》中描述的开路民工的艰辛。站在开凿在悬崖的公路上，听着河水雷鸣般的轰鸣，看着脚下令人目眩的巨大峡谷，使人顿生对大自然的敬畏之心。

12:00，到达澜沧江丹霞地貌地质公园。

车在断壁悬崖中蜿蜒曲折穿越，最终抵达一处坡度平缓的山地，中间是草甸，草甸的三面为丹霞地貌山体，另一边则是澜沧江和远山，远山亦呈丹霞风貌。湛蓝的晴空，悠悠的白云，葱郁的崖柏，如染的高山草场，形态迥异的丹霞地貌。

8月，高原多雨，脆弱的丹霞地貌一经暴雨冲刷，泥沙便滚滚入江，河水颜色便被染成黄色、橙红色。当地人在此设置了简易板房，有餐饮可供旅行者选择，我们还是选择了拉面。

地质公园在杂多县昂赛乡境内，因此也称"昂赛地质公园"。

2015年，昂赛乡澜沧江峡谷200多平方千米的地区被中科院遥感所、有关地质学家、诸多环保组织确认为青藏高原发育最完整的白垩纪丹霞景观。这处"赤壁丹崖"广泛发育，形成了顶平身陡麓缓的方山、石墙、石峰、石柱、陡崖等千姿百态的地貌形态。来自美国的探险、漂流专家对这里幽深的峡谷、激流和险滩密布的河流及生物多样性备加赞誉，称其"堪与科罗拉多大峡谷和黄石公园媲美"。

由于海拔原因，地质公园内大峡谷中的山相对高度并不高，但层次丰富。峡谷上部是突兀的岩石，形态千奇百怪，孤峭屹立，因为丹霞地貌，让高山的岩石立面变得陡直光滑，瀑布飞溅；因为澜沧江，让我们可以观察到新鲜出露的岩床。峡谷中山与河谷之间多缓坡，多森林，森林以柏树为主。一抹绿色，一片苍郁，阳光下，黯淡背景中散发出的微光如翡翠，树木稀疏点缀，成为一道胜景。

公园内正举行"首届澜沧江源国际自然观察节"，杂多电视台的主持人尼玛卓玛告知，观察节有摄影、地质考察等8项活动，如有兴趣，我们也可以参加。因早已定了行程，我们拍了些照片后就离开了。

> 离天最近的地方，澜沧江从这里流向远方，喇嘛诺拉，祈福源头的圣洁，达赛宝地享誉雪域……神境昂赛，让人流连忘返……

"观察节"的广播中正播放歌曲《宝地杂多》，我们流连于杂多县昂赛乡境内的丹霞地貌地质公园，不时感叹于大自然的造物神奇。

17:00，回到玉树，入住拉布寺宾馆。

8 月 19 日　晴　宿曲麻莱

气温：9℃—25℃

海拔：4175 米

8:30，出发前往曲麻莱。

溯通天河而上，驱车向玉树西北部，我们将在昆仑山和唐古拉山之间的玉树大草原中穿越。海拔在逐渐提升，但路况甚好，一路景观，这也是我们真正向西挺进三江源蛮荒腹地的开始。

19 世纪俄罗斯著名的探险家和旅行家普尔热瓦尔斯基在穿越玉树大草原时，赞叹这是中亚最好的高山草场。他描述道：

> 必须在一万三千至一万四千英尺的高度上爬行或坐在那里，经常是在云层中，有时甚至在云层之上。四面八方展现出遥远的、广阔无边的地平线，放眼远望，真是百看不厌……巨大的兀鹰或者是胡兀鹫，抖劲着翅膀发出一种很特别的响声，徐缓地在头顶上盘旋而过，使人不由自主地目送这矫健有力的大鸟飞去。忽而传来了雪鸡的洪亮叫声或者是岩鹨的动听歌唱。从附近的山崖上，不时滚下块块岩石轰隆隆地掉进深涧。忽而万籁俱寂，仿佛群山之中没有一个生物……忽然又飘来一朵白云，带来一股潮气，或者撒下一片雪糁，或者刮起一阵短暂的风

隆宝滩的水鸟

搅雪……有多少次我一个人坐在那高山之巅是多么幸福啊！有多少次我羡慕这时从我身边飞过的兀鹰，它能飞得更高，能看到更为壮观的景色……在这样的时刻，人会变得更完美，仿佛一登上高空，人就会完全摆脱自己那些渺小的意念和欲望。我可以说，没有登上过高处的人，就领略不了大自然的雄伟和壮丽……

对于普尔热瓦尔斯基，中国人的感情是复杂的。普尔热瓦尔斯基既是近代中亚科学探险中成就最大者之一，也是一个引领其后探险的先驱者，但他的中亚探险受殖民主义影响较深，因此他的探险又具有经济和军事目的，不过他的这段描述为我们呈现了19世纪的玉树大草原。

海拔超过了4000米，还在继续攀升，我的太阳穴开始抽

隆宝滩是青藏高原上声名赫赫的世界鸟类栖息地，
为专家和科研工作者瞩目、向往的地方。

动，两耳也开始嗡嗡鸣叫。一座山在我们的"抽动"和"鸣叫"
中出现了。

　　9:15，过长江源第一隧道，全长 3112 米，海拔 4315 米。
这条隧道是玉树州第一条高海拔特长隧道。

　　10:00，到达隆宝滩国家级自然保护区。

　　隆宝，藏语意为"有鱼有鸟的沼泽"。

　　隆宝滩是青藏高原上声名赫赫的世界鸟类栖息地，为专
家和科研工作者瞩目、向往的地方，保护区面积 100 平方千
米，海拔 4100—4200 米。是地球上海拔最高的自然保护区之
一，是青海省最早的国家级自然保护区。

　　时值 8 月，隆宝滩湖面湿地开阔，原野无垠，短蒿草、长
花野青茅、蕨麻花等植物长满滩涂，形成一处处"绿岛"。

　　草长莺飞的隆宝滩是野生鸟类的天堂，气候虽然寒冷，

隆宝滩湖面湿地开阔，原野无垠，
短蒿草、长花野青茅、蕨麻花等植物长满滩涂，
形成一处处"绿岛"。

但却是黑颈鹤繁衍后代的"世外桃源"。

这里泉水、溪流纵横交错，曲折蜿蜒，把地面切割成无数块孤立小岛，岛上杂草茂盛，还生长着许多两栖、爬行软体小动物，可供鹤鸟类取食，而且环境安全幽静，野兽为水所阻，欲进不能。按规定，我们不能进入保护区内，面对远远的珍禽，我们虽然等候了许久，始终都没能拍到黑颈鹤的照片，或许此时它们正在路上，或许它们正远远地望着我们，不敢与人类"亲近"。

过了隆宝滩，便进入了万里长江第一县，也是环保卫士杰桑·索南达杰的故乡治多县，通天河在这里拐了一道大弯。导航显示距离治多县城还有 30 多千米，我们望见一处半山腰写着一行硕大的字"万里长江第一湾"，道路旁边有指示牌——叶青村。

11:35，过"万里长江第一湾"。

我们望见一处半山腰写着一行硕大的字
"万里长江第一湾"。

治多县境内河流、湖泊众多，
河流多属长江水系。

11:55，进入治多县城加吉博洛格镇，午餐，牛肉面。

治多县属玉树州辖县，位于青海省西南部。治多县地势高耸，地形呈西南高、东北低，平均海拔在 4500 米以上，昆仑山脉绵亘境北，乌兰乌拉山横贯境南，可可西里山横穿中西部。境内河流、湖泊众多，河流多属长江水系，主要有通天河（长江），当曲、可可西里湖等，年均气温 –1.8℃。青藏公路在其县境中部穿过。

13:20，过通天河进入曲麻莱地域。

曲麻莱县属玉树州，与治多和杂多同为三江源的腹地，素有"江河源头第一县"的美称。县境内横跨通天河（长江）、黄河两大水系，黄河发源于该县麻多乡约古宗列地区，长江北源主要源流勒玛河、楚玛尔河、色吾河、代曲河均发源于县境内，是中国南北两大水系的主要水源涵养地。曲麻莱县高寒缺氧、日照时间长、紫外线强，属典型的高原高寒气候，年均气温 –3.3℃。

这片区域地广人稀，与我想象中一望无际的草原荒漠，成群的藏羚羊、野牦牛景观大不一样。这里的山依然多，绵延不断的群山和数不尽的小溪河流，充满了野性。

14:00，到达曲麻莱县城，海拔 4226 米。

入住曲麻莱宾馆，没电，这是此次青海行唯一不能正常供电的县城。整个县城规模并不小，还有河南投资商开设的大型超市，人口不足 1 万人，居然还有步行街。

8月20日　晴　宿唐古拉山镇

气温：7℃—24℃

海拔：4660 米

　　早晨气温很低，10℃，而此时宜兴的气温是 33℃。

　　8:00，早餐，拉面。到青海后难得吃到这么好的拉面，牛肉也好，每人单独加了一份。高原煮拉面得用高压锅，每锅一碗，所以等待时间比较长。

　　9:00，前往沱沱河，即将进入可可西里。

　　可可西里，困难与名气一样大的地方，希望我们一行顺利、平安。

　　司机说，原来曲麻莱到不冻泉这 300 千米路全是砂石路，今年刚铺了柏油路，时间可大大缩短。

　　我们的越野车穿越在曲麻滩大草原，地平线是倾斜的，太阳和天空是倾斜的，旷野中几乎看不到人类的身影，只有我们自己的车映在大地的倒影，像是荒原上飘移着的幽灵。短尾巴的藏羚羊、白屁股藏原羚、白肚皮的藏野驴……那些野生动物的身影在高原的长风中像幻影一样出现，又在车窗外的远处一晃而过，往往在我们刚拿起相机时，就远去了，不过与去年阿里行相比运气好多了。

　　正当昏昏欲睡时，前面公路两侧热闹起来，道路开始拥挤。下车询问，是曲玛河乡正在举办赛马节，共 5 天，今天是第二天。

赛马节是每年七八月青海果洛、玉树等牧区游牧民族的节日，人们欢聚在一起簇拥欢笑，马儿膘肥体壮、嘶鸣奔腾，欢天喜地的气氛会感染在场的每一个人。参加赛马节的藏族同胞身上，那些令人眼花缭乱的金银珠宝，往往会是盛会的亮点。

从停放车辆车门上喷印的文字看，参加赛马节有从治多、玉树过来的，还有从更远的格尔木赶过来的。赛马节除赛马外，其他活动有如我们江南地区的节场、庙会。没考证过，不知道这样的商品交流是不同民族共有的内容，还是不同文化的民族，在交流中相互融合的结果。

沿长江北源楚玛尔河继续向西北行驶。

楚玛尔河为长江源的北源，位于玉树藏族自治州西部，发自可可西里山黑脊山南麓。"楚玛尔"为藏语，意为"红水河"，又译为曲麻莱河、曲麻河、曲麻曲。楚玛尔河横卧长江源区域北部，汇集昆仑山南坡来水汇入通天河。

13:40，穿过青藏铁路不冻泉大桥，驶上青藏公路（G109公路），正式进入可可西里，此处海拔 4680 米。

青藏铁路不冻泉大桥全长 2.95 千米，创造了六个世界之最：这是迄今为止世界上海拔最高、穿越冻土层最厚、科技含量最高、施工难度最大、空气最稀薄、条件最恶劣的高原特大桥。

不冻泉，地因水名，这里有一汪清澈见底的泉水，据说这里的泉水常年不停地喷涌而出，即使在寒冷的严冬也从不封冻，因此被称为"不冻泉"，可惜我们没能看上一眼。

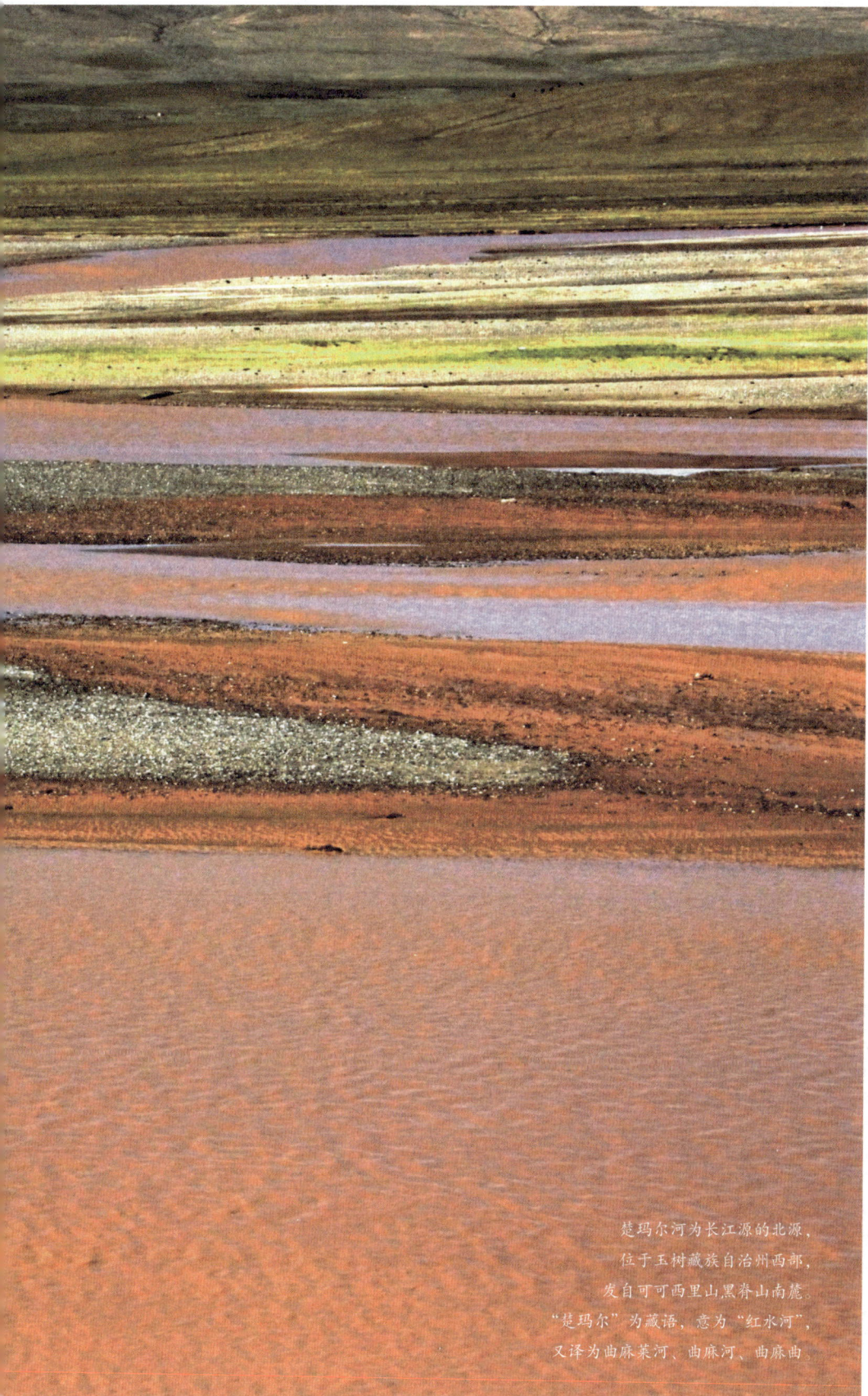

楚玛尔河为长江源的北源，
位于玉树藏族自治州西部，
发自可可西里山黑脊山南麓。
"楚玛尔"为藏语，意为"红水河"，
又译为曲麻莱河、曲麻河、曲麻曲

青藏铁路不冻泉大桥全长 2.95 千米，
创造了六个世界之最。

　　过了不冻泉，铁路与公路几乎是平行地穿越于广袤的可
可西里保护区。

　　辽阔无垠的草原在阳光下变幻着梦一样的色调。微妙的色
彩铺写在大地和天空。世界空洞无物，捕捉了一根根一闪而过
的电杆，于是，大地有了人间的气息。

　　青藏公路其实就是可可西里的一道分界线，东为缓冲
区，西为核心保护区。广义上，可可西里是以可可西里山脉为
中心的区域，狭义上，则指可可西里国家级自然保护区，东
至青藏公路，西至青海省界，北至昆仑山脉的博卡雷克塔克
山，南至唐古拉山镇——青藏边界，这是横跨青海、新疆、
西藏三省区之间的一块高山台地，也是中国迄今建成的面积
最大、海拔最高、野生动物资源最为丰富的自然保护区之
一。神奇的是，在可可西里及其周边 300 千米范围内同时孕育
了长江、黄河和澜沧江的源头。

176

索南达杰自然保护站是中国第一个民间自然保护站，
以在反盗猎斗争中牺牲的烈士、青海省治多县
西部工委书记——杰桑·索南达杰的名字命名。

　　在青藏公路的两侧，可看到高约 2 米、像旗杆一样深深插进土壤的金属杆子，这些是一种由碳素无缝钢管制成的高效热导装置——热棒，我们看到的其实只是地面部分，还有 5 米则深埋于地下，作用是传导热量和水分，防止冻土层因为温差而使公路出现变形和损坏。

　　14:10，到达索南达杰自然保护站，海拔 4794 米。

　　保护站正在扩建，红褐色的墙体如这一带土壤的颜色，其间还点缀了一些五角星图案。保护站没有院墙，一个恹大的广场上建有国旗台，一面在阳光与风中招展的国旗高高飘扬着。在国旗台的前方有一只被金色阳光照亮了的雄性藏羚羊，虽说是雕塑，但在风中充满了动感，仿佛有一个活泼灵动的生命藏在其中，它仰望着太阳，那是对太阳充满崇拜的姿态和神情。

　　这是中国第一个民间自然保护站，由绿色江河环境保护

杰桑·索南达杰纪念碑

组织集资建立，以在反盗猎斗争中牺牲的烈士、青海省治多县西部工委书记——杰桑·索南达杰的名字命名。当然，现在已由官方管理了，那巡护车上都贴着警车标志，巡护人员都穿着清一色的制服，已是"正规军"了。

杰桑·索南达杰是青海玉树州治多县索加乡人，在他的倡导下，治多县为制止日益猖獗的淘金、偷猎野生动物活动，成立治多县西部工作委员会。他先后12次进入可可西里无人区，进行了野生动植物资源调查和保护藏羚羊的工作，被誉为可可西里野生动物保护第一人。1994年1月18日，40岁的索南达杰和4名队员在可可西里抓获了20名非法猎杀藏羚羊的盗猎分子，缴获了7辆汽车和1800多张藏羚羊皮，在押解途中，遭歹徒袭击，索南达杰为保护藏羚羊，在无人区与18

名持枪偷猎者对峙，流尽了最后一滴血，被可可西里 –40℃的风雪塑成一尊冰雕。当人们在可可西里无人区找到他时，他还保持着换子弹的姿势。

可可西里地区的神秘和闻名，是从藏羚羊以及为了保护藏羚羊而组成的"野牦牛队"的悲壮故事开始的，这些故事使这片土地更加令人向往。

在昆仑山口建有一座杰桑·索南达杰纪念碑。

15:15，到达五道梁，海拔 4665 米。午餐，吃米饭。

五道梁位于"天路"青藏公路中段，因附近有五道山梁而得名。这里地高天寒、长冬无夏，以高寒缺氧、气候恶劣多变著称。

"一到五道梁，哭爹又喊娘"，这个流传在青海的谚语从一个侧面印证了五道梁地区的严酷气候特征。通常认为五道梁是进高原的门槛，被认为是青藏线上最难的地段，如果在五道梁感觉没有大碍，那过唐古拉山口进藏就应该没有什么问题了。我们感觉都很好，于是美美地吃了一顿午餐，虽然半生不熟的米饭有些难以下咽。

五道梁有兵站、泵站、公路段、气象站、加油站，有杂货店、小饭店，还有牧民在周围放牧。

17:05，过风火山口，海拔 5010 米。

风火山为昆仑山南麓的一支，又称烽火山，藏名隆青吉布山，横亘于昆仑山南麓和唐古拉山北麓之间，也是两座大山之间的最高峰，这里已是可可西里无人区的边缘。

透过车窗远远望去，就像走近了火焰山，赭红的山岩仿佛被烈火焚烧了无数次。而独特的地质构造、酷寒的气候，

沱沱河唐古拉山镇长江源生态保护碑

山麓周围全是终年不化的永冻层，再加上冰川作用，使这里的许多石头形成奇形怪状的石碑林和石海。

18:30，到达沱沱河唐古拉山镇长江源生态保护碑，海拔4660米。

碑名由江泽民同志题写，碑文为：

摩天滴露，润土发祥。姜古迪如冰川，乃六千三百八十公里长江之源，海拔五千四百米，壮乎高哉。自西极而东海，不惮曲折，经十一省市，浩浩荡荡；由亘古至长今，不择溪流，会九派烟云，坦坦荡荡。如此大江精神，民之魂也，国之魂也。江河畅，民心顺；湖海清，国运昌。感念母亲河哺育之恩，中华儿女立碑勒石，示警明志：治理长江环境，保护长江生态。玉洁冰清，还诸天才；青山碧水，留以子孙。

我们凝视着这座保护碑，读着这庄重且充满忧思的碑文，心情感到十分沉重。

此时我们就站在这里，站在格拉丹东雪山的姜古迪如冰川脚下，静静的沱沱河边。站在长江的源头，思绪起伏，我循着源头，思绪沿着这条河前行，流过草地、越过群山、跨过峡谷、蹚过平原，从沱沱河到通天河、金沙江、川江、荆江、浔阳江、扬子江……时而低吟浅唱，蜿蜒流转；时而咆哮奔涌，浪花飞溅，就以这样一种姿态、这样一种情怀，滋养了中华民族。站在长江的源头，我感到了一种力量、一种超越；感受到了一种博大、一种精神；同时，我们更感受到了一种危机、一种责任，那是人类生存环境日益恶化的危机、那是对人类保护自然环境的责任。

现在，三江源区域环境正面临着河流干涸、冻土消融、草场植被退化、冰川消融、湖泊萎缩、沙漠化严重、垃圾为患等的威胁，这些导致了生态系统失衡、整体环境恶化、草场载畜量下降、牲畜生存空间变小。

三江源是全球对气候变化和人类活动反应最敏感的区域。追溯岁月深处的三江源，原本是人烟稀少甚至阒无人迹的自然王国，在人类涉足之前，这一带也曾是水草丰美、湖泊

逐渐变得开阔起来,
也流得缓慢而宁静,
时分时合,有些涣散。
这就是我们在唐古拉山镇看到的沱沱河。

星罗棋布、野生动植物种群繁多的高原草甸区，那是原生态的生命净土，也是那些野生动植物的"极乐净土"，一如佛法净土宗的"八功德水"。所谓众生，不仅仅指人类，乃是天地万物。

面对日趋严重的三江源生态问题，我们作为一名旅行者，在观赏三江源奇特自然和人文景观的同时，更应该倡导文明、环保、生态的旅行理念，为拯救人类自己赖以生存的环境和土地，身体力行，改变每一个损害自然、污染环境、破坏生态的生活方式和不良习惯，让心灵在旅行中感悟环境保护的乐趣。

沱沱河，亦称托托河，藏语称"玛尔曲"，意为红色的河，蒙古语称为"托克托乃乌兰木伦"，意为平静的河或缓慢的红水河。沱沱河的源头最初都只是冰雪融水交织成的小溪流，当这些小溪流淌到格拉丹东山下，又与许多密如蛛网的水流汇聚在一起，那便是沱沱河的上源。河水流出后，经过一片广阔的河滩，再经过一条峡谷，流到一小湖泊附近，河道逐渐变得开阔起来，也流得缓慢而宁静，时分时合，有些涣散。这就是我们在唐古拉山镇看到的沱沱河。

19:00，入住唐古拉山镇的酒店。

唐古拉山镇隶属格尔木市，也是由青藏公路入藏的最后一镇，号称"长江源头第一镇"，是长江源区域唯一的行政区划建制镇。

　　唐古拉山镇，一看就知道有多小，那街一眼就可以望穿。所谓街，其实就是穿镇而过的青藏公路，以路为街。但这个镇又大得没有边，这是中国面积最大的乡镇级行政区，也是当之无愧的中国第一镇，其辖区总面积达 47000 多平方千米，差不多相当于半个浙江省，相当于 23 个宜兴，而总人口还不到 2000 人。

　　站在酒店门口，可以远眺唐古拉山脉，地势平坦，能见度令人难以置信，遥远的唐古拉山脉看得清清楚楚，让人以为就在面前。

　　与青藏线上其他山峰一样，唐古拉山也以其平缓的坡度

站在酒店门口，可以远眺唐古拉山脉，
地势平坦，能见度令人难以置信，
遥远的唐古拉山脉看得清清楚楚，
让人以为就在面前。

升向天空，既没有险峻奇特的山势，也感觉不到明显的攀
升，就像在云雾里随意长出来的，显得如此空旷平和，仿佛
不费力气就能登上它的峰顶，但它又是如此气势宏伟而幽远。

无论是青藏公路还是青藏铁路，唐古拉山脉这一段都是
海拔最高的地方，唐古拉山脉是在海拔 5000 米的高原上耸起
来的大山，藏语意为"高原上的山岭"，在蒙古语中意为"雄
鹰飞不过去的高山"。当年成吉思汗率领蒙古铁骑横扫亚欧大
陆，几乎没有过不去的坎，但只有唐古拉山像有魔法一样，
阻止了蒙古铁骑向南推进。

晚餐统一啤酒解乏，雅萍、小周也每人喝了 2 瓶，我们的
女勇士不简单！

8月21日　晴　宿唐古拉山镇

气温：7℃—24℃

海拔：4660 米

7:00，出发前往格拉丹东山，探寻长江西源。

长江拥有三大源流：北源楚玛尔河，西源沱沱河，南源当曲。这三大源流呈扇形分布，北界以昆仑山脉至昆仑山南支巴颜喀拉山脉为分水岭，南界则以唐古拉山脉为分水岭，在这两道伟大的山脉之间，便是总面积超过 10 万平方千米的长江源区，三大源流或长或短，最后从不同的方向汇入通天河。

车沿青藏公路南行 2 小时，到达西藏安多县雁石坪镇，在往格拉丹东的卡口上，工作人员要求到镇派出所办理通行手续。

在雁石坪镇派出所，噶玛警官在我们等待时，正用牦牛奶煮粥，我们有幸喝了一碗，香！

6 个小时，虽经多方努力，但通行证还是没有办成。

最后结果是：目前格拉丹东保护区严格控制人员进入。

一天没有收获，可惜。

8 月，是青南高原最温暖的季节，也是一年中降水最集中的时节。我们虽然没能进入格拉丹东，但我们毕竟到达了沱沱河。且幸运的是，我们这次"三江源"的终极穿越，天气状况非常好。一路充满艰辛、充满惊喜，也充满想象。山顶的积雪、缺氧和呼吸不断提示我们，这里的高原和高山能给人带来灵光乍现的景观和穿越体验。

至此，我们的"三江源"之行将告一段落，明天起将沿青藏公路向北翻越昆仑山进入柴达木盆地。

8月22日　晴　宿格尔木

气温：14℃—26℃

海拔：2800米

今日前往格尔木，进入柴达木盆地，海拔将逐渐下降至3000米以下，那真是"平地"了。

我们将从一座伟大的山系——唐古拉山，抵达另一座伟大的山系——昆仑山，自南向北纵穿可可西里，一路贯穿长江西源沱沱河、长江北源楚玛尔河。

沿途再跨风火山，翻五道梁，过不冻泉。

过不冻泉后，在公路左侧远远望去好像有藏羚羊出现，我们赶快下车，我拎起相机，不顾高原反应导致的气喘，向前跑去。

真是天遂人愿，在即将离开可可西里时，终于看到了高原的精灵——藏羚羊。

12:30，到达昆仑山玉珠峰下，海拔5100米。

西海之南，流沙之滨，赤水之后，黑水之前，有大山，名曰昆仑之丘……有人戴胜，虎齿，有豹尾，穴处，名曰西王母。此山万物尽有。

真是天遂人愿，在即将离开可可西里时，
终于看到了高原的精灵——藏羚羊。

这是成书于先秦时期《山海经·大荒西经》中关于昆仑山的一段话，而且它还是中国古籍中对昆仑山脉的最早记载，短短几十字，对山脉的地理面貌与人文色彩给予了高度概括。

的确，对于任何一个中国人来讲，昆仑并不仅仅是一条山脉的名称，它更是一个由远古神话、不老传说、地理坐标、文学渲染、离奇想象等杂糅在一起的神秘概念。在中华文明史上，昆仑山地位显赫，被尊为"万山之祖""龙脉之祖"。在中国的道教文化中，昆仑山是"万神之乡"。

玉珠峰，青藏线公路东侧，一座银装素裹的山峰，虽不高，但雪线之上发育了大量现代冰川，保存着诸多古冰川的遗迹。目前，以玉珠峰为中心，建立了中国昆仑山世界地质

玉珠峰，青藏线公路东侧，一座银装素裹的山峰，虽不高，
但雪线之上发育了大量现代冰川，保存着诸多古冰川的遗迹。

公园。而在公路西边，还有一座山，称"玉虚峰"，同样雪峰
耸立，终年积雪，《山海经》称之为"玉山"。据说那是当年太
上老君炼丹的地方，是中国道教尊奉的一座神山，道教正神
西王母在那儿居住。

玉珠峰，为昆仑山脉主峰，也是昆仑山东段最高峰，海
拔为 6178 米。藏名贡恰·尕义桑托，意为"雪狮的额头"，蒙
古语称其为"可可赛极门"，意为"美丽而危险的少女"。

望着这难得一见的神姿仙态，使人不能不油然而生一种
睥睨天下、傲视群山的豪气。眼前这种静谧安详、大美至美
的绝世境像，无垠、博大、雄浑的气势，感觉不由得产生了
容纳天地、浑一自然的胸怀和视野，强烈地荡涤着自己的心
胸，洗尽尘世的杂念和烦恼，极大地提升自己的审美品格和

昆仑山玉珠峰冰川

精神境界，艺术家很有必要来此做个洗礼。

玉珠峰下伫立着一座纪念碑，这是中国登山协会、青海登山协会为纪念 2000 年"五一"长假期间，广州绿野户外探险队和北京一支业余登山队在攀登玉珠峰时遇难的 5 位年轻山友而立的。

遇到一位单身骑摩托车、来自重庆的小伙子，已骑行 4000 多千米，他让我帮他分别用相机和手机拍了以玉珠峰为背景的照片。这样的照片不仅是"到此一游"的纪念，更是"征服"和"意志"的象征，我为小伙点赞！

在中国，这是一个没有探险的年代，天空波音，地面宝马，功利的眼光左右判断，更重要的是，几千年安于现状的思维还在深刻影响着中国人的精神与行为。没有探险，但我们不能丧失探险精神，对自然、对自我，我们都希望过上舒适、甜蜜的生活，可现实的生活是充满酸甜苦辣的，如果你只知道甜，那说明你的生活是不全面的，是存在了缺憾的。像前面那位重庆小伙子，他说，他并不是缺少钱而骑行，而是希望有多种生活体验，使自己的人生更丰富一点，更有激情一点。

13:30，到达昆仑山口，海拔 4770 米。

在此次旅行中我们经过大小无数个山口，巴颜喀拉山口、昆仑山口是海拔最高的两个山口。

山口的作用是什么？交流！交流对于人类的生存、繁衍和发展至关重要。在青藏高原，在昆仑山口，我想，虽然这高原环境如此恶劣，这高山如此险峻，却不能完全阻断人们的交流。先民不断探寻、不断前行，在这些高峻的山脉中探寻到一个个山口，虽然这些山口对常人已不可及，但宗教、艺术、商业等这些人类永恒的愿望通过这些山口在传递、在交流。丝绸、纸张、陶瓷、中医等通过这些山口传递到了西亚、中东、欧洲。而佛教、雕塑、音乐、咖啡等通过这些山口又传到了中原。

站在山口，我脑中映过文成公主、金城公主这样的中原女子，为了民族的和谐，历尽千辛，以弱小身体承担着高寒、高海拔以及常人难以想象的艰辛，涉过一个个山口，传递汉民族的友善、文化。又想到法显、玄奘这些高僧大德历经苦难、历经险阻，为人类文化、友谊的传递踏出了大道。

沿着青藏公路继续向北，进入格尔木河流域。

15:40，到达纳赤台。

纳赤台，藏语，一说是晒佛的地方，一说是沼泽中的台地。一汪如碧玉的泉水在沼泽中荡漾，这就是令无数人神往的冰山甘露——昆仑泉。昆仑泉是昆仑山中最大的不冻泉，其发源是昆仑山的冰雪融化渗入地下后潜滋暗涌，在纳赤台喷涌而出。现在人们在这儿盖了昆仑泉亭，竖了昆仑泉碑。

在昆仑泉不远处，目前正在大规模开发建设"无极龙凤宫"，现已建有一座西王母庙，有许多景点正在建设之中。因我们预先未有此游览计划，而且这也是为旅游而开发的一个人造新景区，因此我们只是走马观花，否则也必须进西王母庙祭拜一下，毕竟中国许多神奇的故事均源于此，也是中华文明中古人文精神的诞生之地。

著名历史学家、现代历史地理学和民俗学的开拓者与奠基人顾颉刚先生在其文章《〈山海经〉中的昆仑区》中对《山海经》做了较为系统的研究。顾颉刚先生认为"昆仑"在中国许多古书里，《山海经》是最先记载的。昆仑在《山海经》中是一个有特殊地位的神话中心，也是一个民族的宗教的中心，在宗教史上有它的永恒的价值，换句话说，《山海经》里所记载的所有一切都是围绕"昆仑"展开的，都是发生在昆仑区的。

古人将众多神话故事和传说的发生地安放在昆仑山，犹如古希腊的奥林匹斯山、古代印度的须弥山，让昆仑变得神秘莫测、扑朔迷离。一个自由独立、充满想象的崇高地域，隐藏着一个民族内心深处的理想与期望，是"一个安心、可靠的退隐地"。在中国古人创造的两大神话体系之中，昆仑山是其中之一，而且早于蓬莱体系。在这一神话体系内，从盘古开天辟地到黄帝定乾坤，从西王母蟠桃会到姜子牙登坛封神榜，从齐天大圣到二郎神，都可以归结其中。在这种口耳相传形成的神话之中，主神是西王母。

西王母是昆仑神话体系中最原始的女神，在中国神话体系中非常重要。从战国时期开始，直至鼎盛期的汉代，西王母已经成为中国历史上第一位传播范围广、传播时间长、具有民间宗教性质兼具人类形态的神。

关于西王母的原型，有不同的理解和认识。有人认为西王母是女人，有人认为是藏羌人种，还有人认为其原型来自印度。

有学者认为西王母名叫湿婆，梵语叫作"siva"，一译"西瓦""希瓦"，当然也可译作"西王"，来自身毒（古印度），是印度教三大主神之一。西王母常年居住的"昆仑之丘"，也就是湿婆常年修炼的神山，就是位于今天西藏阿里冈底斯山脉主峰的冈仁波齐峰。而位于神山冈仁波齐东南的圣湖玛旁雍措，则是湿婆与妻子雪山女神沐浴之地，也就是中国人所描绘的西王母行宫——瑶池。至于湿婆是如何中国化的，以及湿婆为何由男身转变为女身，我们不得而知。

更有学者认为，西王母很可能确有其人，而且应该不是来自印度。根据《穆天子传》《史记·周本纪》等史料推断，西王母不仅确实存在，而且很可能是古代活跃在青藏高原上某一支母系氏族部落的首领。甚至，根据广泛分布在西藏、新疆、青海等地的岩画及神鸟崇拜图形等远古艺术内容和特征的相似性推测，西王母也可能是象雄王国中一支游牧在青海一带的母系氏族部落的首领。

在佛教经帕米尔高原、西域、河西走廊等地传入中原之前，西王母一直活跃在中原大地汉民族的精神世界中。直至汉代佛教传入后，西王母的崇信才渐渐淡化，但至今仍对中国长江以北地区有一定的影响。我出生、长大在江南，儿时就经常能听到大人提到王母娘娘（西王母）的故事。

青藏公路的两侧，是连绵的昆仑山，在距离格尔木约30千米开始，到处是茫茫戈壁，是沼泽和盐碱地。由黄色、褐色、红色石头组成的山脉都像被火烧过一样，干燥得要爆裂一般，不生一根草，没有一棵树，死寂一般堆砌在大地之上。它们连绵不绝，向着天地交界之处奔涌而去。嶙峋而狰厉的巨大山体，扭结着、交错着，赤裸裸呈现着力的较量。它们抛弃了时间，拒绝了生命的呈现和衰荣，永远是天荒地老凝固着的表情。罡风吹得时间发出了铜管一般的声响。这大概就是柴达木盆地的基本状态吧！

奇怪的是，格尔木城中却是树木葱郁。

17:30，到达格尔木市。

格尔木是个年轻的沙漠城市，20世纪50年代在修建青藏公路时才始建，而目前已是柴达木盆地中的一个中心城市。

格尔木辖区总面积12.45万平方千米，是世界上辖区最大的城市，被称为"天下第一城"，从格尔木上青藏线，便昂走上了一条寂寞而充满生命感悟的道路。这里海拔上升很快，气候恶劣，有最严酷的生存环境，却也到处是旷世美景。不过我们此次是逆向而行，但感悟是相同的。

大自然是神奇的，而人有了豪迈和勇气，就能使自然拥有别样的人文魅力。

气温：12℃—25℃

海拔：2980米

今天在格尔木看两个点，一是胡杨林，二是察尔汗盐湖。

8:45，出发前往胡杨林。

格尔木胡杨林距市区50多千米，位于托勒海，蒙古语意为"胡杨很多的地方"，海拔2770米，是世界上海拔最高的胡杨林，据说格尔木胡杨林已没有了当初的规模，人类的活动，侵害了胡杨林。

格尔木胡杨林位于托勒海，
蒙古语为"胡杨很多的地方"，
海拔 2770 米，
是世界上海拔最高的胡杨林。

　　胡杨是天然成林的树种，这种独有的树种已经在这里生存了 300 万到 600 万年，为了在极端干旱的环境里吸收水分，胡杨树的根可以长到 15 米长，就是这样一种让人肃然起敬的树，如今正面临着巨大的人类危险。

　　进入胡杨林保护区，在满是金黄色的沙漠中，初秋胡杨树枝上的那一抹绿色，比深秋的胡杨多了一些生机，感觉在绝境中勃发出一种希望，也给整片单调的沙漠增添了层次。

察尔汗盐湖的水呈现出一种蓝绿色，其中又夹杂着黄色，
风吹来，水波微微涌动，景色非常奇特。

14:30，到达察尔汗盐湖。

"察尔汗"是蒙古语，意为"盐泽"。处在柴达木盆地中部，是我国最大的盐湖。我们去的前一天有中央领导同志刚去视察，因此，我们到达时，整个盐湖工业区那种热烈的气氛还没消失，中央电视台也正在进行现场采访。

我们在这里感受到的是盐的气息，看到的是盐的风光。盐湖的水呈现出一种蓝绿色，其中又夹杂着黄色，风吹来，水波微微涌动，景色非常奇特。

从盐湖出来，车行10多千米，过一座世界上最"咸"的桥——万丈盐桥。桥长30多千米，建筑材料全部是盐。万丈盐桥非常光滑，桥旁指示牌上限定最高时速不得超过80千米/小时。

17:10，经过小柴旦湖。

沿G215公路往北，一路荒漠戈壁，到G315公路十字路口，终于有一汪碧水，这就是小柴旦湖，如果不注意的话，是很容易错过的。

虽然叫小柴旦湖，其实一点都不小，海拔3200余米，面积大约70平方千米，比它的姐妹湖大柴旦湖更大，相当于10个杭州西湖。不知为什么大、小柴旦湖的称谓与它们的实际大小正好相反。小柴旦湖在两条高速路交会的东北角，周围设置了隔网，好在路边有个缺口，

小柴旦湖，
蓝天云影，倒映湖中，湖光山色，亦真亦幻，
就像一块蓝宝石镶嵌在大地上。

高速路上还可以掉头，绕到这个缺口，驶过一片戈壁滩，我们就到了湖岸。

湖面静静的，听不到波浪拍岸的声音，湖滩也空旷，对面远处是柴达木山，夕阳照耀之下，山体色彩斑斓，难怪当地人称"五彩山"。目及之处，除了我们，不时看到有其他车辆和游客到达。实际上，柴达木盆地的许多湖泊都不是景区，但是风景真的不错。

此时的小柴旦湖，蓝天云影，倒映湖中，湖光山色，亦真亦幻，就像一块蓝宝石镶嵌在大地上，我想象，如果从空中俯瞰，这宝石周边还有盐晶镶边和湿地装饰，将是如何的美丽大气。可惜这样的景致养在戈壁深闺，很多人都不知道，只有个别旅行者的不经意闯入。

大自然就是这样，有大美常常都不言语，静静地待在那里，让有幸偶遇的人兴奋不已，在青海，这样的地方肯定还有很多很多。

人们常说，最美的风景总是在路上，上了G315公路，我们果然又见别样的美景。

车在戈壁滩上东行，慢慢地，路边变成了风蚀土丘，苍黄的混沌有了形状，无数土丘星罗棋布，亿万年的雨水冲刷，勾勒出一道道裂纹和深沟，就像大树的枝枝杈杈，置身其中，真感觉像在火星。就在这荒凉的地下，富藏着极多的矿藏。

18:30，从德令哈市高速口下。

18:40，过可鲁克湖。

可鲁克湖在柴达木盆地的东北部，距德令哈市约50千米。可鲁克湖（可鲁克淖尔）是蒙古语，意思是"多草的芨芨滩"，也有人说是"水草茂美的地方"。

19:20，到"外星人遗址"。

"外星人遗址"位于德令哈市西南40多千米的托素湖畔白公山上，它一面临湖，三面被荒漠和沼泽包围。白公山高200余米，山脚下有3个不规则的三角形岩洞，中间的岩洞最大，洞深约6米。

据说，这个洞与通常所见的天然岩洞不同，有明显的人工开凿痕迹。洞内除清一色的砂岩外，不见任何杂质。洞内一根直径40厘米的大铁管从顶上通到洞内，有百余米长，虽然经过多年的锈蚀，铁管仍然清晰可见。在洞口处还有10余根铁管穿入山体。这些铁管与岩石完全吻合，不像是先凿好洞再放入，而是直接将铁管子插入坚硬的岩石中，就像竹筷插进馒头，山与铁管的接合令人惊叹。曾有人将铁管取样后在实验室进行化验，结果表明，氧化铁成分占60%以上，是铁无疑。面对众多的谜，人们暂时还找不到答案，于是，"外星人遗址"之说应运而生。想象是允许的，但是我们更需要理性的、科学的解释。

车穿行过沙梁与戈壁，在托素湖旁的荒山坡上，我们见到了传说中的"外星人遗址"1号洞。进洞没见到神秘的铁质

托素湖的晚霞

管状物，只见到了貌似曾有过铁质管状物的两个孔，孔旁有类似锈渍的痕迹。

因为时间已近 20:00，正是太阳落山时候，让我们有机会拍到了托素湖的晚霞。此时，湖面平静，水色泛着金光，绮丽旖旎，像是镶嵌在浩瀚的戈壁和茫茫草原之间的一面熠熠闪亮的巨大宝镜。

在"外星人遗址"所在的白公山北侧即是可鲁克湖，奇怪的是，托素湖与可鲁克湖相距如此近，且中间有一条河连着，却是一咸一淡。

8月24日　阴有雨　宿都兰

气温：12℃—21℃

海拔：3191 米

9:00，出发前往都兰。

因一夜大雨，德令哈市至茶卡的道路受损，堵车近2小时。

12:00，到达乌兰县金子海。"海"虽小，但在经过连续戈壁后，在这沙漠中有这么一泓"海"已足以让人惊喜。

海子的东部和东南部被茂盛的芦苇所环绕，不时有水鸟掠过；湖的西部和西北部是沙堡，远处是连绵山峰。近湖地段为百米宽的草带。时值夏季，湖面波光粼粼，时有鱼儿在水面下掠过，湖边有成群的鸟儿在嬉戏，充满一种返璞归真的乐趣。

在离都兰约 60 千米时，降暴雨。在海拔 3000 米左右的柴达木盆地，下这么大的雨，在青海生活了 30 多年的司机说，很少见。

15:15，到达都兰市。

在青藏公路都兰段，偶尔可见青稞田出现。植被也开始多了起来，还有一群温柔的双峰骆驼。风吹草低见牛羊，这样的情景通常在海拔 2000 米以下地区

金子海的东部和东南部被茂盛的芦苇所环绕，
不时有水鸟掠过。

才可能出现。

都兰，蒙古语意为"温暖"，地处柴达木盆地东南端，历史上曾经是吐谷浑古王国的政治、经济、文化中心，也是古丝绸之路的重要驿站。

吐谷浑人是辽东鲜卑族的一支4世纪迁移到青海南部草原。329年，吐谷浑人以青海为中心创建了自己的王国，并将都兰作为都城。663年，吐谷浑政权为吐蕃所灭，成为吐蕃王国的一个邦国。

15:50，到达都兰古墓群。

在方圆2万多平方千米的土地上已发现上千座至少有1500年历史的古墓。青海省从1982年开始对都兰古墓群进行了大规模的抢救性考古发掘。发掘出的东罗马金币、波斯银币和350多件珍贵的丝绸物品证明了这个地区曾经的繁荣。

我们所到的热水沟古墓群，在不到1000米长的沟内，就分布着200多座唐吐蕃时期的古墓。我们登上了一座有简易石阶的古墓，古墓封土约有30米高，墓堆下有用泥石混合夯成的围墙，上面每隔1米许，便有一层排列整齐、粗细相当的木梁，整座古墓由多层组成，一律由粗细相当的木梁相隔。我们到达墓顶，看到有一半的封土层已被挖开，从挖开部分看，有甬道，有墓室。甬道与墓室全是用石料堆成。整个墓冢背靠热水大山，面朝察汗乌苏河，巍峨壮观。此处墓葬群为国家级文物保护单位。

从发掘的墓葬来看，考古学家最为惊叹的是吐谷浑人用于修建墓葬的大量柏木。古墓众多的热水沟，现在是一个没有多少绿色可言的荒凉山沟，周围看不到一棵树。然而在一座座古墓中，大大小小的柏木却随处可见，这些柏木应该都是就地取材。同时，吐谷浑王国选择此处为都城，这里在当时应当是一个水草丰美的地方。由此可见，1000 多年前，柴达木盆地，尤其是都兰一带的气候和植被都好得多。因此，可以说都兰古墓也见证了柴达木盆地生态环境的演变。

站在橡皮山山口，放眼望去，
美丽的高山牧场、
悠闲吃草的羊群尽收眼底。

8月25日　阴　宿西宁

气温：11℃—20℃

海拔：2295米

9:00，离开都兰前往西宁。

11:10，到达茶卡盐湖，海拔3059米。

"茶卡"是藏语，意即盐池。茶卡盐湖曾被《旅游地理》杂志评为"人一生必去的55个地方"之一，享有中国"天空之镜""最美星空"之美誉。不知是因为已看了察尔汗盐湖的原因，还是因为对其美景的期望值过高，当我们进入茶卡盐湖后，一种失望的感觉不由得升起：盐湖中不时外露的脏湖床，盐雕的污损，以及过度的商业气氛等，当时我发了个微博：茶卡景色在衰退。

14:50，过橡皮山山口，海拔3817米。

站在橡皮山山口，放眼望去，美丽的高山牧场、悠闲吃草的羊群尽收眼底。

16:00，过青海湖。

17:10，到达日月山风景区，海拔3570多米，气温8℃。

登上日月山，突然起风，风好大，简直逆天了，山口的经幡呼啦啦搅成一团，辨别不了风向；突然降温，紧裹冲锋衣也止不住瑟瑟发抖，只能匆匆一瞥山下景色逃一样下山。

日月山其实就是一座普通的山，普通景色、普通的寺

院，但它因一个不普通的传说，就有了"日月"的名，并因之
而成了名山。

日月山最早叫赤岭，这是人类对这座山最直接的命名。山
顶上是由第三纪紫色砂岩组成，那砂岩中的石英如赤红色的
晶体，在日月下熠熠发光，于是赤岭之名随之而得。但人们并
不满足于那种理性的命名方式，人们更趋向于对事物感性的
认识，于是一座山便开始朝着人文意蕴演绎了。

这座古老的赤岭，从盛唐开始，就在传说中演变为日月

日月山其实就是一座普通的山，普通景色、普通的寺院，
但它因一个不普通的传说，就有了"日月"的名，
并因之而成了名山。

山了。无论是汉语日月山，还是藏语尼玛达娃、蒙古语纳喇萨喇，皆是太阳和月亮的意思。

日月山是一座界山，这儿是从一个世界通向另一个世界的边界。从自然地理上看，日月山则是一条有着多重意义的分界线，这是中国季风区与非季风区的分界线；这是黄土高原与青藏高原的叠合区，其实也是分界线；是农耕文明与游牧文明的分界线，山的东面以农耕为主，西面就是以游牧为主的藏族人的集中地了。

在这条分界线上，以天空为背景，耸立着一座高15米、重180吨的中华地理界碑石，它就是这一带的最高峰了。从这块纪念碑出发，就是两条通往世界屋脊的主干线：青藏公路（G109公路）和青康公路（G214公路），这两条国道就在日月山交会，青藏公路将从这里通往西南方向，穿越昆仑山口、唐古拉山口入藏；青康公路则从这里通往东南方向，穿越黄河源头的巴颜喀拉山口，经昌都入藏。这两条路最终在拉萨的布达拉宫广场殊途同归。

我们此行，前段行程走了青康公路青海段，后段行程走了青藏公路青海段。

日月山上所建的亭和庙，叙说的是一个真实的故事。

唐朝李世民为了与吐蕃王朝长期修好，以通婚的形式，将文成公主嫁给了当时的藏王松赞干布。

640年，松赞干布派使团携黄金5000两及珍宝数百件赴唐朝长安请婚。第二年，唐太宗准允。于是，皇帝的宗室女文成公主远嫁吐蕃。这位女子带了大量的经典书籍、营造与工技的著作，还有能治400余种病的医方和医疗器械、农作物蔬菜种子等，与自己一起上路。

漫漫长旅，抵达了日月山，前面就进入藏区了，公主登山四望，看着东西两侧不同的景色，禁不住愁思万缕，潸然泪下，她走得实在太远了，她知道再也回不了长安，伤感之下，公主止不住泪如泉涌。她取出临别时母亲给的日月宝镜，最后照了照面容，毅然将它抛向山下。对于她来说，这一抛，是一次决裂，她的人生于此断裂，她那 16 岁的如金枝玉叶般的人生岁月，永远留在了故国这一边，她接下来的人生，将在她此时还一无所知的雪域高原度过。她的心也在日月山裂成了两半，一半永远留在了她日思夜梦的故国，一半随她远赴吐蕃。此山便被后人称为"日月山"，传说青海湖就是日月宝镜变的。就这样，一个大唐宗室之女，肩负着一个明确的使命出发了。

文成公主出嫁时才 16 岁，一个从小养在深闺的贵族小姐，还从未出过远门，而她第一次远行，竟是走向遥远的雪域高原。这其实也是她的宿命，她注定要经历常人难以想象的苦难，来完成一生的修行，而从长安到吐蕃的这条路，就是一条漫长的修行之路。

在翻越日月山后，唐蕃古道沿倒淌河而南下，这条路据说在西汉时已有迹可寻，但直到一位大唐公主由远及近，又由近及远，这条路才在模糊时空中变得越来越清晰。据说，文成公主一路上走了 3 年多，直到她 19 岁才抵达吐蕃之都逻些（拉萨），她以极其缓慢又无比漫长的艰难跋涉，完成了对一条路的生命体验。她就是在这条路上慢慢长大的。

这位优秀的女子以决绝的心情从这里走向了完全陌生的

异域吐蕃，开始了一种全然不同的人生。她教藏民耕地、种植谷物，在河边安装碾磨，粉碎青稞以便食用，教给他们建筑和酿酒的技术。她还带着侍女一起教藏族妇女纺织和刺绣技艺。藏民称她为"甲木萨"（汉族王后），认为她是尊胜度母的化身，在各大寺院为她塑像。

家国的责任该有多重啊，却压在一个女人的肩上，她是如何丢下儿女情长，换得这后人香火供奉的？如果可以重新选择，如果真的有三维空间存在，盛唐的文成公主是否还愿远嫁他乡，把故旧亲朋一起抛却？如今这条穿过日月山口的路，已如一条众声喧哗的大街，此时正值旅游的黄金季节，人类对于日月山有一种近乎狂热的迷恋。然而对于那一代人，眼下这些纷至沓来的游人又有多少人能够理解？

晚餐由西宁湟中书法家协会主席刘延新兄请客，延新兄是江苏著名书法家刘灿铭的学生。晚餐后得知江苏南京朋友章宁利用休假与夫人也在西宁旅游，同为江苏人，又是朋友，是缘、是情，于是我们又一起宵夜。

8月26日　晴　返程

今天是我们青海之行的最后一天，考虑到有部分同伴是两次以上来西宁，所以我们分两组，一组由刘延新兄带领去塔尔寺，一组去龙羊峡。我与洪斌、伟俊去龙羊峡。

早餐后，9:00出发。

11:30，到达龙羊峡。

龙羊峡水电站位于青海海南州共和县，"龙羊"是藏语音译，意为"险峻的悬崖深谷"。龙羊峡水电站是黄河进入海南峡谷的第一峡口，峡口间距30米，是黄河上游第一座大型梯级电站，人称黄河"龙头"电站，为亚洲第一大坝。在这里，黄河水清澈碧绿，与下游的黄浊形成鲜明对比。目前，龙羊峡水电站在继续担当水电站职责外，也成了一个景区，集峡谷观光、文化体验、水上娱乐、沙漠探险、极限挑战、滨水度假、温泉养生等为一体的高原休闲养生度假景区。

我们租了游船，在水库中转了一圈。

13:30，午餐，吃龙羊峡水库的三文鱼，很是鲜美。

14:00，返程。

17:30，到达机场。

在这里，黄河水清澈碧绿，
与下游的黄浊形成鲜明对比。
目前，龙羊峡水电站在继续担当水电站职责外，
也成了一个景区。

附：三江源保护大事记

2000 年 8 月 19 日，三江源自然保护区纪念碑在通天河畔正式揭碑，标志着青海省三江源自然保护区正式成立。

2003 年 1 月，国务院批准三江源为国家级自然保护区。

2016 年 3 月，中共中央办公厅、国务院办公厅印发《三江源国家公园体制试点方案》，拉开了中国建立国家公园体制实践探索的序幕。

2016 年 4 月 13 日，青海省委、省政府正式启动三江源国家公园体制试点。

2016 年 6 月，三江源国家公园管理局正式挂牌，并设立长江、黄河、澜沧江等三个园区管委会。之后，国家发改委公布《三江源国家公园总体规划》。《规划》明确将青海可可西里国家级自然保护区和三江源国家级自然保护区中的扎陵湖、鄂陵湖、星星海、索加—曲麻河、果宗木查和昂赛等地确定为三江源国家公园主体功能规划区，总面积 12.31 万平方千米。

2017 年 7 月 7 日，在波兰克拉科夫举行的第四十一届世界遗产大会上，青海可可西里经世界遗产委员会一致同意，获准列入《世界遗产名录》，成为中国第五十一处世界遗产。世界自然保护联盟(IUCN)在这次申遗评估报告中这样描述:"青海可可西里提名遗产地是世界上最大、最年轻高原的一部分,拥有非凡的自然美景,其美丽超出人类想象,在所有方面都叹为观止。"——这评估其实可以放之于整个三江源国家公园。

2018年1月17日,国家发展改革委对外公布《三江源国家公园总体规划》。

2018年5月24日起,三江源国家公园黄河源园区管委会禁止一切单位和个人进入扎陵湖、鄂陵湖、星星海等源头保护地开展旅游活动。

2020年8月,澜沧江源园区国家公园管理委员会发布公告,禁止一切单位或个人随意进入园区。

2021年9月30日,国务院正式批复同意设立三江源国家公园。

我们2016年的这次三江源之行成为民间最后的探秘活动之一。

行走香巴拉

2018

旅行的意义，
很多时候是在路上，
这似乎是人生真实的写照。
在路上，你可以从不同角度
观看风景、反观人生。

藏地行线路（三）：
成都—雅安—泸定—康定—新都桥—塔公—八美—龙灯—炉霍—翁达—色
达—理塘—稻城—亚丁—波密—墨脱—鲁朗—林芝—然乌—察瓦龙—丙中
洛—香格里拉市—丽江

色达，通过强烈的宗教色彩成为一个充满仪式感的地方。喇荣沟里的这些红色木楞式小屋，在蓝天白云衬托下，色彩鲜明，给人带来强烈的视觉冲击，其景观效应是吸引大批游客的原动力。

"世界高城理塘"，一个诞生了 2 位达赖喇嘛、11 位巴拉呼图克图、3 位香根活佛、1 位嘉木样呼图克图的地方。六世达赖喇嘛仓央嘉措坐床布达拉宫后，外出私会的"月亮般的姑娘——玛吉阿米"即来自理塘。

2018 年 8 月

自右向左：

钱春涛、盛熹、岳鹏、李慧、钱洪斌、程伟

（梁继栋　摄于稻城花海）

仁 康古屋，迄今 400 多年历史，先后降生过 13 位德高望重的大活佛，诸多活佛同出生于一屋，实属罕见！六世达赖喇嘛仓央嘉措的转世灵童就出生在这里。

沿马道上行 3500 米，再攀爬 1800 米的台阶，参天的巨松远去了、低矮的灌木也不见了，都到了身后的云海之中，海拔在步步升高，4200 米、4300 米……开始呼吸困难、心慌气闷，每走一步好似都要付出极大的努力。要找寻心中的

香巴拉，还是要背上行囊上路！不入香巴拉之境，又何以接受那雪山的忠告、那净水的安慰、那空谷的启迪？

丙察察线，这是一条连接着滇西与藏东南的简易道路。驴友对丙察察线的评价是"走最烂的路、看最美的景""对于每个想征服西藏的人来说，更对于梦想体验藏地山川大河的人来说，这是一条必须完成的道路""这里比 318 线更凶险，比阿里大环线更荒野""穿行于其中，会有天堂和地狱之间的极致感受"。

墨脱是什么？如果说西藏是这个星球上唯一的香巴拉的话，那么墨脱就是西藏最后的秘境。《中国国家地理》杂志评选出的中国最美的山、最美的峡谷、最美的瀑布之三大榜首，均分布在其境内。

鲁朗古镇静谧、秀丽，是一个适合休养生息的地方，恍然已入仙境。鲁朗的石锅鸡是最正宗的，驴友间流行着这样一句话：没吃过鲁朗石锅鸡，你胆敢说走过川藏线？

米堆冰川，一个很诗意的名字，它是世界上海拔最低的冰川，2005 年被《中国国家地理》杂志评为中国最美的六大冰川之一，位列第四。

题记

旅行的意义，很多时候是在路上，这似乎是人生真实的写照。在路上，你可以从不同角度观看风景、反观人生；在路上，你才会历经磨难，方有顿悟；在路上，你才能做到远观，不至于身在其中而『不识庐山真面目』。

　　"香巴拉"是藏语的音译，其意为极乐园，是佛教所说的神话世界，为时轮佛法的发源地；佛学界认为香巴拉是一个虚构的世外桃源，是藏传佛教徒向往追求的理想净土，即：极乐世界、人间仙境。

　　香巴拉是从游牧或农业文明的背景中涌现出来的，它是农民、牧民对理想生活的向往。

　　詹姆斯·希尔顿的畅销小说《消失的地平线》中营造的香格里拉是指与现代工业社会相对立的一种理想王国。香格里拉的潜台词是对物质并不匮乏的现代社会的失望，是对工业社会的逃离，这是现代都市人的梦想。它是一个田园式的宁静国度，它的风光是美的，有草原、田园、森林、雪山，它追求适度的物质生活。它还应该是一个秘境，抵达这个秘境有着无比的艰难性，只有这样的艰难性，才有令人向往的神秘，才能成为理想的王国。同时，香格里拉也是有崇信的，那里的人们心灵宁静而安详。

　　香巴拉和香格里拉，它们背后隐含的东西是有区别的。

　　香格里拉作为一个世界著名的概念，或作为一个有着巨大经济效益的旅游目的地，人们纷纷争夺它。印度、尼泊尔等国纷纷宣布他们找到了香格里拉，中国的几个地方也在争。2002年起，云南、四川、西藏三省（区）开始加强旅游合作，先后召开了数次协调会共同致力于"中国香格里拉生态旅游区"的发展。2007年12月，国家旅游局和国家发展改革委主持了《香格里拉生态旅游区总体规划》评审并予以通过。"中国香格里拉生态旅游区"（又称为"大香格里拉地区"，包括了川、滇、藏三省区交界的大三角区域）已被列为国家重点旅游开发区域，在《中国香格里拉生态旅游区总体规划》提出："云南迪庆、四川甘孜、西藏昌都等地要进一步打破壁垒，深化合作，实现'同一个品牌，多个目的地'的区域格局。"

8 月 24 日　晴　宿成都

海拔：500 米

　　午休读完《稻城亚丁告诉你》。

　　14:00，朋友晓明的别克商务车送我们一行 5 人往南京机场，钱春涛老师家在南京，已坐出租车先我们到达机场。

　　15:45，准时登机，16:20，起飞。

　　18:45，到达成都，难得坐上这样准点起飞，且提前到达的航班，预示本次旅行顺利。

　　晚餐是成都退休教师陈艾请客。陈艾微信名是玉无痕，2016 年我们在青海湖旁无意间认识的，因发图片而留了微信，以后也是只知其微信名，不知其真名，不识其真人。今年，她从微信上知道我们有此行，且经过成都，于是请我们吃晚饭，也是缘分吧。

8 月 25 日　晴转雨　宿新都桥

海拔：3300 米

8:00，离开酒店，市区路边吃面条，三两，量足。

8:30，进入 G318 公路。

G318 公路，即川藏公路，原名康藏公路，因起点在当年
的西康省会雅安而得名。

川藏公路的修筑与全线通车，是震惊中外的大事件，是发
生在世界屋脊上的奇迹。因为在人类的公路史上，它占了"五个
最"，那就是：最高（在它之前最高的公路在苏联的高加索，海
拔 3600 米）、最险、最长、工程量最大、修建的速度最快。

10:30，过雅安，海拔 601 米。

雅安原为西康省省会，1955 年随西康撤省并入四川，设雅安地区，2000 年 12 月撤地设市。位于四川盆地西缘、邛崃山东麓，东靠成都、西连甘孜、南界凉山、北接阿坝，距成都仅115 千米。素有"川西咽喉""西藏门户""民族走廊"之称。近代更留下了"翼王悲剧地、红军胜利场"的典故。

12:30，到达二郎山，海拔 3437 米。

翻越二郎山的时候，下着小雨，雾蒙蒙一片，能见度极低，出二郎山隧道后，阳光射来。从二郎山俯瞰，大渡河谷郁郁葱葱，远山层层叠叠，墨绿中间杂着一个个小平坝，村寨散落其间。

汽车在盘山公路上优雅地一次次转身，大渡河曲曲折折地似一条白练时隐时现。

13:30，到达泸定县，海拔 1330 米。

午餐后踏上泸定桥。

从二郎山俯瞰，大渡河谷郁郁葱葱，
远山层层叠叠，墨绿中间杂着一个个小平坝，
村寨散落其间。

泸定桥早已修缮一新，两头的
桥头堡形制是一样的，建在石墩上
的木结构楼阁，飞檐翘起，汉地风
格，不知道是否与当年一样。河西的
桥头堡上方还有一寺庙，观音殿贴
着崖壁而建，规模不小，寺庙两侧
是散乱的民居。往西岸望去，元宝
形的一座山，苍翠欲滴，形成一个
墨绿的背景，中间则是观音寺的主
殿，气势不凡。东岸桥头堡有胡耀邦
同志书写的对联："飞身可夺天堑；
健步定攀高峰。"

伫立大渡河畔，望着峭壁下的
滚滚江水，我眼前仿佛出现了两群
人马，他们先后远远走来，又远远
离开。先到的一群是以美籍奥地利著
名植物学家、探险家、美国国家地
理学会考察队领队约瑟夫·洛克为首
的探险考察队，他们怀着对香巴拉
的神往、憧憬，正进行深入考察，
他的《发现梦中的香格里拉》记叙了
这一经历。正是洛克的考察文章激发
作家詹姆斯·希尔顿的创作灵感，完
成了畅销小说《消失的地平线》，成
就了香巴拉的美丽传说。

河西的桥头堡上方还有一寺庙，
观音殿贴着崖壁而建，规模不小。

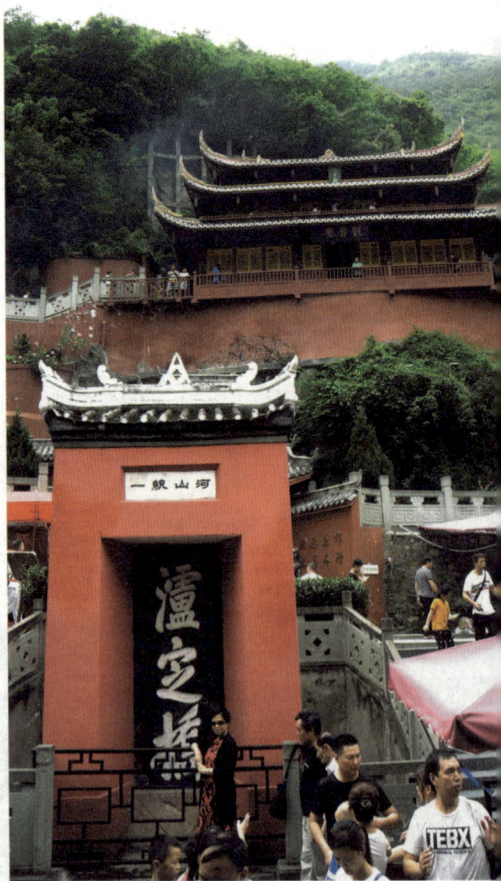

　　两三年后，一群衣衫褴褛，但怀有赤诚、热血偾张的人，他们带着改造旧世界的梦想，正进行人类历史上少有的长征；那一刻，在中国西南崇山峻岭中，中国老百姓对幸福生活的向往，与西方人心中的香巴拉交会，又擦肩而过。这两群人规模悬殊，目的不同，本质却都是对心中美好的向往，为了实现这一目标，他们都执着地追求与奋斗。而今天我们一行的行走又是为了什么呢？

　　著名的美国记者埃德加·斯诺在其《红星照耀中国》中，以一段大渡河对岸四川守军的内心独白，展现 22 名青年先锋队的舍生忘死：

　　　　这些人当兵不只是为了有个饭碗，这些青年为了胜利而甘于送命，他们是人，是疯子，还是神？

　　如今泸定桥上，游人如织、摩肩接踵。

　　自从 1935 年中国工农红军在长征途中实现"飞夺泸定桥"的壮举之后，这里便成了中国革命的一处"圣地"。无数人游览此地，抚今追古，或感慨，或敬仰。今天的泸定桥已无须承担交通运输的重任，但它横跨大渡河的气魄，犹自壮阔不已。

　　15:00，我们在泸定桥头留下"到此一游"的照片后，继续沿大渡河往康定，到瓦斯沟后与大渡河告别。

　　16:15，开始堵车，整整 45 分钟。

　　18:00，到达康定，海拔 2480 米。

　　康定藏语称"达折多"，意即三山相峙、两水（达典河、折多河）交汇的地方，以"中国情歌之乡"闻名于世，但康定深厚的文化底蕴，不仅仅是情歌。它是入藏的第一门户、茶马古道第一重镇，它还有千百年来屡屡为世人称颂的贡嘎神山。目前，以康定为中心的藏彝走廊，已成为民族学、人类学研究的重点地区。

记忆中的那首歌很美，想象中的跑马山也很美，来了才知什么叫真相。

康定靠近西藏，溜溜在四川话里就是“很窄的长条形”，这是个名副其实的“溜溜”城。城的两边是极陡峭的山崖，城市就夹在中间的深沟里，房子挤房子，车子挤车子。看惯了家乡宽阔的大马路，到了这里只会觉得康定有点可怜了。房子、车子和人都被挤在这条窄窄的沟里，抬头只见一线天，出门望山走断腿。

没有停留，继续傍跑马山、沿情歌道，在 G318 公路上往西向新都桥驶进。

19:45，出康定西行 60 多千米，在风雨交加中翻过了康巴第一关——折多山垭口，海拔 4298 米。

此时天色昏暗，气温降至 7℃，感觉寒意逼人。

21:00，到达新都桥，宿印象雅致客栈，一家藏式风格的客栈，海拔 3460 米。

晚餐可预订明晨新鲜的牦牛奶。

新都桥是一个充满诱惑的地方，驴友称之为“画廊”，摄影家称之为“天堂”。可惜此时风急雨大温低天黑，只能把美景留在明天欣赏。

新都桥不是一座桥，也非因桥得名，而是一个藏地小镇，又名东俄罗，是 318 国道去稻城亚丁的必经之地。

8 月 26 日　阴转晴　宿色达

海拔：3893.9 米

8:00，出发。

清晨的阳光把这个"摄影天堂"映得格外鲜亮，逐渐泛黄的青稞，被晨曦镶着耀眼的金边；色彩明丽的藏居被码放得一丝不苟的石块或柴火圈起来，活像是为入镜而刻意制作的装置艺术；远处的牧人驱赶着牦牛缓缓进入画面……

清晨的阳光把这个"摄影天堂"
映得格外鲜亮，逐渐泛黄的青稞，
被晨曦镶着耀眼的金边。

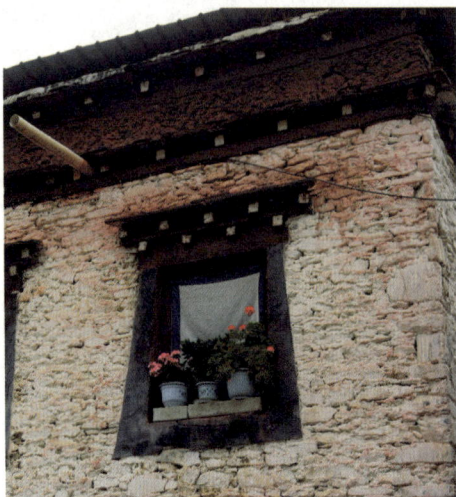

僧舍窗台上摆放着鲜花，
僧人除念佛诵经外，
心中也充满了阳光。

8:15，到居里寺，这是一座黄教寺庙，寺庙建筑在金刚女
神神山山麓。

此时，没有游人，只有盘腿诵经的僧人与我们。僧舍窗台
上摆放着鲜花，僧人除念佛诵经外，心中充满了阳光。

9:00，沿S215公路往塔公寺，沿途格桑花成片盛开，将熟
的青稞连绵不断，小溪两侧、山坡上成片嘛呢石延伸展开，
十分壮观。

近观，清冽的溪流蜿蜒于高原草甸之间，无垠的草原舒
展在蓝天白云之下，高高低低的一棵棵杨柳开始慢慢泛黄、
色彩斑斓、错落有致的藏式民居散落在草甸、绿茵之中。

远眺，神奇的光线变幻着无尽的色彩，牛羊漫散着步
子，悠闲而自在，似乎在享受着无限的秋色，山峦起伏，偶

小溪两侧、山坡上成片嘛呢石
延伸展开，十分壮观。

然能见星星点点的放牧人的身影。

不经意回望来时的线路，一座覆盖着皑皑白雪的山清晰地矗立在那里，那是贡嘎雪山。

10:20，到达康定塔公镇，海拔3700米。

小镇塔公是一个漂亮的藏式小镇，两边尽是石砌的房屋，由于能见度高，眼前的一切都在发亮。有马帮从小镇中穿过，那些马匹毛色闪着光亮，被高原的风吹拂着。僧侣、少女和康巴汉子在街上走动，从容而悠闲。

塔公景区是国家级风景名胜区，属草原风光和宗教文化的风景名胜区，面积700平方千米，地势起伏和缓，水草丰茂，牛羊成群。浓郁的藏乡风情、神秘的宗教文化、美丽的草原风光是塔公旅游区的三大特色，景区有著名的塔公寺、木

木雅金塔金碧辉煌，
可惜大门紧闭，我们不得入内。

雅金塔等景点。塔公草原的东面是藏传古籍中称为"第二香巴拉"的雅拉雪山，是藏区的四大神山之一。

入塔公寺。

塔公，藏语意为"菩萨喜欢的地方"。相传，文成公主进藏曾途经此地，模拟携往拉萨的释迦牟尼像造一尊留供塔公寺中，因而有"凡愿到西藏拉萨朝圣而未能如愿者，朝拜康藏塔公寺释迦牟尼像亦具同等效果和功德"，所以塔公寺又有"小大昭寺"之称。事实是，当年文成公主入藏是从唐蕃古道，在青海经玉树入藏，足迹距此千里之遥。可见民众美好愿望及对文成公主的崇敬之情。

木雅金塔金碧辉煌，可惜大门紧闭，我们不得入内。据说，木雅金塔由红教六大佛寺之一的竹庆寺多吉扎西活佛捐资于1997年建造，建造时共用了100多千克的黄金。

龙灯草原，一个属于神话传说的地方，
到处都是格萨尔王的印迹。

塔公草原此时牧草开始泛黄，在茵茵草地上，不知名的
野花如星星般点缀，绚丽多彩。

12:20，到达道孚县八美镇，海拔 3600 米，午餐。

八美镇是甘孜州道孚县的一个小镇，处道孚县东南部，
为山原向山地过渡带，地势平坦开阔。

八美，也是川西环线游一个中停站，海拔 3600 米，属高
原康巴藏区。小镇洁净、安静，藏民居色彩丰富艳丽，具有浓
郁的藏家特色。

13:10，沿 G350 公路（也称"中国熊猫大道"）继续前行。

13:40，到达龙灯格萨尔草原，海拔 3500 米。

龙灯草原，一个属于神话传说的地方，到处都是格萨尔
王的印迹。藏族英雄格萨尔王曾在这里安营扎寨，因而被当地
人称为"格萨尔通"，意思是格萨尔驻扎过的大坝。

龙灯格萨尔草原与四周绵延的群山组合在一块，真真切切地描绘出一幅美丽的图画。此时，牛羊在远处漫步，马儿随意散落在草地上，黑帐篷前的太阳能板在正午阳光的直射下泛着白光。

蓝天下，不时有唱着牧歌的女人和骑着摩托车的汉子慢悠悠地走过。

这里也曾是古代"茶马古道"的要塞。

14:30，到达道孚观尊胜白塔。

道孚，是藏语"马驹"的音译。道孚县位于青藏高原东南最边缘。尊胜白塔是康巴藏区最高的"郎吉曲登"（意为金刚宝座佛塔），是五教合一的佛塔。1986 年 7 月，时任全国人大常委会副委员长的十世班禅大师视察道孚时亲笔为白塔题名"郎吉曲登"。

尊胜白塔由位于中央的主塔和 24 座小佛塔组成，典型的藏式建筑结构和建筑材料。白塔旁边是红色的经堂，是个蛮大的讲经念佛的大堂。

16:20，过炉霍县城。傍泥曲河、沿 G317 公路继续前往色达。

炉霍县位于青藏高原东南缘，昔称"霍尔章谷"，"霍尔"本是风的象声词，自隋朝时起，生活于此的部族以"霍尔"命名；"章谷"有"岩石之上""岩石尽头""岩石部落之主"等意思。清光绪二十三年（1897）建制屯时因炉（打箭炉）至霍尔为入藏要道，两地名中各取一字命名为"炉霍"，炉霍县素有"康北中心"之称。

17:20，过翁达公安检查站，傍色曲河继续前往色达。

翁达隶属色达县，地处色达县境东南部。

19:00，到达色达五明佛学院停车场。

色达，总让人产生一种神秘感。

这个位于川西高原巴颜喀拉山脉东南麓之县，地域上北接青海班玛，南邻甘孜、炉霍，东边是壤塘。从地理方位看，色达与周边这些县域其实并无多大区别，其特别之处在于县境之内没有大江大河，不靠公路主干道，中间是一大片高地草原，四面群山环绕。正因如此，才凸显了色达独立、封闭、低调的个性，使其通过强烈的宗教色彩成为一个充满仪式感的地方。大凡去过色达的人，都会产生这一感觉，对那片土地上的人与事物肃然起敬。

今天的人们趋之若鹜地前往色达已经成为一种时尚，为了灵魂和精神上的慰藉。

19:30，坐摆渡车到山顶佛学院，海拔4000米。

喇荣寺五明佛学院建在色达洛若乡色曲河畔一条称为喇荣的山沟之中，与色达另一处殊胜之地天顶山仅一山之隔。

喇荣沟里的木楞式小屋
依山而建，从谷底到山头，
密密麻麻令人叹为观止。

这是一个凹形的山谷，面朝西方，我们站在山坡上，放眼望去，惊异其僧舍规模的连绵、浩大，密密麻麻的小木棚，簇拥着谷底和山梁上几座寺庙和佛堂，那里是佛学院建筑的中心，是神圣之地，而坛城"曼荼罗"则建在山巅之上。

喇荣沟里的这些红色木楞式小屋，在蓝天白云衬托下，色彩鲜明，给人带来强烈的视觉冲击，其景观效应是吸引大批游客的原动力。

由于山谷里人太多，我们步入其中，就像是湮没在茫茫的人海之中。身披绛红色僧袍的扎巴和觉姆来来往往，祥和与生机在空气中交融。扎巴和觉姆在此，除了学习和生活，唯一要做的事就是朝圣，用虔诚之心。

山路上不时遇见一帮扎巴和觉姆在拍照，他们十分开放，不仅一起拍照合影，还相互依靠着在草地上聊天，仿佛城市里男女青年的郊游。

色达佛学院建于 1980 年，最初仅有 30 余人，是一个小规木楞式小屋色彩鲜明，给人带来强烈的视觉冲击。

模的经点，1987 年在十世班禅支持下，正式成立佛学院，十世班禅还赐予"色达喇荣五明佛学院"的校名，1993 年赵朴初先生挥毫题写了院名。

五明是梵语，全称"五明处"，即声明、工巧明、医方明、因明和内明。五明涉及语言文学、工艺技术、医学、逻辑和佛教理论等诸多方面。由此可见，色达佛学院是一所综合性的学校，而非一座寺院，当然，与现代意义上的学校还是有区别的，除了藏传佛教的特性之外，它在教与学的形式上更开放和松散。

已是傍晚，整个佛学院正处于半明半暗状态。而位于佛学院最高处的巨大而金碧辉煌的坛城，还是挤满了转经的民众。坛城共有三层，一般民众都在一二层转绕。

一层是一个转经廊，放置了一圈转经筒。每天无论早晚都有人在这里转圈。而此刻，山谷开始弥漫一层薄薄的雾气，夹杂着烟火的味道，僧尼大概开始做饭了。

20:30，入住色达大酒店。

色达县城不大，目前所拥有的现代文化设施也很少，甚至可以说还是个盲区，但绝对不能说它没有文化。在我看来，色达是一个文化底蕴深厚之地。这种文化底蕴主要体现在它对宗教文化的传承方面的理解与演绎。

转悠色达县城，在我看来，最令人称奇的不是城市规模，也不是城市的建筑，而是这里的人。色达全县总人口大约 5 万人，在藏区算得上是一个大县，但县城规模却很小，常住者不足万人，多数人是外来的，包括许多修行者。而在距离县城有一段路程的喇荣寺五明佛学院一个小小的山谷之中，则至少有 5

万人在那儿学习并生活，超过全县人口总和，加上众多的寺院僧众，让色达成为一个不缺乏人气的地方、一个名副其实的佛教之都。

佛，成为色达人生活中不可或缺的一部分。所以，在色达县城的大街上，来来往往的人，除了本地人和游客之外，让我们看到的，绝大部分是佛学院的学员和各寺庙的僧众。这些人中，又以年轻的女学员居多。大街上，她们中有的一人独行，有的三五成群；她们或行色匆匆，或心平气和地在街头巷尾逛店购物，享受此刻高原上这难得的幸福时光。

今天一天路程较长，也是旅途的第二天，可能是高原反应，再加上长途坐车，岳鹏、春涛老师两人明显体力不支，岳鹏晚饭没吃就休息了，春涛老师晚餐后也早早回酒店休息了。

8 月 27 日　晴　宿理塘

海拔：4014 米

　　8:30，去格萨尔王博物馆，可能是太早，门还没开，只能
怏怏然离开。

　　9:00，到达东嘎寺，海拔 4000 米。

　　东嘎寺，是色达唯一的皇家寺庙，它是藏区著名的红教寺庙，是藏传佛教的著名寺院之一，被列为东藏三大寺庙之一。

　　寺庙由曲锡吾金创建于 1686 年，坐落在色达县金马草原形似白色海螺的东嘎山上。殿堂内塑有释迦牟尼坐像一尊，三面绘有宗教壁画，红柱上雕龙刻花，色彩艳丽夺目，气氛庄重肃穆。殿堂内正有活佛携众僧侣端坐两侧为众生祈福诵经。我们肃立大殿门口，静静聆听，虽然并不清楚内容究竟是什么，但觉心静安宁，听一曲梵音，诉一段心经，超然物外，

东嘎寺

置身自然……

在寺院广场上远眺，可看见色达县城全貌。

在草原上远远地仰视，东嘎寺宏伟壮观，让人肃然起敬。

9:40，前往甘孜。

刚上路，道路封闭，说要到12:30才能通行，无奈绕行远道，走乡路，翻海拔4171米的无名山口，过一叫亚布贡玛的地方。

10:20，车开上6983县道。虽为县道，大多也是砂石路面，宽也仅够两车交会。

沿泥曲河继续前行，路面泥浆飞溅。

10:30，过彭达村。

11:00，过泥柯乡。

12:00，翻过一不知名的山口，海拔4543.2米。

13:30，过庭卡乡。

沿路风景秀美，可谓百里画廊：公路两侧，泛黄成熟的青稞及碧绿的草原，远处是泛着绿色的山体。

在庭卡乡"百里画廊"旁午餐。

14:40，沿S217公路，傍雅砻江往新龙、理塘行进。

16:30，过新龙县城。

19:10，再次驶入G318公路。

19:30，穿过长2830米的理塘隧道抵达理塘县城。

在藏语中理塘的意思就是"平坦如铜镜般的草坝"，这一片草坝指的就是毛垭大草原。

2005年《中国国家地理》评选出中国最美的六大草原，"川西高寒草原"名列其中，"川西高寒草原"中毛垭大草原

理塘县城就坐落在这片
开阔的毛垭大草原上。

最为典型。

　　县城就坐落在这片开阔的草原上，车子从毛垭大草原中间
穿行，路边草地平坦、牧草丰盛、繁花似锦，牛羊三三两两，
晚霞下远处的格聂神山忽隐忽现。我们住在一片新开发的酒店区
域，海拔4014米。酒店所在地并不像有的文章所写："街道上总
是脏兮兮的，稍有风起，或者重型车辆呼啸而过，塑料袋、废
纸之类夹杂着尘土，便飞舞起来。"

　　理塘，号称"世界第　高城"，被誉为"雪域圣地，草原明
珠"，是当今世界为数不多的平均海拔4133米以上的县城。我在
理塘城外看到了一条标语："世界高城理塘"，显然理塘人以地
理意义上的高高在上为荣。

　　理塘，诞生了许多高僧大德：2位达赖喇嘛、11位巴拉呼
图克图（藏传佛教格鲁派活佛传承系统之一，康区最大的活
佛）、3位香根活佛（指德高望重的活佛）、1位嘉木样呼图克

247

图（嘉木样是藏传佛教格鲁派拉卜楞寺最大的活佛系统，呼图克图是清朝授予蒙、藏地区喇嘛教上层大活佛的封号，清朝时期获封呼图克图，称嘉木样呼图克图）。

一个总人口不足5万人的县，出了这么多的大德高僧，实属神奇。

更值得一提的是，六世达赖喇嘛仓央嘉措坐床布达拉宫后，外出私会的"月亮般的姑娘——玛吉阿米"即来自理塘，仓央嘉措被废达赖封号（后又恢复）后的转世灵童——七世达赖喇嘛格桑嘉措，就出自理塘。让人惊奇的是，一生未到过理塘的仓央嘉措，似乎也在那首《仙鹤的翅膀》中对自己的转世做了预言：

> 洁白的仙鹤，
> 请借我一双翅膀，
> 我不会远走高飞，
> 飞到理塘就转回。

很多人知道理塘就是通过仓央嘉措的这首诗。

8月26日　晴　宿香格里拉镇

海拔：3270 米

8:00，出发去白塔公园。

上午时分理塘县城十分热闹，游人众多。

理塘白塔公园，相传 1000 多年前藏王松赞干布为纪念征服木氏王朝，并在康区弘扬佛法，在今理塘县城内、理塘毛垭草原及康定新都桥各建 1 座佛塔，3 座佛塔内的佛经分别以白布、花布、黑布包裹。理塘县城内的佛塔是用白布包裹的，故名曰"白宝塔"，后简称为"白塔"。白塔公园中有 119 个小塔环绕主塔，形成了别具一格的塔林。

理塘白塔外观洁白如玉，上圆下方，气势宏伟。主塔高 33 米，小塔高 2.5 米，在蓝天的映衬下，显得不同凡响，美轮美奂。最让人吃惊的是，一转经筒竟有 3 层楼那么高，这是我藏地旅行以来看到的最大的转经筒。

转经筒竟有 3 层楼那么高

长青春科尔寺建在一面山坡上，环境幽雅清新。

公园内匆匆进出的都是转经的人，一位正准备离开的年长的信众说，来白塔转经，是他们每天的第一件事，匆匆进出的大都是转经后要赶去上班的人。

我们随后去长青春科尔寺。

寺院建在一面山坡上，环境幽雅清新，可能是时间尚早，室外除了我们几个参观者之外，没见到有其他的游人，真是一块地地道道的净土，与世隔绝的清净，一切宁静如昨，似乎这个地方早已经被时间所遗忘了。

长青春科尔寺又称理塘寺，1580年由三世达赖喇嘛索南嘉措创建，是康区历史最悠久、规模最大的藏传佛教黄教寺庙。

长青春科尔为藏语译音，"长青"意为弥勒佛（即未来佛），"春科尔"意为法轮，"长青春科尔"意为弥勒佛法轮（标志着法轮常转、妙谛永存）。

1708 年 1 月 9 日，七世达赖洛桑格桑嘉措
降生于理塘县车马村仁康家。

　　理塘民谚道："上有拉萨三大寺，下有青海塔尔寺，中有理
塘长青寺。"该寺殿堂的尺度和造像的规模都很大，每座殿堂有
狭长的入口，其他三面相围合，酥油灯发出的柔和微光，使环
境氛围更显神秘深邃，虔诚的僧人、信众绕佛像缓缓前行、
默默诵经。

　　10:00，到达仁康古街。

　　七世达赖的出生地就在仁康古街 20 号。

　　1708 年 1 月 9 日，七世达赖洛桑格桑嘉措降生于理塘县车
马村仁康家。传说，当时其母所靠的枕头流出洁白的狮子乳，
预示如来佛陀般的圣者的降生，家中所储的清水都变成了乳
白的牛奶。

　　仁康古屋，迄今 400 多年历史，先后降生过 13 位德高望
重的大活佛。诸多活佛同出生于一屋，实属罕见！因而，在
仁康家的门上有 7 个檀香木所做的木球，实为密宗本尊之器的

"杵"，表示吉祥而胜于一切魔障的象征。故有说法：去西藏经理塘，若不朝拜仁康古屋，等于未真正到过西藏。

在13位活佛中，最著名的7位活佛是：七世达赖喇嘛洛桑格桑嘉措、蒙古最大的国师第三世哲布尊丹、昌都强巴寺寺主第九世帕巴拉、昌都谢瓦拉活佛依西晋美、扎亚喇嘛罗登西绕、罗日活佛罗绒登比结村、理塘寺第二十位堪布格登嘉措。

仁康古屋四周已成为经道，信徒每天围着古屋诵经念佛，修来世，以期正果。

我们在车马一村遇见在白塔公园偶遇的洛绒阿昂，一位做虫草生意的康巴汉子，他家就住车马一村25号，他热情邀请我们去参观他家藏式风格的装修。

洛绒阿昂家上下3层，左右3间，我们参观了1楼、2楼的会客室及2楼的佛堂。他的父母因高原反应住在泸水，他妻子料理家务，这几天正外出旅游。他们夫妇有3个孩子，大女儿正呷拉姆在四川现代职业学院读三年级，二女儿德青翁姆今年刚考上四川职业电子技术学院，老三儿子丁真生根目前在理塘县城关小学读四年级。洛绒阿昂及他的两个女儿热情邀请我们在他家午餐，我们急着赶路，谢绝了。

11:48，进入石头沟。

从理塘南下赴稻城，继续是一条天路。

不久，便进入和先前任何一条我们走过的高原之路都大不相同的路。似乎是忽然之间，道路两侧大片的草原不见了，巍峨的雪山也隐退成了背景，一个似乎只在科幻大片才能见到的"幻境"呈现在我们的视野中。

这是一片无边的、石头的海洋。

这是一片无边的、石头的海洋。仿佛天神一掌荡平了所有的大山，然后又将所有的巨大的或渺小的极不均匀的石块随兴撒在了理塘、稻城之间上百千米的高原上。树木、野草似乎仅仅是这里的客人，偶尔露出一点。

12:00，到达兔儿山，海拔4696米。

兔儿山位于理塘县海子山自然保护区的北部，山势十分奇特，远观就像兔子的一对耳朵长在寸草不生的山峰高处，周围是陡峭的冰蚀峰林地貌，颇为壮观宏大。在车上远远望去，仿佛小兔子受到了惊吓，在惊恐地注视着你。

在兔儿山往海子山方向行进不久，在两山之间出现了一块牧场，在荒凉石头群中出现这样的牧场也是奇迹，牧场上牛羊成群。

12:20，到达海子山，海拔4696米。

极目四望，石头，还是石头。然而，佛祖似乎也意识到这样过于荒凉、过于单调，于是似乎又随手洒下了宝瓶中的圣水，大大小小的海子便散落在这嶙峋的石头之间，海子又以晶莹剔透连通了天地，以其纤尘不染吸引了白云和我们这些匆匆过客。藏北高原有"一措再措"之称，这里可称"措上加措"。

这就是海子山与喜马拉雅造山运动留下的古冰体的遗址，又叫作"古冰帽"，看上去是亘古蛮荒、摄人心魄。给我的第一感觉啊，这是一个沧海桑田之地，四周空寂，天地宁静，有人说荒凉也是一种美，此话在这儿得到了印证。考古学家曾在海子山发现了恐龙化石，几千万年前这里曾经有恐龙生存，今天这里仍然是罕见人烟，据说，平均每平方千米还不到一个人，如果把电影《侏罗纪公园》的外景地放在这儿，那是最合适不过了。

站在这石头与海子之间，极目四望，天地、时空似乎已无始无止无尽，有一种摄人心魄的壮观。俯身海子边，伸手触摸，水寒刺骨，而水中，冷水鱼悠闲自得；海子周边的一些石头上刻着看不懂的经文，给这儿又增添了一份神秘信息。远近之间，偶尔也有飞鸟掠过视野，这石头、海子、游鱼与飞鸟构成了既荒凉，而又有一点生机的奇异的美丽。

其实这里更适合做人生的冥想，可惜我们只是匆匆过客。

13:00，到达海子山的腹地——兴伊措，海拔4410米。

兴伊措，是海子山最大的高山湖泊，兴伊措藏语意为"献湖"，藏民视为圣湖。湖水碧绿沉凝，鱼翔浅底；湖边乱石排空、满目苍凉；湖岸是在青藏高原很少见到的沙滩，在阳光下闪着银光。

这些红水草在阳光的照射下，紫里透红；
水塘里还有一些散落无序的顽石点缀其间，
平添几多浪漫。

15:00，在路边店吃了鸡蛋面，算是午餐。

16:00，到达桑堆镇红草地。

在距稻城县城不远处的桑堆镇公路边，有一个不起眼的小水塘，每年初秋布满了红色的水草，这里便是著名的红草地。这些红水草在阳光的照射下，紫里透红；水塘里还有一些散落无序的顽石点缀其间，平添几多浪漫。远处山腰斜坡上硕大的藏文六字真言，发散着一种雪域高原的神秘与庄严。

红色的水草和渐黄的杨树、藏族民居，还有雪山、蓝天和白云在一起，就构成了一幅浓墨重彩的高原图画。红草地的面积不大，估计只有足球场大小，但在如此小的范围之内，能够聚集到如此多的景观元素，不是亲眼所见，很难相信，这样的景观只有走过西部才能看到。

16:30，到达香格里拉镇。

稻城、亚丁有"蓝色星球上最后一片净土""最后的香格里拉"之美誉。

香格里拉的闻名于世，詹姆斯·希尔顿的《消失的地平线》功不可没。1933年《消失的地平线》在西方的畅销揭开了人们寻找心中理想国、伊甸园之旅。

我2006年曾到过云南丽江，佃庆香格里拉近在咫尺，可被一个工作调动的电话拉了回去。为此，香格里拉行的梦想一直都在脑中盘旋，今天终于成行。

8 月 26 日　晴　宿香格里拉镇

海拔：3270 米

7:15，早餐：油条、白粥、包子。

7:50，到达亚丁景区游客中心，海拔 3200 米。

9:10，到达景区停车场，海拔 3950 米。

我们坐上电瓶车，往景区深处驶去。

沿着溪流，隐约的雪山带着阵阵略有凉意的清风，向我们迎来。

白色，圣洁的颜色，清冷的质感，寒意可以让你禁不住颤抖，清澈得可以让人的心透明。远处的雪山隐隐约约，近处的树木有几分嫩黄掩映在绿意当中。随着电瓶车不断往前，便进入了一道深深的峡谷，不经意间，两侧峭壁陡然升腾而起，我们的视野一下子被压缩为一片并不宽阔的范围。一座峭壁连着一座峭壁，线条冷峻粗犷，如中国画中斧劈皴法画出。

9:55，徒步开始，海拔 4185 米。

我们顺着一条栈道到了亚丁景区腹地。

一条溪水不知何时流淌到了我们脚下，葱茏的草甸在眼前铺张，溪流自由、悠闲地在其间蜿蜒，时而在大片的绿色中闪现着点点晶莹。小溪、草甸、牛羊、白云、马儿、蓝天以及不知名的野花，此时，我们似不舍再迈开脚步。

一条溪水不知何时流淌到了我们脚下，
葱茏的草甸在眼前铺张，溪流自由、悠闲地在其间蜿蜒，
时而在大片的绿色中闪现着点点晶莹。

随着视野的拓展，远处雪山向我迎来，在它们的磅礴气
势下，峭壁少了冷峻，小溪更加柔情，草甸更加温婉。神圣的
三怙主神山离我们近了很多，但云雾使它更显神秘。

三怙主神山呈"品"字鼎立。传说，8世纪，莲花生大士
为其开光，以除妖伏魔的三位一体菩萨——观音、文殊、金
刚手分别为三峰命名加持，从此三尊圣灵化身天地，沟通神
界和人界。

北峰仙乃日，意为观世音菩萨，海拔6032米，似菩萨坐
于莲台；南峰央迈勇，意为文殊菩萨，海拔5958米，神似少
女；东峰夏朗多吉，意为金刚手菩萨，英俊刚烈。

神山周围群峰林立，30多座雪峰环绕在这"属众生供奉朝
神积德之圣地"。碧空如洗，雪山之巅云卷云舒，在这驰名藏
区的雪域圣地，一座巨大的崇信坛城正迎接挚诚的我们，并

小溪、草甸、牛羊、白云、马儿、蓝天
以及不知名的野花，
此时，我们似不舍再迈开脚步。

将度化我们这世俗的心灵。

三怙主神山在藏族人的心目中具有非常崇高的地位。

最早向外界揭开亚丁三怙主神山面纱的是美国的植物学家、探险家约瑟夫·洛克。1928年，洛克在木里土司的帮助之下，两次翻山越岭进入被土匪占据的亚丁，当他第一眼看到那闪闪发光、如利剑般刺向蓝天的神山时，一时都惊呆了。洛克在文章中写道：

　　第二天早上的温度是40 ℉。6月26日，我的喇嘛向导一大早四点半就把我给叫醒了，他朝着我的帐篷喊："快看，多么壮观的央迈勇和仙乃日！你真是太走运了！"我起身走出帐篷，走进阴冷的、灰色的清晨。天空万里无云，眼前矗立着的这座"金字塔"，就是独一无二的央迈勇山。独一无二，举世无双，无与伦比，是的，它是我迄今为止见到过的最壮观的山峰。天此时还是墨绿色，白雪皑皑的"金字塔"是灰白色。然而，当太阳射出光芒来亲吻它们时，央迈勇和仙乃日的山巅霎时幻化成了金黄色。

洛克将他的照片和文章交给了《国家地理》杂志，文章一经刊发立刻引起了轰动。英国作家希尔顿从洛克描绘当中得到了灵感，创作出了《消失的地平线》，书中描绘了一个圣洁纯净的理想之地香格里拉，人们发现在这里会找到书、音乐等简单的生活方式，这里的和睦和友爱能传播到世界各地。

除亚丁村所在的香格里拉镇之外，在云南迪庆还有一个香格里拉市，其实香格里拉存在于人们的心中。时至今日，洛克当年探险的路线仍然是很多户外爱好者所推崇的。

沿马道上行 3500 米，再攀爬 1800 米的台阶，参天的巨松远去了，低矮的灌木也不见了，都到了身后的云海之中，海拔在步步升高，4200 米、4300 米……开始呼吸困难、心慌气短，每走一步好似都要付出极大的努力。

12:00，在喘息和断气之间徘徊的我终于到达了五色海。

五色海，藏语名为"丹增措"，位于仙乃日与央迈勇神山之间，海拔 4700 米，湖面呈圆形。由于光的折射，湖面会产生 5 种不同的颜色，五色海由此得名。

五色海是藏区与羊卓雍措齐名的圣湖，其最神秘之处，传说能返演历史、预测未来。每次寻找达赖或班禅的转世灵童，就会有高僧来五色海，根据湖面颜色的变化来判断灵童的方位。

站在五色海边，水面一片迷离，让人产生恍惚。湖水清

站在五色海边，水面一片迷离，
让人产生恍惚。

澈，湖底如用紫墨描就的规格不一的格子，格子间填充着浓浓淡淡的蓝颜色。现代冰舌伸至湖畔，雪山倒映湖面，呈现奇幻的色彩。

13:00，到牛奶海。牛奶海，又叫洛绒措，位于央迈勇神山脚下的山坳里，海拔4650米，亚丁地区的圣湖之一。

牛奶海是一个面积不大、状如水滴的古冰川湖。四周雪山环绕，湖水清莹碧蓝，湖畔则是一圈乳白色环绕，故称"牛奶海"。

牛奶海湖水深浅不一，近岸由于湖底远久植物的沉淀而略显黑色，往里面一些则是浅绿色的一带，再深处则是碧绿色的水面，蓝得透亮。阳光照耀在静静的湖面上，水面如宝石般熠熠闪光。湖水一侧是冰川融化留下的显得十分苍白的散石。我与洪斌涉过一条小溪，站在了寸草不生的散石上，有一牛奶海是一个面积不大、状如水滴的古冰川湖。四周雪山环绕，湖水清莹碧蓝，湖畔则是一圈乳白色环绕。

种置身于外星球的感觉。

不觉，已是下午 2 点多，此时饥肠辘辘，开始下山。

上午登山开始到现在仅喝了一小瓶矿泉水和吃了小半块饼干。

在景区服务处时，听司机讲，山上有卖矿泉水和自热盒饭的，为了轻装登山，我们同行的人大多仅带了一小瓶矿泉水，没想到的是，在整个登山过程中竟没看到一处有卖矿泉水和盒饭的。在五色海往牛奶海去的道上，遇到李慧，分得她包中仅有两块饼干的一块，我与洪斌各半，已感觉增加能量无数。

15:30，回到景区摆渡车。

从早晨 7 点多离开住地到景区，近 10 点开始徒步，整整 10.6 千米，从海拔 4185 米登至 4700 米，没有午餐，沉甸甸的单反，体力消耗是多年来没有过的。在登山的最后 1000 米，感觉每迈出一步都要消耗 10 口气，每上 10 个台阶，都需要休整 3 分钟，空气的稀薄、太阳的曝晒，体力几近透支。

身体是疲乏了，但精神与心理是满足与充实的。我们一行 6 人，没有一人落下，尤其使我感动的是，多日来因高原反应而很少吃东西的岳鹏，出乎意料地全程徒步登顶，且还没使用为他准备的氧气罐，大家纷纷夸其不愧是岳飞的后代。年逾 60 的钱春涛老师，虽然骑马走了 3500 米，但最艰难的 1800 米是自己徒步上去的，且也是全程徒步返回的。我们之所以能全体徒步到达目的地，首先是因为意志，而更重要的是香巴拉本身是一个精神领域的王国，是人们对纯真心灵的向往，香巴拉就在我们心中。我们明白，此"心中"必须经过去"远方"的艰难寻找，必须有过"千山万水"的历练，才能真正入自我

身体疲乏了，
但精神与心理是满足与充实的。
（钱洪斌 摄）

的"心中"。对现代都市人来说，尤其是对生存于巨大责任、忙于奔波的凡人来说，不入香巴拉之境，又何以接受那雪山的忠告、那净水的安慰、那空谷的启迪？

　　要找寻心中的香巴拉，还是要背上行囊上路！

　　在返回途中，我遇到一对年轻夫妻（或有情人），他们牵着手艰难往上，女子问我，还有多远，我鼓励他们，不远了，你们一定能到达，他们开心地一笑，说："我们一定能。"望着他们的背影，我想，或许对他们来说还有爱情的力量。山道上，随处可见丈夫携妻子、男士帮女士的情景。

　　在我回到山下时，见到一男子气喘吁吁地背着一女子快步往进口处奔去，女子似乎已昏迷，身后还跟着一小女孩，喊着"妈妈"，他们应该是一家子，估计女子是严重高原反应。不知道他们是否已经到达了目的地，但我想他们已经努力了，香巴拉已在他们心中。

8月30日　晴　宿芒康

海拔：3882米

7:30，早餐。

8:00，出发前往芒康。

今天全天都将在车上，总行程600多千米。

11:15，到达理塘，午餐面条。

12:30，到达理塘大草原。两个年轻的康巴人正牵马做观光草原的生意，还有一个年仅10岁的小孩，两个康巴人都抽着烟。我们给他们烟，他们让我们拍照，交谈中他们流露出康巴人所特有的豪爽、直率。

康巴人，是指生活在藏东地区以及使用康区方言的藏族人。康巴汉子是其骄傲的灵魂和象征之一。他们天性自由、喜爱流浪，被人称为藏区的"吉卜赛人"。长年的游牧生活使他们拥有着野性不羁的奔放气质，游牧民族豪放的天性在他们身上有着充分的体现。

康巴汉子既剽悍威猛，又风流倜傥；既纯净善良，又恩怨分明。他们有法国男人的浪漫和意大利男人的性感，也有德国男人的刚强和西班牙男人的勇敢。他们在草原间矫健攀岩，在密林中健步如飞。在现代社会个性被异化、扭曲的环境下，现代男子更需要从康巴汉子的身上汲取精神力量，激发起"世界就在手上"（藏族歌手亚东的《寻找康巴汉子》歌词）的豪

过竹巴笼金沙江大桥，
进入西藏。

情，展开曾经拥有的梦想，让心灵自由地在天地间翱翔。

理塘到巴塘的隧道是目前川藏线上最密集的，共有6座，最长的有3451米。我们感叹，如果没有这些隧道，到巴塘的路程不知要绕多少千米！不过，隧道的开通固然有天堑变通途之利，但也使风景变得平淡了许多，同时对自然造成的破坏也是难以估量的。

15:00，到达巴塘，汽车加油。

巴塘是建在一狭长河谷里的县城，海拔只有2600米左右，气候湿润、物产丰富，有"高原上的江南"之称。

巴塘在地理上扼守康藏，是往来川藏的必经之路，距云南不远。我们行驶在县城安康路（实际就是C318公路），街道两侧已尽为现代建筑，虽是藏式，但也都贴了现代瓷砖，感觉怪异，没有了茶马古道悠远的感觉。

15:50，过竹巴笼金沙江大桥，进入西藏。

竹巴笼金沙江大桥，又称巴塘金沙江大桥，位于四川与西藏的交界，在G318公路（川藏线）上四川竹巴笼至西藏芒康之间，是G318公路的咽喉之地。大桥全长282米，10孔净

公路旁是流入金沙江的不知名的溪水，
溪水浑黄而湍急。

跨 25 米，桥宽 7 米，是钢筋骨架混凝土桥梁，1964 年 7 月 1 日建成通车。这里是四川和西藏的交会点，走过金沙江大桥就进入了西藏。从桥外伸出一块蓝色的牌子，正面写着西藏，背面写着四川。

我们在金沙江四川一侧岸边下车，集体与蓝色牌子合影，然后在竹巴笼步行上了通往西藏的竹巴笼金沙江大桥。

过金沙江后地貌迥乎不同，体量巨大的山体光秃秃耸立着，似乎正是为人们臆想中的西藏做着标志。G318 公路在进入西藏境内后，塌方严重，正在整修，路况极差，路面腾起的沙尘使能见度不足 10 米。公路旁是流入金沙江的不知名的溪水，溪水浑黄而湍急。双向车辆轮流通行，50 千米开了 2 个多小时。

18:20，过宗拉山口，海拔 4150 米。

宗拉山是 G318 公路上进藏后第七座高山。

18:30，到达芒康。入住芒康大酒店，海拔 3882 米。

芒康，藏语意为"善妙之地"，处川、藏、滇三省交界处，横断山脉腹地，为金沙江、澜沧江、怒江流域，也是著名横断山脉中的三江并流区域，是"茶马古道"入藏第一站，属"中国香格里拉生态旅游区"。此地自古多民族混居，属农区，部分高山地区有人放牧。芒康平均海拔 4313 米，县城建在一个平缓的坝子上，四周的缓坡均为高山草甸。

8月31日　晴　宿波密县城扎木镇

海拔：2700米

8:00，出发，沿 G318 公路前往八宿、波密。

随时可见三三两两的徒步者和骑行者。他们为防紫外线，蒙着面，我虽然看不清他们的脸，也不知道他们的年龄，但可以肯定的是，他们是一群有志向、有追求，且意志坚定的人。

路旁一些青稞田已经开始收割，但还没有进入大面积收割期。

9:50，到达觉巴山，海拔 3940 米。

觉巴山，又称脚巴山，G318 公路在觉巴山有 30 千米的盘山路，有近 2000 米的相对高差，山不高，但起伏大，因此这 30 千米成了 G318 公路上最难爬、最费时的一座山。澜沧江深深下切，江岸壁立千仞。上山的入口处立了许多警示牌提醒注意飞石、塌方、泥石流。

人们都知晓西藏林芝的桃花，而芒康的桃花却鲜为人知。其实觉巴山前后也有好看的桃花村，西藏桃花并不仅存于林芝，整个藏东南的春天到处都是。芒康因为地势低，花开得甚至比林芝还早。这是我出发前做攻略时了解到的，可惜我们来的季节不对。

11:00，过东达山口，海拔 5130 米。

东达山口位于西藏左贡县境内，为川藏南线上海拔第一

随时可见三三两两的徒步者和骑行者。

高的山口。

山路不再蜿蜒曲折，而是一条笔直地通向前方的大路，既缓且长，一眼看不到尽头，这就是 G318 公路上最长最缠绵的东达山了，山的一边是奔腾的澜沧江，另一边是左贡。一块蓝色道路标志牌上写着：东达山，海拔 5130 米。

11:50，到达左贡县城，海拔 3750 米，午餐。

左贡县为藏东南高山峡谷地带，地势北高南低。北靠察雅，东依芒康，南接云南德钦，西与察隅、八宿相连，G318、G214 公路横贯全境，具有承东启西、联结南北的区位之便，是历代商贾由茶马古道进出西藏的必经之地。

左贡，藏语意为"犏（耕）牛背"，很早以前，因人们住的地方的地形像犏牛的背，故而得名。

14:10，到达邦达镇，海拔 4300 米。

邦达镇地处八宿县城的东北部，是川藏南线（G318 公路）与川藏北线（G317 公路）的交会点，它与其说是个镇，不如说是个大驿站，镇上全是旅店和餐馆，一个立着飞马雕塑的广场差不多就占了整个镇子的一半。邦达虽小，可是以这个镇命名的邦达机场却拥有多项世界之最：海拔最高（4334 米）、跑道最长（5000 米）、距离城市最远（距昌都县 136 千米）。

14:40，翻过 G318 公路业拉山口，海拔4658 米。

业拉山（怒江山），是西藏境内邦达镇与八宿县城之间的一座高山。

站在业拉山口可以观赏到蜿蜒曲折的盘山公路奇观：崇山峻岭间的盘山路，仿佛一股股挥舞、缠绕在大山腰际的彩带，在一望无际的山峦间恣意蔓延、舒展。这便是举世闻名的"天路 72 拐"，也有称"99 道拐"或"108 拐"，望之令人震撼。

1950 年前的青藏高原不仅没有 1000 米现成的公路，甚至连一张准确的地图都没有。正如我国近现代人文地理的启蒙者、杰出的地理学家

站在业拉山口可以观赏到蜿蜒曲折的盘山公路奇观：
崇山峻岭间的盘山路，仿佛一股股挥舞、缠绕在大山腰际的彩带，
在一望无际的山峦间恣意蔓延、舒展。

白眉初（1876—1940）在其《西藏始末纪要》所说：

> 山有千盘之显，路无百步之平。乱石纵横，人马路绝，艰险万状，不可名态。

山口一块简介牌上这样写道：

> 半个多世纪以前，一群英雄儿女，放弃了眼前的安逸和幸福，毅然踏上了一条充满艰险和危难的伟大征程。他们有的进军途中出师未捷洒热血，有的疾病缠身壮志未酬别高原，历经种种艰险筑成川藏天路。川藏公路东起成都西至拉萨，全长2400多千米。沿途横断山脉和高原腹地，平均海拔4000多米。位于八宿县境内的天路七十二拐和怒江天堑便是川藏公路重要的组成部分。

站在业拉山口往下俯瞰，只见那一条条道路，一眼望不到头地朝前延伸，似乎也将一往无前的信念和精神、奋勇前行的雄心壮志向远方拓展、延伸。它们又像一条条吉祥如意的哈达，把当年筑路大军的祈愿祝福披挂在这片崇山峻岭间，把藏区人民千百年对幸福安康的向往，舒展在高原腹地。正如那块简介牌上所写：

> 目睹盘山公路壮丽景色，我们更应铭记革命英雄的奉献，以及他们给世界屋脊带来的万里春色和吉祥霞光。

15:00，驶入"天路72拐"。

16:15，过怒江桥。

怒江大桥是军绿色的钢架桥，过桥的路是沿着怒江支流白马沟走的，沟很窄，两旁危岩耸立，体量庞大的岩体几乎把头顶上压成了一线天，路就是在这山崖上"抠"出来的。

17:00，过八宿县城白马镇，海拔3260米。

八宿县隶属昌都市，地处怒江上游，县城沿G318公路铺开，街道比较整洁。八宿藏语意为"勇士山脚下的村庄"。

邻近安久拉山口有一片沼泽地，密密地生长着绒球样的水生植物，显得生气勃勃。

18:15，过安久拉山口，海拔4475米。

安久拉山口有些让人意外，与众多名山大川的山口一般都陡峭起伏、壁立千仞不同，安久拉山口平缓得出奇。就是这座看上去不起眼的属于伯舒拉岭山脉的安久拉山口，是怒江和雅鲁藏布江的分水岭。

翻越了山口，也就由怒江流域进入了生长传奇与神话的雅鲁藏布江流域。

站在安久拉山口举目四望，到处都是一块接一块的草地，草地与草地之间是小小的海子，平静且漂亮。

下坡后的植物渐渐变得高大、茂盛。

进入然乌沟，道路沿山势七弯八拐，山岩上树木遮天，使沟内光线显得黯淡。有一段极为危险的塌方路段：狭窄的公路一边是令人不寒而栗的深谷，一边是松动的、随时都有可能有石块坠下的峭壁，好几段路都建有防落石的长廊。车行长廊中，光线从棚顶和围墙的缝隙间透过来，让人产生了一种

波密地区据说是中国冰川最集中、
森林植被最好的地方。

不真实的、仿佛在玩极品飞车游戏的错觉。

18:40，过然乌镇。

然乌镇得名于与之咫尺相隔的更加著名的然乌湖，与安久拉山口相比，然乌湖海拔已经下降到了 3900 米。

从然乌镇沿 G318 公路前行可见下然乌湖，因我们回程走"丙察察线"，将过然乌湖，此时没有停车。

21:00，到达波密县政府所在地扎木镇，海拔 2800 米。

扎木镇，波密城的中心，是平均海拔 4200 米的小县城，藏语意为"祖先"，是古代波密王建立波密王朝的地方，有"雪山之乡"美誉。波密地区据说是中国冰川最集中、森林植被最好的地方。川藏公路穿镇而过，向南是扎墨公路至墨脱，向东过芒康、巴塘、理塘、雅安直达成都，向西则连接林芝、拉萨，使这里成了交通要道。

波密在历史上曾经是相对独立的部族，波密有"格波（国王）"，就是传说中的波密王，第一代藏王是波密人。

波密地区山高林密、气候潮湿，波密人的房子并不是干打垒的平顶藏房，在多雨的林区，波密人会就地取材用原木修建起两三层的木楼，楼下关牲畜，楼上住人，房顶则使用原木劈制的木板进行铺盖，上压石头，使之不被大风掀翻吹跑，在稻城的亚丁村曾见过这样的房子。当地人的服装，男女均于最外一层套一件长背心，类似坎肩，据说是用猴皮做的，这种皮既可遮风挡雨，还除湿保暖，不过，现在这样的"坎肩"肯定不会是用猴皮做的了。

波密人勇武好斗、桀骜不驯，曾与清代噶厦政府多次发生冲突，噶厦也曾想吞并波密，多次出兵征剿。

清末陈渠珍著有《艽野尘梦》一书，此书记录了清末民初，由赵尔丰统领的清军，因波密王劫掠工布地区而发起战争。最后一任波密王白马策翁，逃至珞瑜地区被杀，随后藏军全面占领波密，直逼昌都。陈渠珍当年是赵尔丰手下的管带，他在这次征战中，邂逅了擅于骑射的工布姑娘西原，并与她结为夫妻。工布姑娘西原自此与他生死与共，在动荡的年月里上演了一场惊天地泣鬼神的爱情，直至最后西原客死西安。这段故事，被传为佳话，有兴趣者可寻其遗作《艽野尘梦》一读。

因波密县政府所在地叫扎木，所以通往墨脱的公路不叫波墨公路，而是另有一个名字：扎墨公路。扎木本是波密人聚集的村镇，位于帕龙藏布江南岸，"扎木"在藏语中意为"刀和盔"。

9月1日　晴　宿墨脱

海拔：1100米

8:30，出发，沿扎墨公路前往墨脱。

上路了，喜欢在路上的感觉，特别是不熟悉的地方，感受每一个弯道后面带来的惊喜。

墨脱是什么？如果说西藏是这个星球上唯一的香巴拉的话，那么墨脱就是西藏最后的秘境。

这是一个以花为名——莲花，又名"莲花圣地"的地方，过去称为"白玛岗"，现在叫作墨脱。著名的藏经《甘珠尔》中称其是"隐秘圣地白玛岗，肚脐就在仁钦崩"。7世纪时来墨脱地区弘法的莲花生大士的藏名叫"白玛洛本"，其所开创的名山圣地就被称为"白隅钦波白玛岗"，意思是"隐秘的莲花圣地白玛岗"。

去墨脱，算是一个挑战。据说，2013年10月扎墨公路通车前，全长140多千米的扎墨路，在行车顺利的情况下，也需要走2天时间，从波密到墨脱的公路一直时断时通。第一天人们大多从波密出发，翻越嘎隆拉雪山，走到80千米处已经快要天黑。次日，在全天赶路的情况下，顺利的话在下午甚至更晚一些时候才能抵达墨脱县城。

目前，这条中国最后的县级公路虽然说已通车，但除了不好翻越的嘎隆拉雪山通了隧道以外，下至墨脱的公路仍然和从前一样。我很理解这样的路况，因其属造山运动活跃地带，在这里修建公路难度系数太大了，再加上这条山谷全年平均有 200 多天降雨，山体地质结构疏松，泥石流塌方频发，刚修好的公路不久也会被水给毁了。人们形容这里的路是"妖怪的舌头、魔鬼的肠子"。长时间以来这朵隐秘的莲花很少为外界知晓。

读陈渠珍《艽野尘梦》，有章节对此地有描述：

> 次日晨起，又觅得熟悉番语者为通译，复召野番至，反复诘问生番情形。始悉其地皆重山，少平原。人尤太古，无政府，无宗教，无文字；构木为巢，上覆树皮，以蔽风雨。截巨竹留节，以为釜甑，一端实稻米为饭，一端实野虫为肴，泥封两端，洒水烘熟。饭熟倾出，以手搏食。编竹藤为衣，以障身，非恃为御寒也。民野朴，安居乐俗，不通庆市。遍地皆崇山峻岭，道路鲜通。番人来往，则攀藤附葛，超腾上下，捷若猿猴。遇悬崖绝壁，亦结藤梯登，不绕越。亦无市庄。

这一段生动再现了 100 年前的墨脱。

从前的墨脱，是绝对的边地，是流放人的地方。

从扎木镇出发，跨过扎木大桥，沿着往东南方向的公路，一路森林，一路颠簸，一路摇晃，一路赏景，先后依嘎龙河、雅鲁藏布江而行，穿嘎隆拉隧道，跨波斗藏布河、金珠藏布河、西莫河等江河，过米日村、德果村、玛迪村等门巴族、珞巴族村落，海拔也从 4700 多米下降到 800 米，一路

一路上经历四季，
各种植物排列成了一条垂直的生物谱带。

上经历四季，各种植物排列成了一条垂直的生物谱带：山顶是终年积雪的冰冻地带，山峰银装素裹，其间怪石嶙峋，仿佛远古先民的遗存、洪荒时代的弃物。

海拔4000米到2400米，属山地暖温带和寒温带针叶林带，高达80米、直径达两三米的杉树、松树，密密地直插云霄，其上松萝长垂，如梦如帘。这里充满了植物争夺空间的相互倾轧。

海拔2400米到1100米，又是另一番情景。这里布满了亚热带常绿、阔叶混交林，还有楠木等珍奇林木。至于香蕉、菠

高达80米、直径达两三米的杉树、松树，密密地直插云霄。

萝、柠檬和柑橘等果树则野生于林间，应有尽有。

最后快到墨脱背崩乡了，那里是海拔 1100 米以下的河谷地区，雅鲁藏布江在喜马拉雅山脉与横断山脉之间一个大拐弯，深深切过喜马拉雅山脉，形成了世界第一大峡谷后，又转到了墨脱，在这里形成了一个低山热带雨林。这里树木品种更是繁多，常绿雨林和半常绿雨林间，还有缠绕其间的巨大藤蔓。一株株高大的树干密布了许多附生植物。连竹林也像树木一样粗大，一片芭蕉叶足有三四米长。一些热带植物，更是竞相疯长，一派古貌苍然、蓊蓊郁郁的景色。

15:35，过墨脱检查站，进入墨脱县城。

墨脱很热，从山上下来必须换上短袖，最低海拔只有 400 米，从 4000 米以上降到 400 米，确实不容易适应。

穿过原始森林，翻越雪山，走进墨脱，你将深刻体会到"肉身下沉，灵魂上升"的滋味。这是一个被誉为"地球上最后的秘境"的神奇地域。《中国国家地理》杂志评选出的中国最美的山、最美的峡谷、最美的瀑布之三大榜首，均分布在其境内。一县囊括三项殊荣，为全国仅有。可惜由于交通闭塞，一年有 8 个月大雪封山，这里的"最美"处于"独居一隅"的状态。

其实墨脱不是个看风景的地方，那一路上的风景走一步跟走一百步区别不大，都是丛林、丛林、再丛林。墨脱也不是个看民俗的地方，当地人跟外地人在穿着打扮上已没多大的区别，何况一路上根本就很难碰到当地人。

那么，我们到墨脱干什么来了？路，我们为墨脱的路而来。走过墨脱不言路，此时的我才知道路的真正含义，脚下的

位于莲花阁的墨脱门珞历史文化遗产博物馆

每一步，都是用心丈量出来的。那些弯弯曲曲或平或陡或宽或窄的路，就如我们经历过的每一天，有喜有悲有伤有乐。

到达县城后，我们先去了位于莲花阁的墨脱门珞历史文化遗产博物馆，博物馆建在一座山上，正好可以俯瞰整个墨脱县城。虽然停电，我们还是坚持在手机"电筒"的照明下看完所有的介绍。这是一个介绍门巴族、珞巴族的博物馆。

门巴族，中国少数民族之一，主要分布在西藏门隅和上珞渝的墨脱，在中国实际控制区有近 9000 人，墨脱有 7500 多人。他们有自己的语言——门巴语，但没有本民族的文字。门巴族信奉藏传红教，即莲花生大士所传之教。

珞巴族，是我国人口最少的民族，主要分布在西藏东南珞渝地区，在中国实际控制区内有近 3000 人，墨脱有 1300 多人。他们有自己的民族语言——珞巴语，但没有本民族的文字。珞巴族信奉原始的本教，即万物有灵观。

由于墨脱地理环境的封闭、道路的崎岖险峻，使这里相对还保持着其他所有地区和民族很难见到的独特、古老、原始的文化，被称为"珞渝文化"，是文化人类学难得的"活化石"。这里有"猴子变人"的传说、女儿国的传说、新石器"神斧"的发现、莲花生大士开创的莲花圣地等。当然，在你行走在街道上时，这里的风情与藏地其他县城的区别已经不大。

17:00，我们从墨脱县城出发，往南，沿雅鲁藏布江而下，有一个拐弯，叫果果塘，这是雅鲁藏布江的一处大拐弯。

在墨脱看风景，最美的当数大拐弯，墨脱的"拐弯"十分密，这是我们看到的第三个。

出墨脱县城南行 10 多千米，雅鲁藏布江在这里围着果果塘茶园半岛流成了一个 270 度的圆圈。果果，门巴语意为"圆圈"，很多人喜欢把这个大拐弯比拟成一枚大号棒棒糖——茶园背后的山峦是棍，墨绿的茶树和松石绿的雅鲁藏布江是棒棒糖的两圈裱花。

路与来墨脱的一样，落石与塌方相伴，好在这段路不长，四五千米。观景台与一路过来的大致相同，几根木条做护栏。果果塘的大拐弯感觉很安静，"几"字头从江对岸的连绵山中伸出，把雅鲁藏布江挤成一道曲流，缓缓流淌着，不激不厉，但与山一样庞大、巍峨。传说，莲花生大士开辟贡堆颇章

果果塘的大拐弯感觉很安静，
"几"字头从江对岸的连绵山中伸出，
把雅鲁藏布江拧成一道曲流，缓缓流淌着，
不激不厉，但与山一样庞大、巍峨。

神山后，从神山取来神石一块，想阻滞雅鲁藏布江。然而，江水威猛、奔流不断，而神石被渐渐演绎，成为今日的果果塘。

墨脱最主要的特产是石锅。当地人将南迦巴瓦峰悬崖上的皂石，用原始的刀具雕琢成锅。据说，墨脱皂石在当地非常绵软，用钢刀雕琢可以削石如泥，不过，一旦离开墨脱，这种石头便如钢铁般坚硬。皂石开采于悬崖峭壁，在每年七八月份集中开采后，由牦牛骡马运到山下，经雅鲁藏布江江水浸泡一个月，才由当地匠人手工打制。

墨脱石锅的颜色以灰褐色、灰白色为主，外形似桶，规格大小不一。石锅耐高温，有传热快、不黏、不变色的特点，是吃火锅、煮汤、煮饭、炖肉的绝佳器皿。

既然来了墨脱哪有不尝石锅鸡的，我们在品尝石锅鸡时，能感觉到汤汁香浓、味道醇厚。据说常食石锅炖煮的食物，对高血压、心脏病等心脑血管疾病患者有明显的食疗保健作用。

云雾如厚厚的面纱，
使墨脱宛若梦境

9月2日　晴　宿林芝
海拔：3100 米

8:00，早餐后出发。

8:20，看雅江云海。

墨脱常年云雾缭绕，俗语中有"山顶在云间"的说法，所以雅江云海也成为墨脱的一大特色景观，第一次来到墨脱的人，往往会被周边山顶上如哈达般环绕的云雾所吸引，惊讶于自然的神奇与墨脱的圣地景象。而在无雨的清晨或雨后的傍晚，云雾会更加浓郁，遮天蔽日，犹如传说中的仙境一般，让人流连忘返。

此时，大量水汽从雅鲁藏布江流域的峡谷涌起，聚集在墨脱县城周围，置身其中，云雾升腾翻越，云雾如厚厚的面纱，使墨脱宛若梦境。阳光扫过，雪山变成了金山顶，这层面

来到墨脱的人，往往会被周边山顶上
如哈达般环绕的云雾所吸引

纱慢慢升腾，化作天边的云彩，这个县城迎来了新的一天，宛如人间仙境。

11:15，午餐，与昨天同一家餐馆，夫妻店，成都人氏。

午餐时遇到 3 位康巴汉子，本来是我们同行的美女想与他们合影，没想到他们"反客为主"，纷纷主动摆出各种姿势拉着我们团队的美女们拍照，康巴汉子的浪漫与豪情由此可见一斑。

15:00，到达波密，寻找"扎墨公路 0 千米纪念碑"，不得。

15:30，到达帕龙藏布江古乡村段，古乡湖海拔 2600 米。

古乡湖距离波密 33 千米，半小时车程，处 G318 公路上。湖长 5 千米，最宽处 2 千米，最深处 20 多米，是一个淡水堰塞湖。湖泊虽不大，但周围树木丛生，湖中有一小岛，有亭台楼阁，水碧蓝，湖两侧的山顶有积雪，显得祥和静谧。

16:30，过 G318 公路通麦特大桥，这里是易贡藏布江汇入帕龙藏布江处。

通麦大桥每次只限 2 辆车过桥梁，车辆过桥时，可以明显感觉铁索桥在颤抖。

17:20，到达鲁朗镇拉月村，摇晃着试走帕龙藏布江上的拉月藤网吊桥。

藤网吊桥是珞巴族、门巴族特有的桥，分布于西藏洛渝、墨脱地区，采用白藤编制而成。拉月藤网吊桥是模仿墨脱的跨江藤网吊桥而建，该桥跨东久河，跨度 112 米，距河面 27 米，采用 6 吨当地树藤编制而成。

18:00，到达鲁朗镇，在新开发建设的鲁朗小镇用晚餐，品石锅鸡。

据说，鲁朗的石锅鸡是最正宗的，果然比前几次吃的更

藤网吊桥是珞巴族、门巴族特有的桥，
分布于西藏洛渝、墨脱地区，
采用白藤编制而成。

鲁朗小镇是新开发建设
的藏式风格的旅游小镇。

鲜美。驴友间流行着这样一句话：没吃过鲁朗石锅鸡，你胆敢说走过川藏线？

鲁朗小镇是新开发建设的藏式风格的旅游小镇，五星级宾馆就有恒大、保利、珠江3家，可见其规模，可惜人气不旺。

21:30，到达林芝市所在地八一镇。

这是我第二次到林芝，上一次是2004年，14年过去，原来的林芝仅市区的一条河流留下一点印象。时间虽已是夜里，但繁华程度与14年前比已不可同日而语，不过景象却并不新鲜——林立的高楼跟其他城市别无二致。

9月3日　晴　宿林芝

海拔：2900 米

8:00，出发，今日全天在林芝。

林芝的美不在城市，而在郊外。她美中透着大气，狂野中透着超脱，雪山下、峡谷中、村庄旁，那种纯净、崇高与原始只有身临其境才能体会到。

林芝，平均海拔 3100 米。藏语意为"太阳宝座"，指太阳升起的地方，有"西藏的瑞士、西藏的江南"之誉。

林芝境内雪峰林立、森林密布、山清水秀，自然风光旖旎多姿，峡谷内奔涌着多条河流，河流两侧有幽静的村庄、古老的巨柏、飞泻的瀑布和陡峭的悬崖、松涛起伏的森林。她的美非比寻常，从巍巍雪山冰川到莽莽林原花海，从高寒地带生长的雪莲花到亚热带盛产的香蕉、棕榈，丰富的物产资源，使林芝被冠以"高原生态博物馆"的美誉。

林芝虽然不属"香格里拉生态旅游区"范围，但林芝的景色、林芝的形态、林芝的气息无不告诉我们，林芝也是我们的"香巴拉"。

我们最先到达的是雅尼国家湿地公园。

尼洋河流淌 300 多千米后在这里汇入雅鲁藏布江，而后在这里留下巨大的拐弯，然后向西流去，从此变成了宽阔平缓的布拉马普特拉河。这条西藏人心中的母亲河、中国的第五大

素履以往
——藏地旅行日志

尼洋河流淌300多千米后在这里汇入雅鲁藏布江，
而后在这里留下巨大的拐弯，然后向西流去，
从此变成了宽阔平缓的布拉马普特拉河。

河，在缠绕于雄壮的喜马拉雅山脉后，最后经印度、孟加拉国，与恒河汇合流入印度洋，而再也寻不到归途。

雅鲁藏布江在这里留下的拐弯，形成了雅鲁藏布大峡谷。雅鲁藏布大峡谷不仅以其深度、宽度名列世界峡谷之首，更以其丰富的科学内涵及宝贵资源而引起世界科学家的瞩目。

大峡谷的北侧是苯日神山，这是一座西藏原始本教推崇的神山，本教目前主要保留在林芝工布地区。我们看到两位正在围苯日神山转山的老妇人，我奇怪她们怎么是逆时针转。我迎上去对她们说："扎西德勒！"她们侧脸一笑，也对我说："扎西德勒！"在与她们的比画交流中了解到，本教转山正好与藏传佛教转山相反，是逆时针转。所以，如果在藏地，在一些神山转经道上看到三三两两挂着拐杖、风尘仆仆

两位正在围着苯日神山转山的老妇人

的僧侣或信徒，在以与众人相反的方向朝拜、转经，你千万不要以为他们不懂规矩。

大峡谷东侧就是南迦巴瓦峰。南迦巴瓦峰峰顶常年云雾缭绕，一般游客很难有机会看到，大片云团像变魔术似的，从山上翻腾而下，让人分不出是雪还是雾，山峰就像升空了，只有云的间隙里露出形如橄榄的一块黛蓝，犹如天堂的眼睛，注视着你。我们正担心不能一睹峰顶真面目时，峰顶的云雾居然慢慢移动了，随即峰顶透出。

南迦巴瓦峰是林芝地区最高的山，海拔 7782 米，高度排在世界最高峰行列的第十五位。它还有另一个名字"木卓巴尔山"，其巨大的三角形峰体终年积雪、云雾缭绕，从不轻易露出真面目，所以它也被称为"羞女峰"。

南迦巴瓦峰充满了神奇的传说，因为其主峰高耸入云，当地相传天上的众神时常降临其上聚会和煨桑，那高空风造成的旗云就是众神燃起的桑烟，据说山顶上还有神宫和通天之路，因此居住在峡谷地区的人们对这座陡峭险峻的山峰都有着无比的推崇和敬畏。

和这惊心动魄的传说相同，严谨的科学家向我们展示的南峰地区地质构造成因和变化及其在地学上的重要地位也丝毫不逊于"惊心动魄"这几个字：南迦巴瓦峰地处多重地质构造的叠合部位。

南迦巴瓦在藏语中有多种解释，一为"雷电如火燃烧"，一为"直刺天空的长矛"，还有一为"天山掉下来的石头"。

中午在雅尼湿地公园用餐。

下午奔赴"措木及日湖"，措木及日湖在藏语中的意思为"观音的眼泪"，又称"冰湖"，是一座古冰碛湖。位于林芝西北方向 24 千米，海拔约 3400 米，湖区以冷杉和金竹为主的原始森林保护完好，是天然的氧吧。还有漫山的杜鹃，正值初秋，一些树叶开始泛黄，景色迷人。从山顶湖区往下到八一电厂之间，古冰川活动遗留下来的"U"形谷、终碛垄、侧碛堤等地貌形态随处可见。

措木及日湖以冷杉和金竹为主
的原始森林保护完好，
是天然的氧吧。

与宜兴老乡瞻古吴超赟相遇，甚喜。

（酒店服务员　摄）

9月4日　晴　宿然乌

海拔：3300米

8:00，出发。

9:10，在色季拉观景台看到南迦巴瓦峰的全貌，司机说他们今年也是第一次看到。

10:20，在鲁朗古镇与宜兴老乡瞻古吴超赟相遇，甚喜。

鲁朗古镇静谧、秀丽，是一个适合休养生息的地方，恍然已入仙境。

16:00，在G318公路波密至然乌的玉普乡段遇到来自四川阿坝壤塘鱼托寺的三位金刚道友。他们从鱼托寺开始磕长头，

古镇静谧、秀丽，
是一个适合休养生息的地方，恍然已入仙境。

在色季拉观景台看到南迦巴瓦峰的全貌

到今天已历时 10 个月，1000 多千米，预计到拉萨大昭寺还要 3 个月。

他们面容消瘦、头发凌乱，衣衫褴褛甚至邋遢不堪，脸色棕黑且布满尘土。但看得出，他们的心是纯净的，他们的眼睛透露出执着且虔诚、祥和又坚定。漫长的川藏线，以及两旁的美景，都没有影响他们的长跪，他们口诵六字真言，牢记自己关于轮回的信念，并用这种方式修福积德，祈愿在轮回的路上获得一个美好的未来。他们额头都有一块厚厚的老茧，那是他们千万次的磕拜、千万次的念诵、千万次心灵与崇信融为一体的见证。

我想象他们如何在高山上艰难匍匐，他们用自己的身体

行走香巴拉

在G 318公路波密至然乌的玉普乡段遇到来自四川阿坝壤塘鱼托寺的三位金刚道友。

他们用自己的身体丈量着大地，
丈量着自己的虔诚和崇信，
丈量着通往来生的轮回之路。

丈量着大地，丈量着自己的虔诚和崇信，丈量着通往来生的轮回之路。中国藏学研究中心社会经济研究所副总干事、藏学专家格勒博士说："不论你信不信佛，都会由此看出人类的意志力能够达到何等惊人的程度。"

当内地人越来越多把招财进宝、升官晋爵作为他们烧香拜佛的动机，算计着对神灵的投入产出比，藏族人始终保持着风马旗一般朴实无华却永不褪色的宗教生活。他们把仅有的黄金涂抹在寺庙的金顶，自己却在道路上行乞。他们瘦削、简单、敏锐，带着磨难之后的满足、宁静、淡然，而那些开着豪车、大腹便便的富人，至少在外表与宗教的节欲精神格格不入。

藏族人对内心的索求，一定远远大于对现实的索求。也许藏族人在磕长头中悟出了"现时"的虚无性，从而花毕生的精力去追求"来世"。

法国藏学家石泰安在其所著《西藏的文明》中说，流传于西藏的喇嘛教以其弘远高深的教义、艰苦繁复的修行，对世俗崇信者来说是高不可攀的：

> 他们仅仅希望改进自己的羯摩（Karma），即在来世活动之果，所以，他们的宗教活动主要就在于积累功德，其手段是向寺庙和贫穷者布施，在神像前面燃灯、朝圣进香或围着圣物转经，要求喇嘛们祝福和施展佛法。他们懂得根据人的行为而转世的原理，根据本世的善恶行为而在来世转生于不同的六道：天、阿修罗、人、畜生（傍生）、饿鬼和地狱。

这大概可以粗略地解释普通藏族信众长途朝圣的动机。

我们试着与"金刚道友"交流。

最初是试着与他们交谈，我似乎觉得这些具有超凡意志的怎会与凡人共语。但在慢慢地接近后，才发现他们的笑容是如此灿烂阳光，他们的目光也是那么纯净清澈，他们说这是在进行心灵的洗礼，到了终点——圣地拉萨之后，在布达拉宫的山下，在大昭寺的门外，他们心中的烦恼和污垢就会随之消净。

我们一路上遇见的去圣城拉萨的朝拜者中，更多的是徒步者，他们大多三五一群，以中老年妇女为多，动辄走上两

他们的笑容是如此灿烂阳光，
他们的目光也是那么纯净清澈。
（钱春涛 摄）

三个月。对于我们这样一群来自内地、平时生活优越的旅行者，在这十几天中，冒着高原反应、风险和相对艰苦的生活，难道不也是一次朝圣和修行吗？

同时，我又在想：我们都身处数字化革命的浪潮中，无所不在的资讯传播、前所未有的发展速度，无疑都在改变着我们的思维和行为方式，我们的快步伐与他们的慢节奏，会不会渐行渐远呢？他们的生活习惯、宗教习俗会不会逐渐丢失？而我们，能不能静一下，把过速的心跳放慢一点，去寻找、拾回我们遗落的东西呢？

三位"金刚道友"休息后又要出发了，他们双手高举，过头顶，合十，合十的双手从头顶到喉咙，再到胸前，据说这分别代表着佛像、经书和舍利塔，是任何人及神灵应具有的三门——身、语、意，分别用头、喉咙和心代表（藏语为古、颂、突）；然后，他们匍匐在地施礼，在额头处做好标记，起身走三步到标记的位置。再双手高举合十，敬三门；再匍匐在地施礼，做标记；再起身走到标记处……

17:00，到达米堆冰川，海拔3800米。

米堆冰川，一个很诗意的名字，它是世界上海拔最低的冰川，位于藏东南的念青唐古拉山与伯舒拉岭的接合部。冰川主峰海拔6800米，冰川湖面海拔3800米，常年雪光闪耀、冰洁如玉。

冰川由2条700—800米的世界级冰瀑布汇流而成，冰川下端针阔叶混交林地，郁郁森林四季常青，与山顶皑皑白雪形成鲜明对比，景色奇特，2005年被《中国国家地理》杂志评为中国最美的六大冰川之一，位列第四。前往冰川景区，要经过一段约3千米的山路，可以步行，也可骑马，我们在藏族牧民的热情相邀下，统一骑马。

所谓道路其实就是一条马道，开始还平坦，不久坡度就大了起来，且凹凸不平，牧民的马匹又瘦又小，其貌不扬，但是老马识途，走路非常快。马驮着我们，感觉有些力不从心，深一脚浅一脚，跌跌撞撞的。我没要马夫为我牵马，开始的要强现在似乎有点后悔，好在马很聪明，踏着山路上的脚窝，走着"S"形路，终于到达了目的地。回程是下坡，马的脚在打滑，腿也似乎在打战，鼻子喷着粗气，我坐在马背上感觉很不踏实。

可我们又能怎样？我还是坚信马的能力，我们既然相信了马，就把自己的安危交给了马。骑在前仰后合的马背上，

米堆冰川，一个很诗意的名字，
它是世界上海拔最低的冰川。

我不禁感叹，人还是要有点把自己交出去的勇气，也要有信心、信任的勇气，其实这本身就是一种勇敢。

18:40，在然乌湖旁遇上一位骑摩托车的"驴友"，从长沙沿川藏线进来，4000多千米。他说一个人骑行对个人内心是个考验，当将夜时，不知道前方宿在何处，当车辆油将尽时，不知道前方何处加油，许多路段手机没有信号，往往此时，内心会产生恐慌感，半个多月了，慢慢觉得自己开始强大、开始坦然。

19:00，到达然乌湖旁平安饭店，海拔3960米。

"然乌"在藏语中意为"铜做的水槽"，它位于西藏的八宿县境内的西南角。听着"然乌"这个特别的名字就能感觉它是一片神秘的静谧之地。

然乌湖最美的时候是傍晚和早晨。

傍晚的然乌湖像一幅水墨画，水平如镜的湖面上倒映着远处的山峦，而极目处是天空接近墨色的云，如果旁边没有什么东西动的话，你会觉得前面是一块幕布。我不时换着方向按下快门，想把这一切美景留在相机里。

大家身体状况都非常好，晚餐时一起分享了2瓶干红。

傍晚的然乌湖像一幅水墨画。

湖面上薄雾弥漫、树影婆娑，
使人如进入梦幻之境。

9月5日　阴转晴　宿察隅

海拔：2800 米

7:50，出发，沿 S201 公路前往察隅，开启沿丙察察线往云南的行程。

清晨，我们很早就来到然乌湖边，此时气温 5℃，吸进的空气冰凉直达胸腔，而"团长"钱洪斌竟然穿着短短的中裤，腿上汗毛根根直立、肌肉也似乎在微微颤抖。

此刻，湖面上薄雾弥漫、树影婆娑，使人如进入梦幻之境。那陡立的高山、雪白的冰川、碧蓝的湖水、绿茵的草场、飘曳的白云、葱郁的森林，无不展现出别样的美。

以然乌湖为中心，湖畔西南有岗日嘎布雪山，
南有阿扎贡拉冰川，东北方向有伯舒拉岭。

　　然乌湖的主要特点应该是静和蓝，湖中看不到枯枝杂物，湖周景色各不相同。然乌湖的色彩非常丰富，草地、森林以及白色的水禽和湖岸五颜六色的卵石，清新如镜面；湖中的雪山倒影清晰亮丽，松柏青翠苍茫，湖边的田地也在不断升高的视野中变成错落有致的绿色板块，深浅不一的绿色让湖水的碧蓝显得越发可爱；头顶湛蓝的天空似乎触手可及，山云缠绕在冰川青松之间缥缈悠然，映衬得然乌湖澄明婉约，更加神秘迷人。

　　信步在湖岸，岸上有干净松软的沙滩，沙滩连着常年都是绿色的树丛，湖对面是积雪的高山险峰，让人感觉到生命的静谧和悠闲，足以让瑞士的阿尔卑斯山风光感到逊色。

　　以然乌湖为中心，湖畔西南有岗日嘎布雪山，南有阿扎贡拉冰川，东北方向有伯舒拉岭。然乌湖的湖水，便是由四周

阿鲁松老村长幽默风趣，
还有许多传奇故事。

阿鲁松向我们介绍，
他的家正在建设民宿。（钱洪斌　摄）

环抱的雪山冰雪融水汇聚得来的。四周雪山的冰雪融水构成了然乌湖主要的补给水源，并使湖水向西倾泻形成雅鲁藏布江重要支流帕隆藏布的上源之一。从湖的形态看，然乌湖应该是山体滑坡或泥石流堵塞河道而形成的堰塞湖。

继续一路前行，路旁的青稞熟了，藏民开始了收获。

9:50，到达德姆拉山口，海拔4900米。

德姆拉山口是察隅县和八宿县的界山，沿然察公路向南翻过此山口，就开始一路下行。海拔也从4900米慢慢下降到察隅县城的2330米。

16:40，到达下察隅的僜人部落所在村——沙琼村。

沙琼村共60户279人，我们巧遇沙琼村老村长、僜人部落首领、全国政协委员阿鲁松。

阿鲁松老村长幽默风趣，还有许多传奇故事。

据察隅县扶贫工作队队长郭威介绍，最有代表性的是20世纪80年代，阿鲁松作为僜人代表到北京参加会议，因随身带着传统长刀，登机前他被拦下。为了尊重僜人的民俗习惯，中央统战部与公安、民航等

我们寻访到建于 2004 年的介绍僜人部落风俗、
迁移等情况的展室，可惜展室已被荒草包围，
十分破败，仅留存板墙上几张僜人部落的历史照片。

部门紧急协调，最终允许他带刀上了飞机，这在中国民航
史上是绝无仅有的。

　　阿鲁松向我们介绍，他的家毗邻沙琼村村委会，正在建
设民宿。阿鲁松说，为让游客能更好体验僜人的生活风俗，他

要建纯正的僜人风俗的民宿。

阿鲁松介绍，藏东南的僜人大都是 1942 年从印度逃回国的，目下察隅区域有 3000 多人，常住的有 1900 多人，本村有不到 300 人，其他的都外出读书、打工。1971 年以前，沙琼村村民住在海拔 2000 多米的半山腰上，基本接近于原始社会的生活，但僜人们很习惯，也很满足。1971 年开始，在政府劝说下，僜人经过三次搬迁来到了沙琼村。

僜人有自己的语言，但是无文字，以刻木、结绳记事为主。现在，沙琼村服饰和银饰制作已经被列为自治区级"非遗"保护项目。

我们寻访到建于 2004 年的介绍僜人部落风俗、迁移等情况的展室，可惜展室已被荒草包围，十分破败，仅留存板墙上几张僜人部落的历史照片，及 1 台破损了的纺车，还有一些牛羊的枯骨。

有关僜人的历史文化风俗是一块非常难得的资源，沙琼村目前还是扶贫村，这一资源应该好好挖掘并利用起来。

9月6日　晴转雨　宿贡山县城

海拔：1750米

8:00，出发前往察瓦龙、丙中洛，开始丙察察线的穿行。

这是一条连接着滇西与藏东南的简易道路，是主要的进藏路线之一，全程砂砾、坑洼、乱石、塌方、流沙、滚石路面散落，这条不是路的路，是目前全部主要进藏路线中最凶险、最原始，当然也是最快捷的一条滇藏联络线，驴友对丙察察线的评价是"走最烂的路、看最美的景""对于每个想征服西藏的人来说，更对于梦想体验藏地山川大河的人来说，这是一条必须完成的道路""这里比318线更凶险，比阿里大环线更荒野""穿行于其中，会有天堂和地狱之间的极致感受"。

出察隅不久，上了颠簸的砂石路——滇藏新通道。

滇藏新通道是指，起于云南大理市，沿大理—保山的大保高速公路至金厂岭，经云龙、泸水、福贡、贡山，止于西藏的察隅县，全长786千米，其中西藏段263千米，核心路线是丙察然公路，即云南贡山（丙中洛）—西藏察瓦龙—西藏察隅—波密然乌镇，在此接川藏公路南线即G318公路。

10:00，到达益秀拉山口，海拔4735米。

这是丙察察线上的最高山口。

11:10，到达昌拉山口，海拔4498米。

到达察瓦龙乡，
怒江旁，随后过怒江大桥。

12:35，到达雄珠拉山口，海拔 4636 米。

14:20，到达察瓦龙乡，怒江旁，随后过怒江大桥。此处怒江与伟曲汇合。

怒江是我国西南地区的主要河流之一，又称潞江，上游藏语叫"那曲河"，发源于青藏高原的唐古拉山南麓的吉热拍格。它深入青藏高原内部，由怒江第一湾西北向东南斜贯西藏东部的平浅谷地，入云南省折向南流，流入缅甸后改称萨尔温江，最后注入印度洋的安达曼海，全长 3240 千米，中国部分 2013 千米。怒江也是我国目前唯一没有建造水电站的大河。

怒江大桥仿佛是个地理环境的分水岭，车辆一过桥，周围的山势又发生了更为明显的变化，随着海拔不断缓降，郁郁葱葱的植被终于取代了光秃的山岩，但路况逐渐变差。

我们的车继续在大峡谷中行进。顺怒江而下，右边依旧是

世界上哪里还有美景可以和中国的云南西北部
及西藏东南部察瓦龙雄壮山峦的视觉盛宴相媲美呢？

滔滔怒江水、万丈悬崖，左边是怪石嶙峋的峭壁，面前依然是砂砾、坑洼、乱石堆积的道路。为我们开车的虽然是老司机，但双手紧握方向盘也不敢有丝毫大意。沿途偶尔会遇见一些马帮队伍，骡马优哉游哉地在泥路上前行，并很有经验地给车辆让路。这些在茶马古道上常年行走的马队，要从这里把采集到的松茸和药材运出大山。马帮都很质朴，每次相遇，大家都会友好地挥手。

约瑟夫·洛克曾在 1929 年进入金沙江峡谷探险，他在其《发现梦中的香格里拉》中写道：

世界上哪里还有美景可以和中国的云南西北部及西藏东南部察瓦龙雄壮山峦的视觉盛宴相媲美呢？这些大自然的盛景正静静等待着探险者和地理学家用慧眼去发现。

17:40，出西藏进入云南。

车继续傍怒江行驶，尘土、砂石、坑洼接踵而至。前车车轮卷起的滚滚烟尘滞留在空中不愿散去，车里的我感觉几乎不能呼吸了，但这并不影响大家隔窗欣赏美景的情绪。

18:30，到达丙中洛，怒江大拐弯——桃花岛。

丙中洛，藏语意为"藏人的村庄"。怒江峡谷贯穿全境，山高峡深、水流湍急，田园村庄点缀在峡谷里不多的平坝上，宛如世外桃源。

田园村庄点缀在峡谷里不多的平坝上，
宛如世外桃源。

怒江桃花岛当地称扎拉桶村，因怒江环绕，呈半岛状，岛上桃花
甚多和当地人每年都过桃花节，故称之为"桃花岛"。

　　察瓦龙到丙中洛90千米，越野车走了4个多小时。这几年青藏高原、大西南、大西北走了不少地方，烂路、险路走了无数，但与丙察察线相比，却是小巫见大巫。这条路是历史久远、古风浓郁的茶马古道，既是滇藏古驿道，也是如今察瓦龙沟通外界唯一常年通行无阻的道路，该乡物资进出主要以此路为主。路虽惊险，但蹄印斑驳，马蹄声声，空谷传响，古意盎然。

　　天开始下雨。

　　怒江桃花岛当地称扎拉桶村，因怒江环绕，呈半岛状，岛上桃花甚多和当地人每年都过桃花节，故称之为"桃花岛"。桃花岛静静地依偎在怒江边，有江南的秀丽，还有滇西的雄壮。村子里只有28户怒族同胞在这里过着自给自足、自得其乐的生活。绿树掩映的山坡之上搭建有木屋，一派田园风光。桃花村至今还保留着古老的桃花节活动，一般在3月桃花开时举行，这是一种古老的生殖崇拜仪式，而且一年为男性、一年为女性，轮流举行。桃花节那天，身着民族盛装的人们会举行"驱鬼祭天"、跳"锅庄舞"、体育竞技等活动。当然，对于桃花岛我们仅仅是隔岸观望，所了解的资料是观景台旁的介绍。

天开始下雨，我们又开始担心道路安全。

天开始暗下来，雨没有停的意思，路越来越泥泞。听着怒江在峡谷中奔涌的涛声，裹挟着雨水与黄泥，冒着高处随时可能落下的石块，而车轮行驶的路面又暗藏着随时可能塌方的陷阱。就这样，在一路的心惊肉跳中到达贡山县城。

20:40，到达贡山县城。

贡山县城在丹当，处高黎贡山东麓的怒江西岸上，为怒江大峡谷北段，它的名称是独龙语的音译，"丹"是松树，"当"是坪子，合起来意为松树坪。

丹当小城深藏在怒江大峡谷的无限风光之中，是一小巧的山城。它背靠青山，面对一江浪花；东西两边是巍峨皑皑的高黎贡山和碧罗雪山；南北两头，峡谷锁天，江涛隐隐。时间正值夜晚，雨过天净，我们站在怒江岸边观望，点点灯火，仿佛长长的银河飘落人间。

晚餐时李慧告诉我，天暗下来后，望着没有停止迹象的雨、没有尽头的泥泞路，以及随时可能发生的塌方、落石，她已编写了一段发给老公的微信，随时手指一按就可以发出。

9月7日　雨　宿香格里拉市

海拔：3300米

　　原计划今天继续沿滇藏新通道经福贡、泸水前往大理，因昨日一天的道路危险至极，天又下雨，大家分析滇藏新通道将更加难行，因此决定改变线路，往北走德贡公路经德钦县到香格里拉市。

　　8:00，出发，找加油站找了半小时。

　　贡山县政府通告，德贡公路封闭施工，又有消息说，可以通过。我们决定试一下。

　　德贡公路起点为德钦县云岭乡永支河口澜沧江东岸，止于贡山县捧当乡闪打村，路线全长95千米，是连通迪庆和怒江两州的重要通道。

　　它是"三江并流"处的秘境之路！

　　三江并流，是"世界屋脊"东南边缘的伟大奇观，是指金沙江、澜沧江和怒江这三条发源于青藏高原的大江在云南省境内自北向南并行奔流170多千米，穿越担当力卡山、高黎贡山、怒山和云岭等崇山峻岭之间，形成世界上罕见的"江水并流而不交汇"的奇特自然地理景观。

　　这条德贡公路，穿行在高山峡谷中，行走于地球褶皱之间！

　　过去云南香格里拉人如果要到达怒江贡山，要从香格里

德贡公路的艰险，
不亚于丙察察线。

　　拉出发，途经大理、保山、六库、福贡，最后到达贡山。曾经全长近1000多千米茫茫山路，如今走德贡公路变成了不到100千米的近路。可见，这条路对于当地人的重要性！

　　德贡公路的艰险，不亚于丙察察线，好在是白天，但也充满了无尽的挑战，沿途塌方、落石时常发生，当你冒着雨，沿着崎岖的山路颠簸着，已经感觉很闹心了。但还不时地会出现山体滑坡后的泥石堆积物来给你添堵。好在一行人已经有了前一天的考验，虽然下着雨，但仍挡不住赏景拍照的激情。有遮天蔽日的原始森林美得让你目瞪口呆，偶遇瀑布群霸气地从天而降。

　　12:15，途中在圣泉农家乐用餐。饭店仅女主人一人，几位女士亲自下厨帮工。

15:00，到达德钦。一个建在山坳里的县城。

"德钦"系藏语，意为"极乐太平"，原名阿墩子，1935年以"德钦林"（林：藏语，意为寺院）之音，改称为德钦。

德钦全境山高坡陡，峡长谷深，地形地貌复杂。东有云岭山脉，西有怒山山脉，山脉均为南北走向，地势北高南低，地形是南北长、东西窄的刀形。由于县境地处横断山脉腹地，决定了其特点为"峰峦重叠起伏，峡谷急流纵横"，其中梅里雪山海拔6740米，为云南省第一高峰。县境内河流有以金沙江、澜沧江为主的两大水系。

17:20，到达金沙江大峡谷与金沙江大拐湾。

金沙江大峡谷位于云南德钦县与四川省得荣县交界处及支流定曲河、硕曲河合汇处。金沙江从海拔3000多米跌落到1000多米，深切横断山脉，形成险峻幽深的大峡谷，粗犷雄浑。水流、岩石色彩丰富，相互映衬，藏寨田园风光秀丽、闲适，这一雄奇、俊俏、壮观的风景令人惊叹不已。

约瑟夫·洛克在其《发现梦中的香格里拉》一书中有一段对金沙江大峡谷的记叙：

浩荡的金沙江穿过群山，将峰顶常年积雪的石灰岩山崖从中间劈开，形成了一个13000英尺深的大峡谷，蜿蜒数百英里。整个地区都是高山和峡谷，层峦叠嶂，几乎找不见平地。因此，从丽江到木里的旅程在中国西南方是最有挑战性的旅程之一。我们所经过的道路都是镶嵌在悬崖峭壁中的崎岖山路，村寨一个个就像是燕子在石壁上筑的巢，险峻得很。金沙江峡谷两岸的风景非常美丽，美

穿山越谷而来的金沙江，在即将冲出这川滇要塞之时，
似乎想先舒缓一下长途奔波的疲劳，于是放慢脚步，
围绕着金字塔般的日锥峰潇洒地画上了一个"U"形的大拐弯。

到简直无法用语言来形容。这些美丽的山峦如同雕刻出来的艺术品。当我们登上山顶的时候，下面的金沙江宛若一条蓝色的丝带，飘荡在我们脚下数千英尺深的峡谷中。

金沙江大拐湾也叫作月亮湾，在云南德钦县奔子栏镇和四川得荣县子庚乡交界处。

穿山越谷而来的金沙江，在即将冲出这川滇要塞之时，似乎想先舒缓一下长途奔波的疲劳，于是放慢脚步，围绕着金字塔般的日锥峰潇洒地画上了一个"U"形的大拐弯。大自然这不经意的即兴之作，成就了一处天下奇观。从山顶俯瞰全景，使人心旷神怡、荡气回肠，不能不惊叹自然造化的神奇！

18:50，到达香格里拉市纳帕海湿地公园。

在G214公路右侧出现了一片泽国，即纳帕海湿地公园，此时正是雨季，因此水量较大，公园已成汪洋一片。湖边水草丰满，长着小花，羊、牛、马成群吃草，和草原融为一体。

纳帕海位于香格里拉市西北部，是高原季节性湖泊。

19:00，入住松赞林藏地圣莲酒店，藏式风格，设施完备，价格适中。

9月8日　雨　宿丽江

海拔：2416 米

8:30，冒雨参观噶丹·松赞林寺。

噶丹·松赞林寺是云南省规模最大的藏传佛教寺院，也是康区有名的大寺院之一，还是川滇一带的黄教中心，在整个藏区都有着举足轻重的地位，被誉为"小布达拉宫"。

1936 年 4 月 25 日，红二、六军团在贺龙、任弼时等人的率领下，渡过金沙江，北上抗日。途经中甸（即现在的香格里拉市）时，部队认真执行党的民族宗教政策，深受当地人民的拥护和爱戴。以松赞林寺为首的藏传佛教寺庙，甚至打开仓库，为红军提供了 2000 多斗（约 6 万余斤）青稞，以及牦牛肉、红糖、粉丝、猪肉等食物。

该寺依山而建，外形犹如一座古堡。与藏传佛教建筑样式相同，松赞林寺的扎仓、吉康（僧人公房）两座主殿高高矗立在中央，八大康参、僧舍等建筑簇拥拱卫，高矮错落，层层递进，立体轮廓分明，衬托出了主体建筑的高大雄伟。主建筑扎仓是僧众学习经典、修研教义的地方。后殿供有宗喀巴、弥勒佛、七世达赖铜佛，高 3 丈有余，直通上层。寺院建筑荟萃了藏族宗教文化的精华，建筑金碧辉煌，造型丰富多彩的镀金铜瓦，殿宇宝角兽吻飞檐，扎仓大殿宽敞恢宏，殿中供奉着诸多佛像。

参观松赞林寺后，继续沿 G214 公路往丽江方向。

依然是峡谷、高山、悬崖……

14:30，抵达虎跳峡。

湍急的金沙江流经石鼓镇长江第一湾之后，忽然掉头北上，从哈巴雪山和玉龙雪山之间的夹缝中硬挤了过去，形成了世界上最壮观的大峡谷，峡谷中最窄的地方就是著名的虎跳峡景观。相传老虎可以蹬踩江中的一块巨石，跳过金沙江。当年尧茂书的探险就是在此失事，虽英雄壮志未酬身先去，此地却因此而声名大振。

传说美国"激流探险队"将在 1985 年秋天从长江源头开始漂流长江，此传闻促使早在 1979 年便萌发漂流长江念头的尧茂书决定先行漂流长江。30 岁的尧茂书此前曾几次去长江源头的沱沱河、险恶的虎跳峡等处勘察水情、收集资料，还用简筏在金沙江中段前后试漂 10 多次。6 月上旬，尧茂书赶到长江源头。7 月 24 日，他在漂行了 1270 千米后，在金沙江虎跳峡段触礁身亡。

尧茂书的行动揭开了长江漂流的第一页，并掀起了一股漂流长江的热潮。1986 年 4 月 21 日，长江科学考察漂流探险队在成都成立，并于 6 月中旬开始全程漂流。3 个月后，他们最终抵达吴淞口，但有 5 名队员和 1 名记者为此献出了生命。

随着尧茂书和多名漂流勇士遇难，人们在痛定思痛后也曾引发了一场大争论：这是高尚的爱国主义，还是狭义的民族主义？这是"无畏的"牺牲，还是"无谓的"牺牲？尧茂书他们逝者已逝，"名"对他们来说已经没有意义，但他们那"最后的伟大征服"，我以为，更是为了寻找一个精神突破口。当一个民族在经历了长久的压抑和屈辱后，渴望有一种方式来释放和宣示自己的力量，以一种不甘屈辱的形象站在世界面前。当一个民族奋发图强时，也需要去寻找源头的洪荒之力。这在长江漂流与中国女排身上得到了体现，长江漂完全程，中国女排冲出亚洲、走向世界，并称为当时中华民族的两支精神催化剂。他们以不同的方式和同样的拼搏点燃了那一代人的梦想和激情，代表了那个时代的精神气质，成为那一代人的化身。

虽然下着雨，但我们还是下到了谷底的观景台。

此时谷底是惊涛骇浪的轰鸣，头上是呼啸而过的劲烈江风，只见两山夹峙，形若两扇铁门，当中立着青黑色的虎跳石，似凶神恶煞的把门将军。金沙江从他的两侧越过断崖，凌空飞下，以雷霆万钧之力冲向崖底，又弹跳而上，形成万朵雪白晶莹的浪花，旋即化作银雨乳雾，润湿了周围的岩石草木。撞碎的浪花飞溅在我们脸上，感觉有微微的刺痛。阵阵风过，仿佛老虎刚跳过去，却把威风凛凛的长啸留在涧底。

17:00，到达丽江，也是本次旅行的最后一站。

12 年前在大理接到工作调动的通知，由于当时正值旅游旺季，因此只买到了 2 天后的回程机票，于是有机会从大理到丽江古城。

当晚在丽江古城转悠，品味着已经全然商业化的街道。那天晚上大家喝了好多当地自酿的米酒，有玫瑰酒、樱桃酒……春涛老师说："我们这是喝'花酒'。"一直小心翼翼的春涛老师自己也喝了不少。

晚餐后我陪同"团长"洪斌寻找当年他与夫人曾经合影的

景点，并一一拍照留念。

丽江是一座"精彩纷呈"的城市，对许多人而言，来到这里可能更多的是意味着一次旅行、一段时光，但对于一些都市"小资""白领"和"中产阶层"人士中的情感冒险者，往往就是一座令人亢奋的天堂，据说这里是一个让背包客艳遇频发的旅行高烧之地。"团长"今天的怀旧又是什么呢？

22:00了，明天就要返程，我与洪斌、盛熹又找了个小饭店开始宵夜，洪斌、盛熹分喝了1瓶白酒，我则喝了4瓶啤酒，为我们此行的顺利、感观上的愉悦、心灵上的洗礼举杯，也为我们下个行程预祝。

本次全程4770千米。

16天的旅行结束了，甘苦在日志中与随感一起记录了下来，但我们旅行的终极目的到底是什么？难道不是为了找寻曾经失去或者正在迷失的自己吗？脱离惯常的生活场景甚至生活方式，"接近"或者"深入"某种陌生、新奇的自然和文化环境的"净土"，人们定会生发出意想不到、不同以往的思考，得到前所未有的精神洗礼，我想，这些对于人们的未来生活及整个人生，都是极为宝贵的记忆和财富。

附：阅读《中国国家地理》杂志执行总编单之蔷先生的《中国景色》，其中有对大香格里拉地区的特点作了归纳：

这个区域的各地方既有自然上的相似性，也有人文上的共同点。在这个范围内如果某一个地方是香格里拉，那么这一带就处处是香格里拉。应该说中国存在一个大香格里拉文化圈，范围就是川、滇、藏三省区交界的大三角区。

这个区域符合人们关于香格里拉的想象和界定。这个区域之所以如此引人入胜、令人向往，最根本的原因是：这里还没有遭到人类大规模的开发和改造。以西方文明为主导的现代化运动就像那翻越横断山区的季风，至此已是强弩之末，留下了这样一个工业文明的"雨影区"。

这个区域令人流连忘返、痴情迷恋，是因为她的内涵深厚无比、精彩纷呈。

我将大香格里拉区的内容概括为八大重合，即有八大层面叠加在一起。这八大层面，在其他地区，仅有一个层面就十分幸运了，但在大香格里拉区却是叠加在一起，覆盖整个大香格里拉地区，叫她怎能不精彩？

这八大层面是：一、横断山区。这是中国一个独特的地理单元，这里高山峡谷相间排列，六条大江并行流淌。云南将"三江并流"申请为世界遗产，其实更壮阔的是"六江并流"。二、东女国女性文化区。《唐书》上记载的东女国就在这里，这一带弥漫着一种女性文化，如走婚、一妻多夫等，这是足以傲世的文化资源。三、藏传佛教。这里经幡飘动、梵呗声声，佛教覆盖着整个区域。四、茶马盐古道。这里是茶马古道的分布区。康巴藏民，离不开茶，其实还应加上"盐"，人哪能离开盐呢，因此茶马古道应是茶马盐古道。它像一张网，铺遍整个横断山区。五、康巴文化。这里是康巴文化区，康巴被认为是藏族中个性最独特、历史最丰富的一支。六、民国西康省。

这里曾经是民国时期西康省的范围，有许多历史、政治的文化待挖掘，如今这里是川、滇、藏大三角区。七、藏彝大走廊。这里是中国民族演化的大走廊。人类学家称之为"藏彝大走廊"，这个走廊是民族迁移、分化、演变的一个大通道。八、土司文化。这里曾经是由大大小小的土司管理的，因此留存有独特的土司文化。

这些就是大香格里拉区的底蕴，它们重重叠叠、纵横交错，编织出大香格里拉地区的自然和人文风貌。这八大层面中的每一层都是全局性的。有了这八大重合，大香格里拉地区才显得博大精深、底气十足。

阳光与兰原

2022

通往高原的路程，
是那样让我喜悦和欢欣，
甚至让我振奋。

藏地行线路（四）：

贡嘎机场—山南—勒布沟—措美—洛扎—羊卓雍措—浪卡子县—多情措—亚
东—吉汝—岗巴—萨尔—陈塘—定结—珠峰—岗嘎镇—吉隆县—乃村—措
勤—尼玛—达则措—色林措—班戈—安多

什么是大自然的鬼斧神工，当你面对这棵

"大地之树" 时，你会真正理解。

2022 年 7 月 30 日—8 月 31 日

自右向左：

曹婷、程伟、钱洪斌、诸玲霞

（李树昌　摄于扎日南木措湖）

乃村，藏语意思是神灵开光过的"圣地"，据说当年松赞干布迎娶尺尊公主也经过了这个地方。现在这里成了欣赏吉隆雪岭冰峰、日升日落等自然风光的最佳之地。

洛扎

峡谷中碉楼四布，山顶、山崖、山谷，无处不在。强烈的阳光打在碉楼古老的石质墙面上，让人有时光交错之感。

雍布拉康，它的五个第一（第一座宫殿、第一代藏王、第一块农田、第一个村庄、第一部经书）为它荣耀加冕，成为不可撼动的西藏第一座宫殿！美国灾难大片《2012》中，世界末日到来，洪水滔天，一直淹没到了世界最高地青藏高原，全世界都成了一片汪洋，只有孤零零的一座佛寺耸立，那就是**雍布拉康。**

陈塘镇，是夏尔巴人在西藏的两个生活区之一。夏尔巴人是历史上曾建立过西夏政权的党项羌人的后裔。

"世界上最孤独的寺庙"——日托寺
坐落于羊湖北岸一座半岛上，它的孤独在于，仅有一条砂石路通往小岛，寺庙就在这座小岛的至高处；它的孤独还在于，这座寺庙曾经只有一名僧人，打水、诵经，坚持着每天的修行，一人一寺一世界，就这样绝世而独立。

加乌拉山口是前往珠穆朗玛峰大本营途中的一个山口，是世界上唯一可以观赏5座8000米级雪峰的观景平台，可以说这里是世界上最大的观景平台。

桑丁寺，西藏唯一由女活佛多吉帕姆主持的寺庙，备受信徒敬仰的女活佛多吉帕姆被认为是印度金刚亥母的肉身再现。

文部南村，这是一座与世隔绝的村庄，是被雪山、湖泊环绕的桃花源，也是这片藏北大地的灵魂，被旅行者称为"最西藏"的地方，是"神之居所"。

法国著名思想家、批判现实主义作家、诺贝尔文学奖得主罗曼·罗兰曾经写过这样一段话："我不说普通的人类都能在高峰上生存，但一年一度他们应上去顶礼。在那里，他们可以变化一下肺中的呼吸与脉管中的血流。在那里，他们将感到更迫近永恒。以后，他们再回到人生的广原，心中充满了日常战斗的勇气。"虽然他指的高峰是精神和思想的高峰，但借用在此我觉得很是贴切。

我感谢高原那一通往高原的路程，是那样让我喜悦和欢欣，甚至让我振奋。我感谢高原那一次次的陌生而熟悉的相逢，那寺、那云、那嘛呢堆和风马旗；感谢大自然一次次无私地给予心灵的愉悦、震撼、魅惑和满足；感谢旅途中一次次相随相伴同行的人，一起惊喜、一起历险和一起高峰的体验。

人们常常以为西藏就是一片雪域高原，那里长年冰雪、寸草不生。是"雪域"这两个字，限制了人们对这片土地的想象。真实的西藏植被是梯级式的，最低处的四季和其他地方没有差异，比如喜马拉雅山脉几条南北向的"沟"。

从地理学上去探索，西藏就是一大块台地，台地四周布满高山，那些山上终年积雪，是雪白的冰雪世界。这些冰雪造就了无数的冰川，以每一座山峰、冰川为中心有无数的放射状，就是冰川融水切出来的沟。

7月底开启了我们的又一次高峰体验。

7月30日　贡嘎机场—山南市

宿山南市乃东区泽当镇

海拔：3534米

因不可控原因而延迟了的第七次藏地之行在忐忑不安中成行了。

8:45，坐车前往南京机场。

11:30，开始登机。

12:10，正式起飞。

昨天晚餐时，我夫人问我，这一次去西藏后，还会再去吗？我说：应该不去了。但我内心告诉我：我不知道。

曾有多人问我，为什么你一次又一次去西藏（藏地），我回答，我说不清，就是内心有个声音在提醒我，好久没去藏地了吧，应该再去看看，去呼吸一下虽然含氧率低，但更纯净的空气；去看看离地特别近的、深邃的蓝天；去看看沉稳而又强壮的牦牛；去嗅嗅泛着酸涩的酥油气味；去看看磕着长头、匍伏在地顶礼的信徒……

16:55，飞机降落在如沙漠绿洲的贡嘎机场，犹如降落在了宇宙的一个空间站。

飞机比预计的到达时间提前了 10 分钟。

随即坐车前往山南。

在前往山南县城所在地泽当的途中，我看到许多藏人的住房、公路两边的山崖上，都有用白粉或彩色画的六字真言或一些咒符，也称为吉祥符，这些符号象征着藏人对日月星辰和火的崇拜与祭祀。

在所有的符咒标志中，有一种在别处却不常见，但是在通向山南泽当的道路两侧特别多，那是一种像梯子一样的符号，据说这种符号象征着"天梯"，人死了以后，灵魂可以借此升天。传说第一代藏王聂赤赞普，就是踏着天梯由天上下来，完成了人间业绩之后，又踏着天梯离开了人世返回天上。

自聂赤赞普之后，七代赞普（意为首领，也即藏王）均自幼继承王位，据说等他们到了能骑马奔驰的年龄，父王便沿着天上放下来的绳梯回到天上。因此一至七代赞普没有在尘世留下他们的陵墓。直到第八代藏王因与他的大臣发生冲突（一说比武）而死，这个天梯被割断了，自此，以后的赞普再也回不到天上了，而雅砻河谷也因此有了王陵。

1 个多小时后车到达山南的行政中心乃东区泽当镇，然后去山南藏医医院，进行进藏后的首次检查。

18:40，入住湖北大道上的雅砻河酒店。

山南，指冈底斯山脉和念青唐古拉山脉以南的大片土地。山南地区北接拉萨，西连日喀则，东与林芝毗邻，南与印度、不丹两国接壤，雅鲁藏布江的支流雅砻河缓缓绕城而过。

时光倒流 1000 年、2000 年，甚至更长，在洪荒蒙昧的古老土地上，一个崭新又独特的文明横空出世。

西藏民间有种说法："地方莫古于雅砻，房屋莫古于雍布，赞普莫古于聂赤。"这里所说的雅砻、雍布、聂赤，都与山南有关。雅砻文化是山南市(统称雅砻大地)物质文明和精神文明的总和。雍布拉康位于距泽当镇11千米的扎西次日山上，前 2 世纪由第一位藏王聂赤赞普建造。聂赤赞普，是西藏的第一代藏王，传说中山南地区的悉补野部地方首领，于前 127 年即位，是为吐蕃之祖先，也就是藏族朝代文化的开端。吐蕃、帕竹和拉加里三大王朝的故都均在山南境内。

假如西藏有灵魂，那么，它一定至今仍徘徊在最初的诞生之地——山南，山南之旅，我们将去感受它的存在。

山南是湖北省结对挂钩帮扶的市。

7月31日　山南—勒布沟

宿勒布沟麻玛乡

海拔：3168米

　　9:00，到达贡布日山下，参观泽当寺、桑阿申钦寺。

　　贡布日山有"猕猴变人"的古老传说。

　　关于藏族的起源，在藏族民间广为流传的是记载在藏文史书《西藏王统记》中的"猕猴变人"传说。据说在远古时代，观世音菩萨曾为一灵异神猴授具足戒，令其往雪域藏地修行。神猴遵命，至藏南一山洞中修道。忽然出现一个与神猴有宿缘的女魔岩罗刹，女魔变为盛装的美女，对猕猴说："让我们二人结为夫妻吧。不然，我当自尽。"猕猴左右为难，如果娶其为妻，会破了戒律，但若拒绝，将造成罪业。遂返回普陀山面叩观世音菩萨，未料观世音菩萨竟说道："这是上天之意，是吉祥之兆，速去与女魔结成夫妻。"说罢，为神猴、女魔赐予加持。自神猴与女魔结为夫妇后，即有六道有情死后前来投胎，生了6只猴婴。过了3年，繁衍至500只小猴。然果实有限，无法使群猴果腹，情状凄惨。于是猕猴再向观世音菩萨求助。观世音菩萨便从须弥山的缝隙间，取出了青稞、小麦、豆、荞、大麦的种子，撒到地上，未经耕作，地里长满了各种谷物。从此雪域高原出现了第一块农田。猴子得到充足的食物，毛发变短，

泽当寺，中国藏传佛教帕竹噶举派的重要寺庙之一。

尾巴收缩，逐渐演变为雪域高原藏族人的先民。后世的藏王，皆自称观世音菩萨转世，应该是从这时开始的。

"猕猴变人"的故事在西藏家喻户晓。泽当，即以"猴子玩耍之地"得名。传说猕猴住过的山洞，就在贡布日山的山腰。贡布日山成为西藏四大神山之一，主要得益于"猕猴变人"的传说。人们相信，只有心诚的有福之人，才可登上此山看到自己的来世。此时，我虽心诚，但由于膝盖疼痛厉害，没有登山。

泽当寺，中国藏传佛教帕竹噶举派的重要寺庙之一，以讲习显宗经典为主，由大司徒绛曲坚赞倡建于1351年。寺的规模不是很大，隐藏在居民区里，泽当寺不收门票，进去的藏民信徒不多，参观游览的人更少。院子里有着两排转经筒和一些懒散的狗，进去后是个两进的殿堂，因为没有汉文的介绍，我们也只能走马观花。院内比较安静，建筑依山而建，总共三层，楼上都是可以上去的。

泽当寺往上是桑阿申钦寺，一路上穿行在藏民居住区，藏区的民居很是别致，门头上有羊头做的装饰、门口挂着五色经幡、墙壁和窗上的雕花都是很花工夫的。整个藏民的住宅以绛红色为主，辅以黄、青、绿等颜色。

桑阿申钦寺是一座觉姆修行的寺院，站在这里可以俯视整个泽当镇区。继续往上走是一条山路，整条山路都是用水泥铺设的，有台阶、有护栏，沿路有转经筒，有许多藏民在转山。

没有找到桑阿申钦寺的相关介绍。

桑阿申钦寺是一座觉姆修行的寺院，站在这里可以俯视整个泽当镇区。

我第一眼就接受了雍布拉康的不可一世、清冷孤傲。

10:30，到达雍布拉康，海拔 3841 米。

我第一眼就接受了雍布拉康的不可一世、清冷孤傲。

宫殿的白墙将其与外界的世俗区隔开，它的五个第一（第一座宫殿、第一代藏王、第一块农田、第一个村庄、第一部经书）为它荣耀加冕，让它的威名至今仍旧响彻整个扎西次日山间，成为不可撼动的西藏第一座宫殿！

时近中午，太阳照射很强，加之有桑烟袅袅升起，又因宫殿在五世达赖时期改为了格鲁派的寺庙，所以少了几分宫殿的富丽堂皇，而且宫殿又类似碉楼式建筑，因此整个建筑多了几分庙堂的肃穆，一种肃然的神圣感扑面而来。

雍布拉康位于雅砻河东岸扎西次日山顶，共分为三层，目前可参观的是二层。

雍布拉康，藏语意为"母子宫"，"雍布"意为母鹿，因扎西次日山形似母鹿而得名，"拉康"意为神殿。已有2100多年的历史，据说是本教徒于前2世纪为第一代藏王聂赤赞普建造，是西藏最早的建筑之一。

自第一代藏王聂赤赞普始，到第三十三代赞普松赞干布统一高原将王都迁往拉萨止，雍布拉康一直是历代藏王的王宫。松赞干布时起，雍布拉康成了藏王的夏宫。据说文成公主入藏后第一个夏天曾在此居住。

宫殿之中不仅供奉着几代赞普的塑像，还有镇寺的药王佛像，游客在此更能近距离膜拜释迦牟尼手腕处的金刚舍利子。

宫殿虽建在山上，但也就几十米高，路不是很难走，山下有很多骑马或者骑骆驼的服务，我因膝盖疼痛厉害，享受了一次骑马的待遇。

上山后的入口处路径明显变窄，进入宫殿，殿中光线昏暗，仿佛踏进了另一个世界。

殿内面积不大，一层前半部为门厅，没有什么陈设，往里是佛堂，供奉着三世佛和聂赤赞普、松赞干布、文成公主、尺尊公主等多尊神像。殿内游人虽然不少，但显得很安静，一股藏香不知从何处袅袅传来，隐隐中透着些肃穆和神秘。

我站在神龛前，专注地端详着聂赤赞普，他默然端坐在释迦牟尼佛的左侧，面容清癯、剑眉高挑，冷峻的眼神仿佛穿越了千年时空。塑像栩栩如生又神妙莫测，一如他模糊传奇的一生。

释迦牟尼佛一如大多寺院的雕塑，面容总是微笑中透着慈祥，两眼温润。聂赤赞普和释迦牟尼其实生活在同一个时代，生前两人一个是雪域之王、一个是佛教之祖，但两人却是素昧平生，甚至从未听说过对方，现在两座塑像肩并肩坐在一起，共享人间烟火。

松赞干布的像站在释迦牟尼佛的右侧，身形微倾，眸光似电，两撇微微卷起的髭须，显得风流倜傥、英武不凡，尺尊和文成两位公主的像分立左右，永世相伴。

宫殿的第二层是法王殿，供着弥勒佛、宗喀巴、大佛母、莲花生、文殊等多尊铜造像和四位金刚菩萨像，宫殿内的壁画上生动地描绘了西藏的第一位国王、第一座建筑、第一块耕地的历史典故。

传说第一部传入西藏的佛教经典就藏在雍布拉康。据说，这部经书至今还被很好地保存在雍布拉康，但不知道谁能有幸得以一观。雍布拉康也因此成了佛教圣地，后来五世达赖喇嘛在此修行，便将它改为了黄教寺院，雍布拉康也由此变成了一处佛殿，成为众多高僧大德的修行之地。

第二层宫殿门外是一小天台，十步见方，虽然袖珍，却将雅砻风光尽收眼底。俯看山下，映入眼帘的是一片青稞田，据说这就是第一块御用的田地，金黄一片，给了不停大口喘气的游客最好的感观享受。

美国灾难大片《2012》中，世界末日到来，洪水滔天，一直淹没到了世界最高地青藏高原。全世界都成了一片汪洋，

俯看山下，映入眼帘的是一片青稞田，
据说这是第一块御用的田地，
金黄一片，给了不停大口喘气的游客最好的感观享受。

只有孤零零的一座佛寺耸立，成为大水中最后的孤岛，保存着人类不熄的崇信，在与死亡和毁灭做着不屈的抗争，那个景象我一直清晰地记在心里。电影中的寺庙，就是雍布拉康。

11:30，在琼结县城吃香辣牛肉面，按以往经验，往后每天中午都将以面条为主餐。

13:00，到达藏王墓。

这是吐蕃第二十九代赞普至第四十代（末代）赞普、大臣及王妃的陵墓群，位于山南琼结宗山西南方向，是西藏保存下来的规模最大的王陵。但由于水土流失及流沙的堆积，陵墓与丘陵相混，已难以辨认。

蜿蜒而上的石阶，从高处俯瞰着朝圣的人们缓步向上，石阶两旁的黄色墙壁配以红色的墙头，顺着这色彩，顶着灼热的阳光，脚步缓缓地上移，怕打扰沉睡千年的藏王。这默默承受人们攀登的山体就是闻名于世的第三十三代赞普松赞干布的大墓。没有想象中的墓门、墓道和如织的游人，曾经的英明决断、曾经的征战疆场，此刻还给松赞干布的是这简单的一座封土堆，令人心生莫名的感触。庆幸他的丰功

草原上成群的牛羊

伟绩都深深印刻在西藏百姓的心中，简单的墓地远远不能承载他们对这位伟人的朝拜和祭奠。据说，松赞干布墓的大门朝西南开，面向释迦牟尼的故乡，以示对佛祖的虔诚。石阶尽头，是一座祠堂，小巧古朴，两株古树似相拥在一起，为祠堂的正门形成了一个天然的花门。

门漆斑驳的老门在吱呀声中向我诉说着曾经的辉煌与往事，与之相伴了不知多久的老门扣在被时光打磨得发亮的同时，一起见证着千年的风云变幻。祠堂中供奉着释迦牟尼、莲花生大士和松赞干布、文成公主等，长明的酥油灯，陪伴着这些佛祖圣人的塑像，一个同样历经时代变迁的玉碗，注满

了酥油，承载着柔和的光亮，似乎要照亮每一位来此朝圣者的内心。

祠堂的东南有一座巨大的经幡阵。我走进经幡阵，盘膝坐在草丛中，世界很静，静得只剩下风，带着桑烟的味道，在经幡上呢喃细语，仿佛在和神灵对话。那些神灵在天上，俯视着众生，没有人能看清楚他们在哪里，也没有人知道他们是什么样子。经幡上下飞扬着，时而遮了我的脸，时而裹了我的身。不远的殿堂里传来僧人的念经声，我不知道他们念的是什么，也不介意他们念的是什么，对我来说，轻柔的音节代表着美好的心愿，让所有人都健健康康，让所有事情都顺顺利利。

站在松赞干布的墓葬之上，眺望整个藏王墓群，每一座都孑然自立，与世无争地"活在"他们自我的精神世界，那是一种经过千百年历史沉淀的稳健和从容，所有的人来人往都是匆匆过客。

藏民，是我所见到的最看淡生死的民族。

藏王墓前，尚有镇墓石狮。雕刻手法有明显的唐代风格，造型简练生动，因此，藏王墓不仅反映了1000余年前西藏的丧葬制度，同时也可读到吐蕃时代文化与唐文化的交流影响，而起到重要作用的正是文成公主。

有人说，西藏的风景在路上。

参观藏王墓后，虽然沿途暂时没有名胜古迹，但一路上的自然风光美不胜收，路边即将收获的青稞、淳朴且错落有致的藏式民居、草原上成群的牛羊……这些对于第一次进藏的两位美女真是惊喜连连。

14:45，经措美县哲古措，海拔 4639 米。

哲古措湖内鱼儿畅游，湖面水鸟云集。在藏语中，"哲古"的意思是弯月，有这样的名字也是跟湖泊形状如同弯月有关。在藏区很多"措"的背景板是连绵的雪山，哲古措却有着不一样的背景板，它的背景是广袤的哲古草原。

16:15，过朴进拉山口，海拔 4634 米。

过山口后，一片开阔的草原，涓涓细流在太阳光下闪着银光，远处是大片羊群，听到我们的无人机飞行声匆匆奔向远方。

16:40，洞嘎边境站接受检查并通过。

17:06，热玛拉山口，海拔 5061 米；

18:05，过措那县城，海拔 4320 米，开始下雨。

措那，藏语意思是"湖的前面"。

抵达措那县城前确实看到一个湖，查了一下资料，叫拿日雍措。

措那在喜马拉雅山的北坡，出县城不远，往南，公路盘旋着一直上升，抵达一山口，过山口的时候，有一个小湖，过了这个小湖公路突然开始下降，山这一边的沟底就叫勒布，勒布在喜马拉雅山脉的南坡，山脉在这里开了一条口子，那条口子就是刚才经过的山口。

我们的车沿着山路慢慢往下行驶，渐渐能看到隐藏在苍翠之中的一片片房屋。在大山中，炊烟伴着云雾飘飘袅袅，毫不吝惜地展现在每一个有缘得见此景的人面前。

勒布沟是门隅地区的中国控制带，是西藏山南市措那县境内波拉山南侧的一个著名景区，是喜马拉雅山东段的一条

　　南伸式大峡谷，西面是不丹王国，南面是门隅核心的达旺地区，从高寒的世界屋脊陡降到亚热带湿润地区，犹如小墨脱。

　　勒布，藏语意为"好的地方"。这里气候宜人、物种丰富、山川秀美、鸟语花香，一年四季常青，堪称高原一绝。

　　在古木与竹林相间的神秘的原始森林中沿公路穿行，随处可见峭壁悬崖、嬉闹的猴子和飞鸟。

　　这片莲花生大士曾经清修的灵秀之所，直至今日仍生活着门巴族先民的后裔。他们虽然放弃了曾经的打猎和竹编生活，但依旧与这片精神家园相生相伴，舒适惬意地生活在苍松翠柏隐藏下的家园中。

　　我们一路慢慢悠悠地"云海漫步"，从海拔5100多米的山顶来到山脚，真的有些"担心"会不会醉氧啊！

　　我们站在山脚下陶醉地深呼吸。眼前的一片苍翠之中，云海如有生命般自如地穿行流动，忽高忽低，若隐若现，成为勒布沟中最灵动的所在。

　　19:30，到达勒布沟麻玛乡，海拔3168米，入住格拉丹东酒店。

　　我们现在所在的位置就是藏南门隅地区，这里是六世达赖喇嘛的故乡，他的出生地就在前面不远的纳拉山下宇松地区的乌坚林村，常人脚力可及。但现在那儿属于印控地区，我想难道仓央嘉措也成了印度人吗？

　　这一片国土，有9万平方千米，是中国的伤口。有一条麦克马洪线，是英国人殖民印度时期，以喜马拉雅为分水岭强制画的一条线，这条线，至今我们都不承认，当然我们永远不会承认、肯定不会承认。

眼前的一片苍翠之中，
云海如有生命般自如地穿行流动，
忽高忽低，若隐若现，
成为勒布沟中最灵动的所在。

8月1日　勒布沟—措美—洛扎古碉楼群
—卡久寺—洛扎　宿洛扎

海拔：3685米

　　早晨7点半起床，拉开窗帘发现下着小雨，不知道对今天的游程会有什么影响。洗漱完后，拎起相机，冒着小雨先外出拍摄雨中、雾中的小景。

　　8:30，早餐。

　　9:00，启程。

　　沿着曲折的盘山公路蜿蜒前行，烟雨蒙蒙的天气如影随形，似乎早已给这场邂逅定下了浪漫的基调。

　　我们越高山、过溪流、翻山口，沟内云蒸雾霭，云雾与雨水，遮盖了目之所及的一切。我们下车走进清新湿润的流海云雾，我们身处其中，只觉那云雾触手可及。尽管睁大着双眼，我们仍只能看清面前极短的一段路。头顶细雨绵绵，脚下是云海深处的那一抹浓绿。山中静得听不到任何杂音，只有淅沥沥的雨声。伸出手去，可以真实感受到云、雾和细雨带给我们的微妙触感，像来自婴儿的细柔触摸。

　　13:50，到达措美县城，海拔4195米，在"美食辰"午餐，吃三鲜米线。

　　14:30，往洛扎行进。

　　洛扎，藏语意为"南部大峡谷"（大沟），山脉连绵，雪峰高耸，峡谷深切，湖泊星罗。

我们的车先后傍着洛扎下曲、洛扎怒曲在 G219 公路上翻山越岭、蜿蜒前行，车窗前掠过的是连绵不绝的群山，或壁立千仞，或刀劈斧砍，或横亘天际……山脉的千张面孔如一卷完整的画轴铺展开来。

谷地的河水也随着地势时而舒缓，涓流潺潺；时而汹涌澎湃，浊浪滔天。在幽深的峡谷里，还时有高山飞瀑跌落。这种山体巨大的落差所带来的震撼，唯有身临其境方能体验。

更让人叹为观止的是峡谷中碉楼四布，山顶、山崖、山谷，无处不在。在边巴乡至拉康镇峡谷一侧的山坡上，一座座碉楼形态各异，依山势排列。强烈的阳光打在碉楼古老的石质墙面上，让人有时光交错之感。从措美到洛扎，一路穿行在遍布碉楼的峡谷中。

16:20，我们停在一处碉楼群下，欲近距离感受碉楼的古老与神秘。

走向碉楼的山路峭壁逼仄，我与"团长"洪斌小心地穿过杂树乱石，慢慢接近那苍老的碉楼。碉楼通体棕色，如铜墙铁壁般高耸入云，看似枪炮留下的弹孔仍旧留在碉楼疲惫苍老的身上。

艰难地翻过碉楼周围的残垣断壁，跨过散落的石头，我们进入碉楼内部，目光不自觉顺着碉楼顶部透出的四方形的光线向上。刺眼的阳光照在碉楼上方，碉楼里仍寒冷阴暗。

碉楼还保留了小小的阁窗，曾经的阶梯仍旧残存其中，砖石的层叠依旧清晰可见。从碉楼坍塌的楼口和小窗里，可以感受到高山之巅卷起的风穿越楼口和小窗，如泣如诉，苍凉

碉楼通体棕色，

如铜墙铁壁般高耸入云，

看似枪炮留下的弹孔仍旧留在碉楼疲惫苍老的身上。

目光不自觉顺着碉楼顶部透出的四方形的光线向上。
刺眼的阳光照在碉楼上方，碉楼里仍寒冷阴暗。

悲壮。

抬头仰望整座碉楼，让我不禁遥想在这片苍穹之下，在座座碉楼之中究竟有过多少枪林弹雨，有过多少排兵布阵，有过多少冷枪暗炮。

尽量压抑住呼吸，用双手去触摸和感受石块的冰冷和尖利，感受着这些在大小战役中历经炮火洗礼却依旧坚挺的石块。每一块石块仿佛都在静默诉说它们的经历，无休无止。此时让我想起20世纪80年代的电影《沙鸥》中的台词："能烧的都烧了，就剩下这些石头了。"

风化剥落的碎石块和孤傲挺立的残墙包围着我，到处是历史的残迹，我拾起一块碎石块，棕色，没有什么特别的纹理，也没有什么特别的重量感，毫无独特之处。我用手使劲地捏它，冷而硬，我把它抛向空中，它画了一条抛物线后落在其他的碎石块上，发出清脆的响声，再跳向旁边的另一块碎石就一动不动了。

走出碉楼的一刻，艳阳依旧，青稞向阳生长，一切都回归到当下，一切仿佛都不曾发生。

17:05，过洛扎检查站，进入洛扎。

18:00，到达卡久寺，海拔 4019 米。

卡久寺全称"吉祥隐修院"，建于 1570 年，坐落在洛扎县拉康镇背后名为"佳普晋"的云雾缭绕的山顶上，卡久寺主供佛为朗肯宁布，是莲花生大士五大隐修圣地之一，隶属宁玛派。

卡久寺 2007 年被公布为第四批自治区级文物保护单位。

车在盘山公路上盘旋而上，沿途群山壁立千仞，植被茂盛。

在嶙峋的山间公路上，视野乍然开阔，气派的门楼拱卫着这里的一方天地。巨大的形似坛城的景观突然出现在视野中，卡久寺傲然屹立于苍茫绝壁山巅之上，四周云雾缭绕、林木葱郁，在湛蓝天空的映衬之下，那一片气势恢宏的庙宇群落，如同空中楼阁，似乎需要万人的敬仰朝圣。

西藏有很多寺庙兴建于半山或者山顶，是高处的建筑。卡久寺的南侧、东侧、西侧都是绝壁。

虽然寺庙正在修缮，漫步其间，我们仍能从那些原有的砖石木柱上感悟出 1300 多年的佛教历史，青灯古佛、千古石刻，甚至是莲花生大士的徒弟朗开宁布的脚印都在这点点滴滴中体现着沧桑和岁月。

　　站在寺院二层的走廊上，遥望云雾中的苍翠群山，这一片山中的盛景在历经千年岁月之后仍旧长久回荡着最悠远的梵音。

　　20:20，到达洛扎县陇巴庄园酒店，海拔 3685 米。

　　洛扎县隶属山南地区，地处喜马拉雅山南麓，与不丹王国接壤。

8月2日　洛扎—普莫雍措
—羊卓雍措—浪卡子　宿浪卡子县

海拔：4470米

9:40，从住地出发，同伴中曹婷开始吸氧。

10:09，洛扎县扎日乡边境检查。

车持续蜿蜒上行，柏油路与起伏连绵的山势完美融合，成为穿行在群山之间的墨色缎带。

10:45，到达海拔5363米的蒙达拉山口。

过山口，车陡然间开始下坡滑行，这神奇的山势带给我们一场刺激的旅途体验。

下行20多分钟，一片蔚蓝壮阔的蓝毫无掩饰、毫无保留地呈现在眼前，那似无边际的壮阔让我内心瞬间被掏空，再无杂念。纯正的湖蓝色毫无瑕疵、毫无杂色，似用最深邃的面孔与头顶的苍穹对视，那就是普莫雍措。

库拉岗日峰延绵万里，如慈母的手臂围绕着普莫雍措，温柔又壮美。远望湖水，草甸延伸向湖岸，更有碎石裸露浅滩。天地、山湖……穿梭山路间，此刻再无须多言，醉心融化在这亦狂野亦静谧的藏地天地，头脑放空，内心无限辽阔……

沿着蔚蓝的起伏曲线继续前行，湖水成为此时视野中最纯真的定格。我们在路的拐弯处邂逅了湖边的另一抹亮色。红顶、白色的寺院墙壁融进深邃的蓝色，成为让人不愿靠近、

红顶、白色的寺院墙壁融进深邃的蓝色，
成为让人不愿靠近、不想破坏的静心之美。

不想破坏的静心之美。托门寺，海拔 5007 米，寺中僧人说，此寺有 300 多年历史，供奉金杵祖师。

虽不曾听到悠远的梵音缭绕，我们却在最美的湛蓝天空之下将这绝美的湖寺相依的风景深深印记，宁静的"推村"藏民世代和谐地生活在此，长长久久陪伴着那片蔚蓝。

13:10，到达羊卓雍措。

2015 年第二次进藏时仅到达羊湖的最高观景点，这次时间相对宽裕，因此决定驾车转湖。

环绕羊湖，驰骋在公路上，摇下车窗，任劲风穿透身体的每个细胞，轻松自在。飞驰，洒脱……宽阔的湖面，如幽蓝的镜面，明艳的阳光普照湖面，泛出耀眼的金光。山势的自然曲线成就了羊湖天然的柔美。

　　翻山越岭后，短暂地告别那片深邃的蔚蓝，噶玛林草原辽远壮阔、生机勃勃。当视觉稍感疲惫，忽然出现的宁静闲适的小村落让环湖的旅途多了难得的人文之美。

　　虽为圣湖，羊湖仍旧以平易近人的姿态迎接着往来的信徒，迎接着来来往往的有缘人。

　　16:45，到达日托寺。

　　"世界上最孤独的寺庙"——日托寺坐落于羊湖北岸一

噶玛林草原辽远壮阔、生机勃勃。

座半岛上、地处偏僻鲜有人知，它的孤独在于，仅有一条砂石路通往小岛，寺庙就在这座小岛的至高处；它的孤独还在于，这座寺庙曾经只有一名僧人，打水、诵经，坚持着每天的修行，一人一寺一世界，就这样绝世而独立。

而我不愿打破这一清静，只是远远地双手合十。

"世界上最孤独的寺庙"——
日托寺坐落于羊湖北岸一座半岛上。

19:10，到达羊湖最高观景点，刚下车，大雨，本想在此航拍，无奈草草收起。

我们冒雨站在山巅，耳畔风声鼓鼓作响，羊湖又给了人们极强的距离感和神秘感，回归了圣湖原本的悠远壮阔。在绝佳的高度俯瞰此时的羊湖。只见山峦层叠、云海奔腾，雨帘给湖面罩上了一层面纱，羊湖也犹抱琵琶半遮面了。

在劲风细雨中沿山路而下，没到山下，雨停了。此时正是日落之时，和暖的阳光温柔洒下，在与湖面平行的公路上，阳光赐予湖面最圣洁的落日余晖。

驾车转湖 280 千米，5 个多小时，我们看了烈日下的羊湖、雨中的羊湖、落日中的羊湖，湖水从湛蓝的清澈变为灰蓝的浓厚、深蓝的澄净，而羊湖始终故我：既宽广而野性，又柔美而安静。

20:20，进入浪卡子县城，海拔 4470 米。

浪卡子县隶属山南市，地处西藏南部的喜马拉雅山中段北麓，与不丹王国接壤，也是山南市海拔最高的县。浪卡子，藏语意为"白鼻尖"。

浪卡子县旅游资源丰富，最为突出的当数"一寺二草原四山四湖"。一寺是桑顶寺；二草原是嘎玛林草原和巴居草原；四山是宁金康沙雪山、曲布曲姆雪山、蒙达岗日雪山和解同速松雪山，海拔均在 6000 米以上；四湖是羊卓雍措、空姆措、沉措和普莫雍措，其中以羊卓雍措最负盛名。本次行程中羊卓雍措、普莫雍措、嘎玛林草原已经到达，明天将有桑顶寺之行。

桑丁寺是西藏唯一由女活佛
多吉帕姆主持的寺庙。

8月3日　浪卡子县—桑丁寺
—多情措—亚东　宿亚东

海拔：2945米

　　9:00，早餐吃兰州拉面后出发，前往桑丁寺。

　　9:15，到达桑丁寺，海拔4530米。

　　桑丁寺也称桑顶寺、桑定寺，位于羊卓雍措西南一险要陡峭的山顶上，该寺建于15世纪初，距今已经有700多年的历史，为僧尼合仟的寺院，最盛时有僧尼近200人。

　　桑丁寺是西藏唯一由女活佛多吉帕姆（意译为"金刚亥母"）主持的寺庙，备受信徒敬仰的女活佛多吉帕姆被认为是印度金刚亥母的肉身再现。

　　我们一行到达寺院时，整个院落寂静安详，不见其他游客，而僧尼正在早课。我独自沿着主殿后长长的走道信步享受着宁静与素朴。

独自沿着桑丁寺主殿后长长的走道
信步感受着宁静与素朴。

俯仰环顾天地之间，
美丽圣洁的羊湖
就在下面的河谷里。

　　俯仰环顾天地之间，美丽圣洁的羊湖就在下面的河谷里，弯弯绕绕向东流去。四面雪山拱卫起红顶白墙的寺院立于苍穹之下，为信众竖起了一方天地。

　　循着寺门走进其中，阳光无私地洒下来，寺院的主殿和佛殿笼罩在一片金光之中，安静和谐。

　　在院内我遇到一位叫归桑罗布的僧侣，20岁，已出家6年。归桑罗布带我上了楼，打开一间间佛殿，让我一个人享

碧蓝色的湖水波光粼粼，
水鸟肆意地翱翔在湖面之上。

受着这份静谧。佛殿内供有历代多吉帕姆的肉身及画像，以及十二世女活佛多吉帕姆·德庆曲珍的画像，多吉帕姆·德庆曲珍现为西藏自治区政协副主席、全国政协委员、全国人大代表。

历代多吉帕姆，虽然她们之间没有任何的血缘关系，但容貌却非常相像，这也许就是活佛转世的神奇之处吧。

10:35，沿 G219 公路进入打隆镇。

12:12，过塔日山口，海拔 5500 米，进入日喀则市的范围，沿途油菜花正盛。

13:32，进入康马县城，人民路上成都酒家午餐，海拔4528 米。

14:33，过日喀则嘎拉边境检查站。

16:20，进入亚东区域，多情措观景点。

多情措，又名"多庆措"，一个很少有人光临的高山湖泊，阳光下多情措展开着清澈、幽蓝、透明的胸怀，欲将卓木拉日雪山的伟岸，融进自己的温柔和纯洁中。碧蓝色的湖水波光粼粼，水鸟肆意地翱翔在湖面之上。湖畔牧草丰美，草地上遍布砾石，看上去更像是沼泽地。岸边的草甸上盛开着各种野花，几

++ 多情措岸边成群的水鸟
在湖水中嬉戏，
牛马悠闲地在岸边吃草，
偶尔抬头静望，
一派宁静安详的高原风光。

处房舍静卧其间，成群的水鸟在湖水中嬉戏，牛马悠闲地在岸边吃草，偶尔抬头静望，一派宁静安详的高原风光。

湖中的卓木拉日雪山主峰高达 7600 米，是喜马拉雅山脉排第七高的山峰，素有神女峰之称。美丽的多情措将雪山倒映在湖中，与多情措遥相顾盼，真是神仙眷侣。

在西藏古老的神话里，卓木拉日雪峰和多情措被誉为神山圣湖，当地人路经神山时，都会献上洁白的哈达和青稞酒，以祈求神灵保佑。

16:50，到达曲美雄谷抗英遗址，海拔 4560 米。

经过一座座村落，沿着 G562 公路一路下坡，便到了亚东县堆纳乡境内，看到了昂然仁立在公路一旁的石碑，看似汉文"门"字的巨石便是"曲美雄谷抗英英雄纪念碑"。

从 18 世纪开始，英国便企图将西藏纳入其殖民版图，并在 1888 年发动了第一次对西藏的武装进攻。此后，在 1904 年初，英军再次侵略西藏，攻入西藏江孜县，制造了"曲美雄谷大屠杀"事件，战火再一次弥漫这座高原边城。

1904 年，英军入侵亚东后，在曲美雄谷遇到西藏军民的阻击。但由于英军使诈，以谈判为饵，诱使西藏军民放下武器，随后包围要塞，以长枪射击，众多西藏军民当场伤亡，这场历史事件被后人称为"曲美雄谷大屠杀"。

亚东是英国人入侵的第一站，曾设有英军"兵站"——"亚东驿站"，曲美雄谷一役是这场战争的一个标志性事件。

站在这座屹立在草原和蓝天白云之间的石碑下，印刻在碑上的文字向人们讲述着那段悲壮的历史，也见证着人们口口相传的英雄往事。

2014年在江孜抗英斗争110周年之际，亚东县利用300万元援藏资金，启动了曲美雄谷遗址保护项目，项目包括全玻璃透明纪念馆、纪念碑和纪念广场以及停车场等配套服务设施。这几年这里已成为红河谷旅游的重要一站和爱国主义教育基地。

巧遇自驾行的宜兴周铁蒋先生及一对夫妇。

驱车穿过草原，呈现在眼前的是水草丰盛的广袤草原，这就是著名的高原优质牧场——帕里大草原。

帕里草原位于喜马拉雅山脉南北麓交界处，海拔4360米。由于受印度洋暖湿气流的影响，降水较为充沛，成为西藏最为肥沃的草场之一。这里的草原根系十分发达，众多的根系纠结使之逐渐形成了像地毯般的草毡层，踩上去既松软又富弹性。正当盛夏，草原上开满了五颜六色的小花，素有"五色草甸"之称。生活在这里的牦牛和绵羊的个体都高于西藏腹心地区。

草原上，悠闲的牧民和他周围的"闲庭信步"似的吃着草的牛羊，构成一幅如世外桃源的牧歌图。据说帕里的牦牛躯体庞大、毛色亮丽，产肉、产奶多，肉质鲜美，营养丰富，素有"喝的是矿泉水，吃的是虫草"的美称，其美味可想而知，可惜我们没有时间细细品尝。

17:15，通过亚东边防检查站。

17:46，到达卓木拉日雪山下，海拔4549米，进入亚东沟区域。

亚东沟，就是喜马拉雅山脉南侧的山谷，在卓木拉日峰下越过山口，下到谷底，一条小河自康布麻曲向亚东城流

帕里草原位于喜马拉雅山脉南北麓交界处，海拔4360
米。由于受印度洋暖湿气流的影响，降水较为充沛，
成为西藏最为肥沃的草场之一。

去，这条南北狭长的河谷，就是亚东沟。

　　亚东是西南边陲茶马古道的终点站之一。亚东沟切出的裂
缝一路北上，将南来的印度洋暖湿气流引入，在喜马拉雅山
脉中段的几条沟中，印度洋暖湿气流在这里走得最遥远，并
一直延伸到江孜县境，暖湿气流加上附近一带高山上的冰川
融水灌溉，将这一带的河谷变成了丰饶的"米粮仓"。

暖湿气流加上附近一带高山上的冰川
融水灌溉，将亚东这一带的河谷
变成了丰饶的"米粮仓"。

从亚东往北，还形成了一条生态地理带，就是古代所称的"红河谷"，后来成为一部电影的片名。

19:00，到达亚东县城，入住定亚路亚东印象大酒店。

亚东，藏语名为"卓木"，意思是"急流的深谷"，是西藏边陲的一个小县，县城安静而田园。亚东很小，小到翻开中国地图，如果稍不留神就容易忽略它的存在。但亚东的地理位置又实在非常重要，亚东县的轮廓就像一根楔子从喜马拉雅山南坡钻出，斜插在中国、印度、不丹的交界处。

亚东县政府在下司马镇，就是我们今天所到达的这个镇，这座边陲县城规模不大，位于一片狭长的谷地上，四周山上满是葱绿的树木，亚东河穿城而过，河水从上游的大峡谷中汹涌翻腾而下，永不回头，滋润了印度的土地，最后注入孟加拉湾。上下两座大桥连接县城的东西两岸。我们的酒店就在河边，晚上将枕着涛声入眠。

为了寻找晚餐的饭店，我与洪斌沿亚东河岸漫行。

小镇虽不大，但桥头边的小店却不少，小吃店、川菜馆、超市、美发店、五金店等，应有尽有。在一街口有"英国驿站"的指路牌，这四个字告诉了我们百年前这座边陲小城的命运和曾经的沧桑。

近代的亚东由于英国的侵略，在19世纪末20世纪初逐渐沦为通商口岸，最终成为英国入侵中国西藏的重要桥梁。当时英国人出于侵略的需要，从亚东到江孜、拉萨先后建立了100多个"驿站"或"邮站"，如今只剩下位于亚东中学内的"札邦拉驿站"和"邮政驿站"两处了。它们是见证历史的重要证据，应该好好保护。

8 月 4 日　亚东—康布温泉
—陈塘沟　宿陈塘沟
海拔：2040 米

8:30，早餐，今天吃到了粥、油条和豆浆。

9:00，开车前往亚东县城旁的山上，在半山腰司机告诉我们，山顶有我们和印度对峙的铁丝网，山口有一个大门，时常紧闭，门的背后，是印度占领区。这里曾经有一个中印之间的边境贸易市场，时开时闭，视中印关系而定。

10:30，起程前往陈塘沟。

我们再次进入亚东沟，海拔也从 2900 多米的谷底不断地攀升。半个多小时后，汽车出了大峡谷，这时海拔已是 4300 多米了。

12:20，到达康布温泉。

康布温泉位于亚东县康布乡的上康布村一条狭窄的山沟里，温泉区域约有 5 万平方米范围，在山沟东侧山坡上，分布有 14 个泉眼，已经开发利用的有 12 个泉眼，据说各个泉眼水温、疗效各不相同，可治疗风湿性关节炎、骨折、心脏病、头痛、麻风、水肿等 30 余种疾病。

我们看到泡温泉的大多是举家出行，住在温泉区的宾馆，一泡几天。藏民泡温泉不论男女大多裸露上身，一些年龄大一点的还全身裸露，虽然泉水仅薄薄的一层，不能使人没入水中，但藏民相互间并不觉得尴尬，但我们只能退缩，返程。

13:10，通过吉汝边境派出所洛脚检查站。

14:30，进入岗巴县城，海拔4539米，曲岗过境路惠园锅锅香午餐，牛肉面。

16:10，进入定结县区域。

17:15，翻尼拉山，海拔4888米。

17:45，过陈塘沟边境检查站，进入陈塘沟。

位于日喀则地区定结县西南部的陈塘镇，就是朋曲下游峡谷带，南临尼泊尔，是夏尔巴人在西藏的两个生活区之一。

夏尔巴人是历史上曾建立过西夏政权的党项羌人的后裔。

13世纪，生活在黄河中游今日宁夏、甘肃一带的西夏人被蒙古灭国后，一部分人为了躲避战争，经横断山区往西迁徙到后藏和尼泊尔，后来逐渐与当地的绒巴（山地人）通婚，并繁衍了后代。

"夏尔巴人"是后藏原住民对这支部落的称呼，意思是"东方来的人"。西夏人的其中一支在陈塘沟的原始密林中落脚谋生、栖息繁衍，就是今天居住在陈塘沟的夏尔巴人，其人口数量占整个陈塘镇人口的八成以上，但也只有2200余人。按常理，这么少的人群生活在封闭的山沟里，很难避免近亲结婚和骨血倒流，可是陈塘沟里的夏尔巴男人大都长得英俊，女孩大都生得靓丽。由于这里海拔低，印象中青藏高原人脸上的"高原红"，在这里已经看不到任何踪影。据说，陈塘沟夏尔巴人与土著藏族人通婚的很少，也没有与其他民族通婚，因此这里的夏尔巴人最完整地保留了他们的古老血统和风俗。

我曾两次到访过银川的西夏王陵，也曾探寻过位于内蒙古干涸的额济纳河（黑水）下游北岸荒漠上的黑水城，为西夏人灿烂的文化惊叹，为西夏人的神秘消失而叹息，今天在遥远的西南边陲见到西夏人的后裔，十分惊喜。

进入陈塘沟，正下雨，公路两侧无数瀑布隆隆而下，沿溪流汤汤而去。在喜马拉雅山脉的中段，切穿山体的朋曲由北向南流去，从喜马拉雅山北麓高亢的宽缓谷地，逐渐过渡到南麓幽深而狭窄的峡谷，海拔迅速降低，高寒干燥的气候明显转变为温暖湿润，峡谷两侧众多的直流谷口高悬在陡峭的崖壁上，流水奔腾而下，形成了一道道飞瀑，它们犹如长长的银幕悬挂于山间。有瀑布直扑谷底，更有分级跌落的落差高达数百米，直接汇入汹涌澎湃的干流，把青山翠谷装点得更加生机盎然。"飞流直下三千尺"的诗意画面在这里随处可见。

四周山坡上，还有许多人们依山开凿的层层梯田，生活在山谷之中的人们，只能依山层层蓄田。云南如是，广西如是，西藏亦如是，看起来这就是边地居民的普遍生存状态。

此时，雨停了，空中厚厚重重的云雾盘踞在山顶，夕阳从云层中迸射出一条条绛色霞彩，宛如沉沉大海中的游鱼，偶然翻滚着金色的鳞光。云雾缭绕中，山坡上一座座蓝色屋顶的房子如颗颗宝石点缀在青山之中。几百年如一日，陈塘镇上的人就是在这样的"世外桃源"中日出而作、日落而息。

在进入小镇过检查岗时，民警说，对面山坡上的房子，右侧是尼泊尔的，左侧是中国的。

19:50，到达住宿处。

晚餐后在小街散步，街道不长，路面也不平整，路灯昏暗，傍晚时仅见的一家酒吧也已关门，偶尔能看到一些销售尼泊尔工艺品、夏尔巴人手工艺品的小店铺在营业，但生意似乎并不好。在一些空地上，有房车在露营，驴友正在烧烤、喝啤酒。

小镇是一块有待打磨的宝石。

我们住宿的酒店往南不远就是朋曲，河水哗啦啦地流淌，水量很大、很湍急，它汇聚了喜马拉雅山脉北坡，包括定结、定日、萨迦和拉孜四个县的大部分冰川融水和降水，一路向南，在陈塘镇进入尼泊尔境内后叫阿润河，最后流入印度的恒河。我测量了海拔，仅 2040 米，虽然是夏季，可这里的温度却十分适宜，让人感觉舒服，告别了高原缺氧，枕着潺潺流水声入眠，真是难得的享受。这一夜，我要去做一个美梦。

云雾缭绕中，山坡上一座座蓝色屋顶
的房子如颗颗宝石点缀在青山之中，
几百年如一日，陈塘镇上的人就是
在这样的"世外桃源"中
日出而作、日落而息。

8月5日 陈塘沟—珠峰大本营
—岗嘎镇（老定日） 宿岗嘎镇
海拔：4307 米

早上，我在鸡鸣、鸟叫和河流声中醒来。村庄依然在沉睡中，几只鸡、几头藏香猪在路上觅食。太阳还在东山的后面，西山山顶已经洒上了阳光。清晨的天气凉爽，我深深地吸入这湿润的、夹杂着草木清香、裹挟着冰雪味道、氧气基本上充沛的空气。空气入肺，有一丝清澈湿滑，有一丝清馨宁静，似甘露弥漫。环顾四周，群山虽不高，却似热带雨林般郁郁葱葱，草木茂盛。

此时，"团长"洪斌从远处走来，带着满身的湿润，两只鞋子裹着泥浆和草叶，他说，他一早去爬山了，我没有细问，已经习惯了他的单独活动。

然而，这相对不高的山，却遮挡住了30千米处海拔8463米的马卡鲁山和60千米外的世界最高峰——珠穆朗玛峰，这多少让我有些遗憾。

9:00，出发，前往珠峰。

原计划今天前往嘎玛沟，因某些原因暂时关闭，因此改变计划决定前往珠峰。2015年"一路向西"行时，我和洪斌已经到达，本次再次体验，十分期待。

12:00，到达定结湿地，我们停车所在是日玛那村的

定结湿地，这里蓝天、白云、雪峰、草地、水塘、牛羊、倒影、牧人……
让人心胸登时舒畅，忘却了尘俗间的一切喜怒悲欣，
更忘记了这是在海拔4400米的高原。

一片。

在喜马拉雅山北麓、雅鲁藏布江以南的狭长地带，分布
有大面积的湿地——河流蜿蜒如蛇、湖泊多如繁星。其中，定
结、岗巴县境内的湿地分布集中，且保持着原生状态，海拔
4300—4400米，外界很少有人进入。

有了湿地，有了水源，高原才有了无尽的生命力。

这里蓝天、白云、雪峰、草地、水塘、牛羊、倒影、牧
人……让人心胸登时舒畅，忘却了尘俗间的一切喜怒悲欣，
更忘记了这是在海拔4400米的高原，我们张开双臂投入其间。

加乌拉山口是前往珠穆朗玛峰大本营途中
的一个山口，是世界上唯一可以观赏 5 座
8000 米级雪峰的观景平台。

我们遇上了在此放牛的姐妹俩，妹妹扎西拉姆刚毕业于西藏职业技术学院，马上将要分配工作，据说每月收入还不低，我们感慨于国家对少数民族的扶持力度。

12:30，到达定结县城，天府小吃午餐。海拔4189米。

14:40，鲁鲁边境检查站。

15:40，加乌拉山口，海拔5210米。

加乌拉山口是前往珠穆朗玛峰大本营途中的一个山口，是世界上唯一可以观赏5座8000米级雪峰的观景平台（从左向右排列的顺序是：玛卡鲁峰、洛子峰、珠穆朗玛峰、卓奥友峰、希夏邦玛峰），可以说这里是世界上最大的观景平台，在这里举目远眺，雪山连绵起伏，蔚为壮观。

这里不仅可以欣赏到珠穆朗玛峰，也可以俯瞰"天路108拐"，当你俯瞰这108拐的时候，你会被眼前的美景所吸引，这里也是拍摄"天路108拐"的

这里不仅可以欣赏到珠穆朗玛峰，
也可以俯瞰"天路108拐"。

最佳位置。

　　为了满足海内外登山者前往珠峰登山探险的需求，1978年，西藏自治区政府修建了一条全长110千米的四级砂石路，路面宽3.5米。起点在中尼公路G318公路边，终点在珠峰脚下的珠峰大本营，即为"珠峰公路"。珠峰公路是前往世界最高峰珠穆朗玛峰北坡登山大本营的唯一公路。2015年珠峰公路全程柏油路面贯通。加乌拉山口到山脚的垂直距离超过1000米，珠峰公路在这里弯弯曲曲，据说拐了108道拐，也即大家所熟

知的"108拐"，也有人称之为"天梯"。

"天路108拐"不仅弯多，而且路窄，这段路真的可以用"惊险刺激"来形容，即使是老司机，也会紧张。

17:10，坐观光车前往大本营停车场（绒布寺）。

与前次来有了许多不同：有了5G移动信号，坐环保车的停车点往后移了许多，修了广场，竖起了一座纪念铜鼎，景区大门也大大向后撤了，环保摆渡车换成了大巴，自驾的新能源车可以直达大本营观景台，开新能源车的自驾一族方便多了。

18:00，到达大本营停车场，海拔5200米。

我与洪斌继续步行往前约1千米，这里新建了珠峰最新测量高度8848.86米的纪念石碑，比7年前纪念石碑上的高度"长"4.43米。

此时再次站在珠峰前，瞬间感到一丝茫然，没有了初次到来时的那种激动，没有了想扑向它的欲望，没有了呼吸的紧张感，面前就是世界上最高的山？是的，在这里，此时、此地，自己脚下已经有了5200米以上的高度，对面的珠峰与此时的你之间的落差只有3000多米了，这高度让人失望，让人们会失望珠峰看上去并不是那么雄伟。

其实每个人在珠峰脚下膜拜时都会有万千感慨，这些感慨会因时间、地点、心理、境遇的不同而不同。当别人问你最近做了什么的时候，大多数人会回答吃饭、睡觉、上班，和回答我登上了珠峰，这之间会有多大的落差？我们大多把自己的一生耗在了生活起居上，真正做的事情，特别是能让人感叹、感慨的事又有几件呢？

有时候会想，大家都走在茫茫人海之中，看不出谁见过瑰丽奇伟之景，谁读过安民济世之书。可是每个人的内心却是明了的，看过奇景的人胸中自有丘壑，读过圣贤书的人心中自有妙策。这些，岂是他人所能构想的？不知那些将珠峰征服的登顶者，又会有何等的感慨，也许那才算一件真正意义上的事。

在这个离天堂最近的地方，我们总被一种神圣震慑，没有喘息的机会。你会感觉到天地之间所有的东西无不神奇而圣洁，你会将过去所经历的一切烦恼一下子全部忘记，你会觉得不管多大的烦忧在这伟大而神圣的女神面前都不值一提、不值一顾，微不足道。

在珠峰面前，视野和心胸，都豁然开朗了，希望我也能像那洁白的山体一样，没有杂扰了。

此一刻我忽然感到珠峰上的流云如同时间，在匆匆飘过的时候，我像站在了一个超越时间的高度，审视着沧海桑田之后所留下的永恒。那一刻我是宁静的，只与时间对峙，与永恒比肩。其实我们所有人和事都是匆匆过客，只有我们的意识才能超越时间的概念。

此时，自己的生理感觉却异常的好，没有了第一次来时的头疼，也不发晕、不气喘。对比第一次几个"烟民"因"气短"不能抽烟的情况，洪斌冒着被罚款的危险，偷偷点了支烟，深深吸了两口，还让我拍照以证，以示强壮。

20:00，离开珠峰向老定日。

路上远望珠峰落日，十分壮观，可惜距离太远，且落日在瞬间消失，没能拍到满意的照片。

路上远望珠峰落日，十分壮观。

21:00，到达岗嘎镇（老定日），宿哈呼宾馆。

这是个已经被"废弃"了的县城，道路较宽，两侧零落散布着一些陈旧的建筑，有藏式的，有汉地的，有砖瓦房，也有土坯房，虽说如此，岗嘎镇现在还是定日县最大的镇。

8月6日　岗嘎镇—佩枯措
—吉隆　宿吉隆沟
海拔：2600米

　　7:30，起床，顶着星辰、冒着寒风拎着相机步行前往珠峰日出观赏点，想拍珠峰的日出，可惜云层太厚，没能如愿。

　　早餐前得知吉隆县往吉隆沟的道路昨晚给泥石流冲垮，纠结是否调整行程。最后在抖音平台上找到吉隆县公安局发布的消息，道路中午可以开通，于是决定按原计划，继续前往吉隆沟。

　　9:40，出发，前往吉隆。

　　10:20，到达聂拉木县乃龙乡古遗址。

　　从老定日（岗嘎镇）往吉隆方向去的一条岔路旁，应该是日喀则市聂拉木县乃龙乡范围，看到一群如古堡

的遗址，规模不小，且用铁丝网围着，但找不到介绍资料，微信、微博，向日喀则、聂拉木县的宣传、文化、新闻单位咨询，都没有回复，对此，至今存疑。

不过，我分析，这应该是唐蕃（唐尼）古道上的碉楼、驿站遗址，曾经的烽燧和碉堡成为一堆废墟，只留下几片残破的土墙。

从老定日（岗嘎镇）往吉隆方向的一条岔路旁，
看到一群如古堡的遗址，规模不小，且用铁丝网围着，
但找不到介绍资料。

我分析，这应该是唐蕃（唐尼）古道上的碉楼、驿站遗址，曾经的烽燧和碉堡成为一堆废墟，只留下几片残破的土墙。

12:00，G219公路寺龙村停车区遇上从合肥自驾过来的一对夫妻，60多岁，两人开了一辆房车，也正往吉隆沟去。

夫妻俩告诉我，每年自驾出来半年，以前是开小车，现在买了房车，不到1年时间已开3万多千米，西藏后准备去新疆。他们说，能这样自驾全国转，是因为现在全国大部分地方有"天眼"，治安放心，再是目前道路修得好，而且有导航方便。羡慕这样的退休生活，更自由、更自在、更自我。

12:22，过吉隆界，开始下雨。

等待雨停云散看希夏邦玛峰，1个多小时雨没有停的意思，只得离开。

13:40，到达佩枯措，海拔4590米。

2015年，我与洪斌等人的阿里之行曾经到达这里。

佩枯措又叫拉措新措，处于聂拉木县和吉隆县的交界处。面积300平方千米，流域面积大约为2820平方千米，它是藏南一处比较大的内陆湖泊，也是日喀则市最大的湖泊。

佩枯措的湖水源于希夏邦玛峰与佩枯岗日山，这处高山湖水三面环山，周围地形平坦开阔，附近常常出现藏野驴、藏羚羊、黑颈鹤、斑头雁、赤嘴鸥等青藏高原特有的珍稀动物。

我们到达时正下着细雨，雨蒙蒙、雾蒙蒙，希夏邦玛峰也是蒙蒙的混沌一片，更没能看到藏野驴、藏羚羊……

13:55，离开佩枯措。

14:30，过孔搪拉姆山口，海拔5236米。

15:20，过边境检查站，进入吉隆县城。

15:40，昌盛路渝洲饭店补吃午餐，牛肉面。

16:20，沿G216公路、傍吉隆藏布前往吉隆沟。

吉隆沟出现的时候，我很惊讶于这条沟的宽度。这是我们在喜马拉雅山脉南北两侧所见过最宽的一条沟谷。吉隆沟总体上是一条南北狭长的沟。吉隆藏布从北往南沿着喜马拉雅山上的一条断裂带行进，途中又与几条溪流汇合，呈现出网球拍的形状。吉隆沟的核心地段为吉隆镇周围的大片区域。它的形状像一只哑铃——吉隆镇是一端，宗嘎镇（吉隆县城）是另一端，中间是吉隆藏布，全长 70 多千米。这里的海拔高度从 5380 米下降至 1800 米。

几千万年前，这里的地壳处于剧烈运动之中。如今这里有喜马拉雅山脉造山过程中留下来的典型地貌：近处的山体在竖直方向被"切割"过，远处的雪山则有着清晰的横向纹理。地质学家判断，如今的吉隆藏布仍在对周围山体进行着侵蚀，这使得吉隆沟的宽度、长度仍在缓慢地发生着变化。由于这里海拔较高，又处于吉隆沟深处，暖湿气流几乎影响不到，一路上满布黄色、棕色的悬崖峭壁，山上山下岩石裸露、一片光秃，看起来十分荒凉。

吉隆沟给人最大的感受是惊讶于造物的神奇，竟然会让四季并存在这么狭小的一个山谷里。

随着车子的行进、海拔的下降，山峰逐渐陡峭、绿壁开始显现，随后便是绿树成荫、松柏苍劲、飞瀑如栉、涛声悦耳。叶松昂首云天、亭亭玉立；长叶云杉干形通直，小枝柔细如同垂柳。恬静的村庄被绿树环抱着，不远处能清楚地看见若隐若现的雪山。说它清楚，是因为雪山屹立在那里；说若隐若现，是因为雪山被烟雾笼罩着。来过吉隆的人都盛赞吉隆是世外桃源，是仙境，难怪有驴友说吉隆是珠峰的后花园。

吉隆沟一路向南延伸，可到达山另一边的尼泊尔，贯穿整个喜马拉雅山，古人将这条天然通道称为"天赐之路"，而后世则将这条通道称为"蕃尼古道"。蕃尼古道是从拉萨通

来过吉隆的人都盛赞吉隆
是世外桃源，是仙境。

往尼泊尔、印度和中亚的重要干线之一，也是丝绸之路的重要组成部分。

由于尼泊尔（古称尼婆罗）尺尊公主与吐蕃赞普松赞干布的联姻，639 年，蕃尼之间开通了正式的官方通道。

尼泊尔尺尊公主入藏，带来了大量的工匠、僧侣，正式开通了吐蕃和尼泊尔之间的外交往来，这条新线路很快成为佛教传播和文化交流的一条要道。僧侣通过蕃尼古道到吐蕃传法，使得佛教在吐蕃境内得到快速发展。其间，不但有尼泊尔和印度僧侣由此入藏传法，也有唐朝僧人通过这里进入印度前去求法。据《大唐西域求法高僧传》记载，唐朝年间，先后有玄照、玄太、道方、道生、玄会等高僧，通过蕃尼古道前往尼泊尔，再转道去往印度求法……后人计算，这条大道比玄奘那条走了 17 年的"西行之路"近了许多。这些求法和传法的高僧里，最著名的是莲花生大士。

莲花生大士正是通过蕃尼古道入藏的，在此歇息的莲花生大士，认为古道具有天赐的灵气，就将此地命名为"吉隆"，有"欢乐村""舒适村"之意，从此，这个名字一直沿用至今。

17:25，到达开热瀑布。

开热瀑布在距吉隆镇约 17 千米处，在 G216 公路吉隆沟峡谷中崖壁顶上 "V" 形的山口中，一道激流喷涌而出，呼啸着直坠崖底阶地上的巨石浅潭。真是飞流直下三百米，溅起水雾飘飞。置身其中仿佛雨中浪漫！瀑布周围群山滴翠，潮湿冷凉的空气让人倍感清爽，令人心旷神怡，流露出与瀑共舞的原始冲动！

吉隆镇吉甫大峡谷

开热瀑布是吉隆沟众多瀑布中较大的一处。丰富的雪山融水穿林越石，形成了许多激流飞瀑，像一条条洁白的哈达，飘荡在两侧的高山崖壁上，开热瀑布吸引了不少游人驻足留影。邻近瀑布处正在搭建观景台与钢架步行道，我觉得这将是一个破坏景观的遗憾工程。

18:00，到达吉隆镇，随即前往吉甫大峡谷。

吉隆镇，在一片很宽的台地之上，吉隆的南边和西南边都与尼泊尔王国相邻，边境线长度162千米，是非常重要的交通要道。置身这样山清水秀、风景明朗的"舒适"之地，正有"天朗气清，惠风和畅"，适合"仰观宇宙之大，俯察品类之盛"。

吉隆沟从马拉山南坡脚下算起，一路由北向南穿越深谷幽壑，其中最令人称奇叫绝的景观就是吉甫大峡谷了。

吉隆沟从吉隆县城宗嘎镇到吉隆镇，海拔从5600米下降到2800米。在这里，吉隆沟又在"平地"上下切了280米，形成了一道深谷。峡谷出现在距吉隆镇西南2千米的吉甫村东侧，因此得名为吉甫大峡谷。

吉隆虽为边陲小镇，却是河流的"天选之地"，在300平方千米的盆地边缘有雅鲁藏布江、东林藏布河和吉隆藏布河"一江两河"流经。

吉隆藏布河在这个小镇旁边流过的时候，在这块台地边上生生切出来一条峡谷。这个峡谷对面有一个村庄，叫吉甫村，这名字听上去就很有意思，我们从跨过峡谷的索桥上步行而过。

吉甫村正在大规模建设民宿，开拓旅游市场。我与洪斌穿村而过，前往吉普莲花生大士曾经修行的山洞。

19:00，到吉隆镇吉甫村吉普莲花生修行洞。

所谓洞，其实就是一巨石下搭建的一简易寺庙。吉甫，在藏语中"吉"为离开、辞别之意；"甫"意为山洞。

637年吐蕃王松赞干布迎娶尼泊尔尺尊公主进藏途中，吐蕃大臣率领的迎亲队伍、尼泊尔公主随嫁女佣若干以及送亲队伍在此山洞会合并举行简单而隆重的迎亲仪式后大部分送亲人员辞别返回尼泊尔，此山洞由此得名吉甫。另有传说称，释迦牟尼在世时制造的3尊佛像从此地分开，流传由此得名吉

成群的猴子

甫，称佛教信徒若未能朝拜此洞，就如同无领之衣，是不完整的。

吐蕃王示松德赞时期，莲花生大士曾在此洞中闭修加持而得名莲花生修行洞。洞壁上有菩萨自生像、麻札茹喆魔神自生像以及佛塔自生像、十六部佛母典籍自生像、梵天自生像以及铁杵、金刚、佛铃、佛珠、孔雀、大鸾鸟、空行母密道、莲花生脚印、慈噢上师头印等众多自生像。

返回途中，洪斌最先发现峡谷远处的树上，有成群的猴子，毛发白色，正跳跃嬉戏，于是大家又兴奋地忙碌了一阵。

20:10，吉隆镇大四川酒店住宿、晚餐。

8月7日　吉隆镇—乃村—措勤　宿措勤

海拔：4657 米

9:30，出发，乃村摄影、航拍，希夏邦玛峰终于露出了真容。

乃村位于吉隆镇东南约 3.5 千米的山坡上，与尼泊尔接壤。

乃村，藏语意思是神灵开光过的"圣地"，相传当年莲花生大士进藏传教时路过此处，山上地势平坦开阔，看上去很像是一个被雪山包围着的如意宝座，便在此修行。据说当年松

乃村此时阳光已烈，
幸好蓝天白云映衬下的雪山依然壮观。

赞干布迎娶尺尊公主也经过了这个地方。现在这里成了欣赏吉隆雪岭冰峰、日升日落等自然风光的最佳之地。乃村又被称为"西藏隐世的秘境"，堪称世外桃源。

乃村是拍摄雪山日出的最佳地，可惜我们到时已经晚了，此时阳光已烈，幸好蓝天白云映衬下的雪山依然壮观，东南方向是尼泊尔境内的格鲁尼峰，西面是神女峰以及曲姆古拉雪山，东侧是希夏邦玛峰。此地是观赏希夏邦玛冰川群的

阳光下的希夏邦玛峰，白雪皑皑，蔚为壮观。
阳光从希夏邦玛峰山巅照射下来。

最佳地。

　　希夏邦玛峰海拔8012米，在世界14座8000米以上的山峰中排第十四位，是唯一完全在中国境内的8000米以上山峰。

　　阳光下的希夏邦玛峰，白雪皑皑，蔚为壮观。阳光从希夏邦玛峰山巅照射下来，清晰得可以看见一束束扇形的光线，一根根草棵都被阳光照得透亮，一眼望开去，整个山坡上都泛着一片生机。

飘浮的云之柔美彰显了雪山的雄奇伟岸，
挺拔而有力量的雪山壮丽映衬了云彩的飘逸婀娜。

　　飘浮的云之柔美彰显了雪山的雄奇伟岸，挺拔而有力量的雪山壮丽映衬了云彩的飘逸婀娜。已经泛黄成熟的青稞地和遍地野花开放的草原湿地以及佛塔让我们沉醉于此，不觉时间的流逝。

　　时近中午，远处山下在云雾缭绕中有缕缕炊烟袅袅升起，强烈阳光下的乃村仿佛置身世外桃源中，以感受真切的人世温馨。

时近中午，在云雾缭绕中有缕缕炊烟袅袅升起，
强烈阳光下的乃村仿佛置身世外桃源中，
以感受真切的人世温馨。

　　11:30，宗堆村，司机说全村是夏尔巴人转为藏族的，但我问了几个当地居民，都说他们祖辈就是藏族。

　　13:00，到达查嘎寺。

　　山下停车场遇到定日县扎西宗乡扎西岗村来的 20 多位"过林卡"的藏族村民，他们大声爽朗地谈笑着，围着圈，中间放着大量的食品、酥油茶，喝着可乐啤酒，调和着糌粑。

　　"过林卡"是藏族同胞在高原气候和生活环境中养成的一种习惯，在冬长夏短的高原，温暖明媚的时节是非常宝贵

宗堆村，司机说全村是
夏尔巴人转为藏族的，
但几个当地居民自己说，祖辈就是藏族。

查嘎寺山下停车场20多位
"过林卡"的藏族村民。

的，要珍惜大自然的恩赐，因此每当风和日丽，藏族人民就
喜欢呼亲唤友，自带食品到户外野餐。时间大多集中在6—9
月，其间恰逢农闲季节，正是人们享受、体验大自然无限美
好的时节。同时，这也是他们相互交流的好机会。其实藏族人
还是挺懂生活的。

　　据扎西岗村的大学生卓玛次仁介绍，她们全村有20多
户，100多人。卓玛次仁本人刚从西藏大学毕业，学的是临床医
学，目前还没有分配单位。村民扎西罗布是村里最富裕的人，

但他在拜佛的同时，慈善做得也好，一个人抚养了10多个人。

在西藏，藏民的生活都十分简陋、俭朴，他们不置家财，有了财富的积余，不是捐给寺庙，就是接济贫困者，其实这是一种真正的修行。

索甲仁波切在《西藏生死书》第二章《无常》中写道：

> 藏语中称身体为"I"，意思是留下来的东西，像行李一样。每次我们说"I"时，就是在提醒自己，我们只是旅客，暂时住在此生和此身。因此，藏族人并不以全部时间改善外在环境，以免让心分散，他们够吃、够穿、有屋住就满足了。如果我们继续像目前这样，埋头苦干追求物欲，就会六神无主，失去人生目标。旅客住进旅馆之后，如果他们神志正常的话，会重新装潢房间吗？

14:25，在吉隆县昌盛路渝洲饭店午餐，与昨天午餐同一饭店，同样的牛肉面。

16:40，途经龙戳措，远拍野驴。

17:15，过漫扎拉山口，海拔4800米。

17:25，过吉隆县折巴乡公安临时检查站。

17:50，到达萨嘎边防检查站，排队等候边防检查。

18:20，过检查站。

18:30，到达亚砻藏布酒店。

酒店门口停有多辆警车、救护车，并有多名警察和医卫工作人员，不明情况，警察说可能住不了，而酒店老板说，能住。

安全起见，我们决定离开，连夜赶往下一站——措勤，行程 290 千米。

再次过边防检查。

沿 G216 公路往措勤方向。

19:20，开始下雨，不久开始下小雪，公路上不仅见不到人烟，就连车辆也很少见到。

20:00，到达达格架喷泉。

达格架喷泉位于昂仁县切热乡境内（靠近萨嘎县一侧），

途经龙戳措，远拍野驴。

据说这是我国规模最大间歇喷泉群，也是世界海拔最高的温泉，海拔5086米。河谷两侧密布着大大小小几十个泉眼，冒着几十米高热气腾腾的蒸汽。我们冒着雨雪寒风，在昏暗的暮色中下车匆匆一观。

20:50，过打加措，据说是世界上海拔最高的湖泊，海拔5170米，雨雪越来越大，夹杂着雪珠，天色已经漆黑，我们没有下车。

21:35，过桑木拉达坂，海拔5566米。

在阿里地区把公路山口叫"达坂"。

G216公路萨嘎至措勤县城段也即西藏S206线，被户外探险者称为"小北线"的一段，全长290多千米。

这条公路沿途要经过荒漠、戈壁、雪山、湖泊，翻越冈底斯山脉，地质地貌奇特，景色壮观无比，是热衷探险越野的一条线路。如在白天可以见到许多野生动物，可惜此时雨雪霏霏、夜黑如墨。

由此，我们也正式进入藏北高原。

藏北高原是指冈底斯山、念青唐古拉山一线以北的青藏高原地区。因平均海拔在5000米以上，加之空气稀薄、气候严寒，被称作人类禁地——"无人区"。

我们即将进入的地区又属藏北高原的羌塘大草原。因其地形地势平缓、开阔，又有大量湖泊的滋润，成为世界上最广阔的海拔最高的高原牧场，加之有大量珍稀野生动物活动，所以这里成了好奇者和探险家的乐园，也成为我们此行期望值最大的地方。

此时，我的脑中蹦出了那首《羌塘牧歌》："辽阔的羌塘草

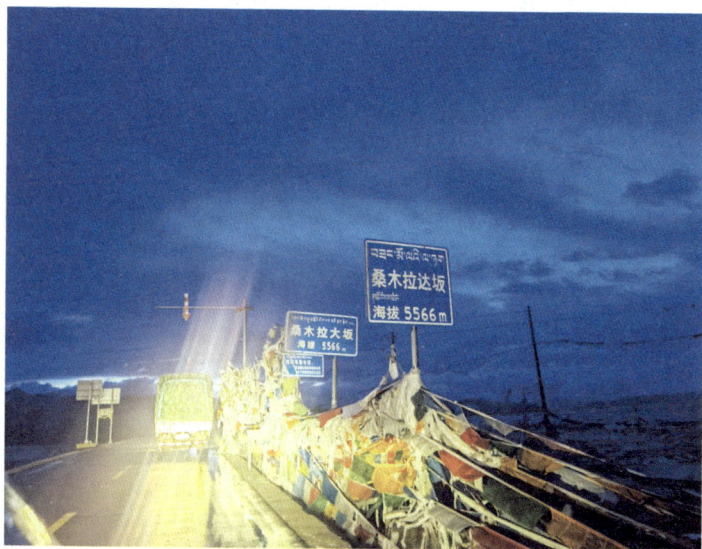

桑木拉山口是
中国海拔最高的公路山口之一。

原呵，在你不熟悉它的时候，它是如此那般的荒凉；当你熟
悉了它的时候，它就变成你可爱的家乡。"

22:30，到达措勤美朵公安一级检查站，查边防证、身
份证。

不知什么时候雨雪已停。

23:35，到达措勤县信坤大酒店，海拔4619米。

8月8日　措勤—扎日南木措

——当惹雍措—尼玛县　宿尼玛县

海拔：4670 米

上午，超市买食物。

今天将是行程中最壮丽的一天，有着藏北大地上最值得期待的风景——扎日南木措、当惹雍措，将再次感受"一措再措"的风景。

早餐后我们出发前往扎日南木措。

此时，太阳高悬在蓝得透明的天际，照亮了时空的每一个角落。

在时空深处，这里的一切纯净得你只能用圣洁来形容。

对于藏北高原，几乎所有的形容词都可以用到极致，天蓝到了极致，水透明到了极致，云干净到了极致，空气清新到了极致。

此时，车后传来轻轻的歌声，曹婷竟然在"极致"的环境中忘我地唱起了歌，看来极致的风景也能"医治"高原反应。

12:00，到达扎日南木措。

扎日南木措在冈底斯山群峰之间，是阿里地区最大和位居西藏第三的咸水湖，"措勤"这一名就来源于这个大湖，措勤的藏语意思就是"大湖"。

扎日南木措也是国家级著名湿地。它的面积有 1023 平方千米，湖面海拔 4613 米，是一个东西长近 54 千米、南北宽约 20 千米的大湖。

此时，阳光热烈，远山如黛，湖周岸边芳草萋萋，沿湖时有三五成群的野驴等野生动物出没，奔驰在湖滨原野上。

行走在高原上，每天都能观赏到绝美的"措"，现在面对扎日南木措，已经少了些许外在的惊艳狂喜，而内心感受到的微澜却似乎更深一层。

再没有比这更安静广博的大湖了，目所能及的一切，出奇地静。

只有风声，只有我们小小的影子。天地间仿佛只剩下自己、逶迤冷峻的远山，还有这面幽深莫测的湖水。

有时候，我们走很远的路，就如我每次藏地之行，不是仅仅为了绝世美景，只是为了走近自己的心底，为了寻得这样一方天高地远的寂静。静立高崖，任暖暖清新的微风，拂开落在眉眼上的琐事，与湖水对望，与自己对谈。

我们继续沿着湖边东行，左边是宽阔的草原，右边是湛蓝的扎日南木措，远方是壮观的雪山，景色令人陶醉，路边不时有野黄羊被我们的车惊吓着奔跑。

13:30，到达扎日南木措东侧，自热饭午餐。

15:00，进入那曲市地域。

15:55，到达当惹雍措，海拔 4653 米。

当惹雍措也是一个大湖，是西藏的第四大湖泊，湖水深度超过了 210 米，是已知的西藏最深的湖泊。我国最深的湖为长白山天池，最深处达 373 米，但它是中国与朝鲜的界湖，因此当惹雍措可以被称为我国境内最深的湖。

阳光热烈，远山如黛，湖周岸边芳草萋萋，沿湖时有三五成群的野驴等野生动物出没，奔驰在湖滨原野上。

左边是宽阔的草原，右边是湛蓝的扎日南木措，
远方是壮观的雪山，景色令人陶醉。

　　此湖是雍仲本教徒最崇拜、最神圣、最大的圣湖，也是西藏三大圣湖之一，湖水三面环山，南岸是达尔果雪山，达尔果雪山一列七峰，山体黝黑，顶覆白雪，形状酷似7座整齐排列的金字塔。"达尔果"和"当惹"都是古象雄语，意为"雪山"和"湖"，它们一个是神山，一个是圣湖。

面朝当惹雍措可以看到
远处的达尔果雪山和
中间的蓝色圣湖。

5世纪以前，青藏高原曾经存在有自己的语言和文字的古象雄王国。传说古老的象雄产生过极高的文明，它不仅形成了自己独特的象雄文，而且还是西藏最古老的宗教"本教"的发源地。作为雍仲本教的神山圣湖，达尔果雪山和当惹雍措极负盛名。

16:20，离开S302公路，沿着当惹雍措湖边向北行驶。

18:25，到达尼玛县文布乡交通劝导站接受检查。

湖畔这座古老村庄——文部南村，充满宁静和安详。

这是一座与世隔绝的村庄，是被雪山、湖泊环绕的桃花源，也是这片藏北大地的灵魂，被旅行者称为"最西藏"的地方，是"神之居所"。

村子里的所有房屋都面对当惹雍措而建，在房屋的2楼阳台上，面朝当惹雍措可以看到近处的青稞田、远处的达尔果雪山和中间的蓝色圣湖。文部乡人多数半农半牧，在湖滨开一些田地，种植青稞、土豆、油菜和小白菜等。在海拔4500余米的地方，居然还能种植这些作物，着实令人惊奇，这应该归功于当地的湖区气候吧。

水是孕育文明的地方，有水就有牧场，就有成群的牛羊，就有人类大量的活动的痕迹，就有文明进步。当年这里能成为象雄王国的中心之一，浩瀚的当惹雍措应该是其中的一个重要原因吧。

据说，这里现在还保存有象雄王国大量的遗址。

文部南村悠久，并不仅由于它传承千年的农耕文明，它还是西藏本土宗教本教信徒的集聚地，据说这个与世隔绝的圣湖湖畔的小山村的100来户村民，清一色都是本教信徒。

因为时间关系，没法对文部遗址进行探寻。如果有下次，我会选择夜宿文部南村，好好欣赏圣湖神山日出日落时的灿烂和美丽；如果有下次，我一定要探寻一下象雄文明的历史和渊源。

20:00，到达尼玛县尼玛镇交通劝导站，接受检查。

翻过一座座险峻的山口，黑夜降临时分，我们终于到达今天的目的地尼玛县城，海拔表显示的是 4670 米。

尼玛县是那曲地区下辖县，位于那曲地区西北部的羌塘高原大湖盆地带，北有昆仑山、可可西里山，南有冈底斯山，北与新疆维吾尔自治区接壤（直线距离近 2000 千米），县城往北与新疆边界之间，为幅员辽阔的羌塘"无人区"。

尼玛县平均海拔 5000 米以上。属高原亚寒带半干旱季风性气候和高原寒带干旱气候。空气稀薄，多风雪，年平均气温 -4℃，年降水量 150 毫米。总面积达 72499.41 平方千米，但人口才 3 万人多一点。

尼玛，藏语意为"太阳"。

20:30，到达尼玛县城财康酒店。

今天一路相遇的"措"，还有当穷措、戈芒措、张乃措等，因时间原因，我们没有停车观赏，但真正感受到了"一措再措"的魅力。

8月9日　尼玛县—大地之树
—色林措—班戈县　宿班戈县

海拔：4750米

9:30，早餐后离开尼玛县。

原计划今天是前往双湖县城，这也是我们这次旅行的主要目的地之一，但由于某些不可控原因，双湖县方面建议我们暂缓，为此我们决定今天前往班戈。

2021年读藏族女作家羽芊（多吉卓嘎）的小说《藏婚》，那既真实又充满传奇色彩的爱情故事就发生在双湖的羌塘大草原上，这也是我双湖之行的诱因。

双湖是野生动物的家园，野牦牛出没的地方；普若岗日冰川是一个令人无限憧憬的冰雪世界，是除南极、北极外的世界第三大冰川，那里还有星罗棋布的美丽湖泊，没能成行实在很遗憾，弥补这一遗憾的机会将遥遥无期。

11:00，通过尼玛检查站，沿G317公路一路向东。

我们发现，一路向东牧草越来越绿，也越来越密，连原本黄土色的山岭也渐渐披上了一身轻薄的绿衣衫。碧绿的湖水、丰美的草原、圆润舒缓多彩的山岭、壮丽的雪山、瑰丽的云彩，加上滚动的羊群和大量野生动物，构成藏北高原独一无二的至美风景，因此，这片水草丰美的羌塘东部草原也得以成为西藏最重要的牧区。

11:20，进入双湖县地界。

11:40，到达 G317 公路 2442 千米处，达则措旁。

达则措是出尼玛县城之后的第一"措"，因为水草丰富，所以湖泊周边成了重要牧场，也是野生动物重要的栖息地。达则措是藏羚羊的天堂。

双湖县的"大地之树"就在这里。

什么是大自然的鬼斧神工，当你面对这棵"大地之树"时，你会真正理解。

河流是大地的脉络，经久的侵蚀和潮汐的冲刷，在大地雕刻出这样的"不普通的树"，使这个"没有树"的县，有了一棵美得一塌糊涂的、一棵真正属于大地的"大地之树"。"大地之树"适宜远观和航拍，如果你走得太近只会看到一片干涸的河床。

我们 3 台无人机同时升空，拍下了属于我们心中的"大地之树"。

14:40，到达色林措。

色林措是西藏第二大湖，位于申扎、双湖、班戈三县的交界处。色林措的湖面海拔 4530 米，湖水面积 1640 平方千米，为西藏最大的内陆湖水系。流域内有众多的河流和湖泊互相连通，组成一个封闭的内陆湖泊群，主要湖泊除色林措外，还有格仁措、吴如措、仁措贡玛等 20 多个卫星小湖。每到夏季，湖边风光独特，湖中小岛上栖息着各种各样的候鸟。

传说，色林是以前居住在拉萨西面堆龙德庆的大魔鬼，他每天要贪婪地吞噬千万生灵。后来遇上了善于降妖除魔的莲花生大士，在莲花生大士的紧追下，色林逃到岗尼羌塘南

什么是大自然的鬼斧神工，
当你面对这棵"大地之树"时，
你会真正理解。

面的一面浩瀚浑浊的大湖里，大师命令色林永远不得离开此湖，在湖中虔诚忏悔，不许残害水族，并把这个大湖命名为"色林堆措"，意为"色林魔鬼湖"。

色林措应该是我们今天看到的最美风景。远观色林措，一望无边，有一种宏伟壮阔的气势，还有一种空旷美、野性美。近看色林措，阳光、蓝天和奇异的云彩之下，碧绿的湖面像一面魔镜，变幻无常；又像一幅流动的水墨画，颜色一直在变化、在流动。难怪色林措被称作"魔湖"。

色林措湖边水草丰茂，栖息的除了羊群、牦牛，还有很多野生动物。几只高原乌鸦在空中飞翔，形似展翅的鹰鹫，在阳光下显得特别黝黑发亮。

在这如诗如画的环境中吃饭肯定十分惬意，于是我们就地午餐，虽然仅仅是自热饭。

15:20，措鄂鸟岛，岛上积聚了大量鸟的粪便，蚊虫铺天盖地，特别是蚊子大得吓人，因此我们上去后无法停留，更无法摄影，只能匆匆"逃离"。

15:50，那曲市申扎县雄梅镇江雄村的赛马节，可惜我们到时正好结束。

16:42，进入班戈县界。

18:24，过拉木措山口，海拔4730米。

18:44，进入班戈县城，成都饭店晚餐，广场有文成公主与松赞干布雕塑。

班戈，藏语意为"吉祥保护神"，位于藏北高原纳木措、色林措两大湖泊之间，平均海拔4700米。属南羌塘高原湖盆地区，地貌受念青唐古拉山脉的控制，地势上呈现出南凹北凸；

远观色林措，一望无边，
有一种宏伟壮阔的气势，还有一种空旷美、
野性美。近看色林措，阳光、
蓝天和奇异的云彩之下，
碧绿的湖面像一面魔镜，变幻无常。

北边为深切高山，山顶有冰川发育，中部分布着海拔5800米以上的中高山地。气候寒冷、空气稀薄，四季不分明，冬长无夏，多风雪天。

此时，远山、草地、白云被夕阳染上了一层玫瑰色，如梦如幻，如一头撞进了童话世界。

此时，远山、草地、白云
被夕阳染上了一层玫瑰色，如梦如幻，
如一头撞进了童话世界。

8月10日　班戈—安多　宿安多火车站

海拔：4800米

按原计划，今日将先后到巴木措、纳木措的圣象天门，然后宿当雄县城，11日进入拉萨。

然而，种种原因给了我们一种必须尽快离开的紧迫感。于是，我们决定从青藏线出西藏，避开拉萨。

8:50，离开班戈，沿G317往青藏线安多方向，准备坐下午火车返程。

11:20，上青藏公路。

13:00，到达安多，午餐。

然后，我们计划中的火车晚点、晚点、再晚点，然后停运。

然后，再紧急选择最快捷、最安全的回归方式……

然后，转车、再转车……

然后，8月13日下午回到宜兴，结束了一段既惊艳、极致，又惊险、急促的旅程。

拾捡河湟谷地
的历史碎片

2023

让我们走进海东，
感知她的往事。

在黄河流过龙羊峡之后的两三百千米之间，隔山并行着另一条河流——湟水。湟水穿行于峡谷与盆地间，形成串珠状河谷，史书将这两河流域称作『河湟地区』。像任何一条曾经诞生人类文明的其他河流一样，湟水养育出了独特的古代文明。

2023 年 5 月下旬，随无锡市文联代表团参加中国文联『文彰高原、艺润青海——对口援青和东西部协作省市文联联席会议暨深扎采风活动』，有机会对河湟地区厚重的文脉、灿烂的多民族文化有了解，特别是对其中的海东市有了新的感知。

海东市与无锡市是东西部结对协作市，多年来，无锡市为海东市协调各类协作资金和社会捐献资金总量已达 14 亿元，东西部协作项目 550 个，拉面经济、教育帮扶、消费帮扶等成为国家案例。

让我们走进海东，感知她的往事。

佛教壁画界早有『隋唐看敦煌，明清看瞿昙』之说。寺中壁画据说有 800 平方米，是国内藏传佛教壁画中历史最久的遗存之一，历经 600 多年风雨，至今仍鲜丽夺目。

4000 年后的 2002 年 11 月，在青海省海东市民和县官亭镇喇家村喇家遗址的发掘现场，考古专家发现了一个并不怎么起眼的倒扣着的陶碗，当把这碗翻过来后，**世界面条的历史被改写了。**

循化县是十世班禅大师的出生地，故居坐落在文都乡麻日村，1938 年农历正月初三，十世班禅大师诞生在此地。

瞿昙寺是青海著名的藏传佛教黄教寺院。

一

　　从西宁往海东，车行80多千米后到达海东市乐都区南山
瞿昙寺。瞿昙寺是青海著名的藏传佛教黄教寺院，也是西北地
区保存最完整的明代建筑群，素有"青海小故宫"的美称，为
全国重点文物保护单位。

　　"瞿昙"是梵语，意为"佛祖"。相传明代初年，人称三
罗喇嘛的西藏高僧，从西藏洛扎来到乐都南山瞿昙附近的"官
隆古洞"中修炼密法，弘扬佛教。明初，朱元璋派兵进军西
域时，三罗喇嘛率众归顺朝廷，朱元璋念其忠顺，于明洪武
二十二年（1389）请他到京城，尊为上师，并由朝廷拨款于明

洪武二十五年（1392）建寺。

第二年，朱元璋用佛祖释迦牟尼的族姓"瞿昙"赐名寺院，并亲笔题写寺额"瞿昙寺"，这块匾额至今仍悬挂在前殿的内檐上方。以后该寺多次扩建，经600多年历史，形成了如今规模。

瞿昙寺占地面积2.8万平方米，为前、中、后三进院落，从山门起的中轴线上依次为金刚殿、瞿昙寺殿、宝光殿和隆国殿。各殿依山势逐层升高，两侧对称陪衬着御碑亭、小钟鼓楼、壁画回廊、宝塔、配殿、经堂、大钟鼓楼等。隆国殿是全寺最高大壮观的建筑物，面积900多平方米，建在高2米多高的花岗岩台基上，大殿采用了明清殿顶中最高等级的重檐庑殿顶，整座大殿飞檐翘角、雕栏画栋、高大雄伟、富丽堂皇。

瞿昙寺珍藏的明清文物十分丰富。特别值得一提的是瞿昙寺内的"七十二间走水厅"和其上的壁画。

走水厅自中殿宝光殿开始，沿两侧拾级而上，斜廊相连，连檐通脊，高低错落有致，下有排水暗道，为瞿昙寺最具特色的建筑之一。

佛教壁画界早有"隋唐看敦煌，明清看瞿昙"之说。走水厅内和寺院其他殿堂中的壁画据说有800平方米，是国内藏传佛教壁画中历史最久的遗存之一，历经600多年风雨，至今仍鲜丽夺目。

漫步在走水厅中，仿佛步入一条恢宏的艺术长廊。凝视画面，思绪纷飞，几百年的风风雨雨一晃就过去了，如白驹过隙。我们留不住时光，而平凡的古代画工却将这扑朔迷离的宗教典故凝固在墙壁上。

瞿昙寺壁画
（局部）

对于藏传佛教的发展史，600年不算很长的时间，问题是许多寺院的壁画在"文革"时期被毁掉了，现在人们看到的都是后来的补修重绘之作。画上的颜料没有经过岁月风尘的磨蚀，没有时间的加持，色彩怎么看都是"飘"的，终究没有"生根"。据说，瞿昙寺壁画得以保全，是因为当时寺院被驻地部队征作粮仓，属军事重地，造反派才没敢造次。

所以，为了这些劫后余生、弥足珍贵的壁画和建筑，一定要去瞿昙寺看上一看。最好，选一个天气晴朗、访客较少的日子，安静地在寺院里慢慢走、慢慢看。看那些被岁月加持的久远壁画，看逝去的时间一点点复活。

瞿昙寺为全木结构建筑，因此防火是第一要务，对于中轴线、回廊地面的保护，"七十二间走水厅"上那些壁画的保护，历代帝皇题写匾额的保护也已刻不容缓，长期裸露在外，在旅游大发展的今天，是否还能保存600年？

二

乐都区高庙镇柳湾村，是湟水北岸台地上的一个小村庄，地势平坦开阔，环境古朴宁静。1974年春季，解放军某医疗队的一次驻村医疗活动，揭开了柳湾彩陶的面纱，要不然，柳湾这地方的人们可能现在还过着数千年来一直过着的宁静生活。

考古学上，人们将使用磨制石器和制作陶器作为"新石器时代"的标志。在青海，新石器时代遗址最著名的是柳湾墓地群发掘出的彩陶器。

时光像一条河，缓缓流淌，波澜不惊。柳湾是原始社会晚期一处公共墓地，距今4000多年。在1974至1980年间，考古工作者在柳湾先后发掘出1730余座墓葬，清理出3.7万余件文物。其中，最多和最醒目的彩陶制品达1.5万件，包括马家窑文化的半山、马厂类型和齐家文化、辛店文化、卡约文化等多种文化遗存。柳湾是目前我国考古发掘的最大一处原始社会公共墓地群，震惊国内外，被称为"彩陶之都"。

我们在柳湾彩陶博物馆看到了集中收藏的一大批当地挖掘出土的彩陶制品，当时的生产力水平下，这些彩陶的造型、纹饰、构图呈现出的艺术创造力和高超的工艺，令人叹为观止。

遥想远古先人，他们在食不果腹、衣不遮体，生命随时

"阴阳合体壶"陶罐反映了人类文明史上，
由原初的女性崇拜向后来的男性崇拜
过渡的重要阶段。

被野兽、灾害威胁的情况下，仍然萌生了强烈的美感欣赏和
表达冲动，那是怎样热烈而执着的内心啊。那一件件默然无语
的陶器，以动人的光彩和完美的形式，将那时的岁月凝固，
并穿越时光之河，逆流而来呈现于你我的面前。

　　有一件表面为裸体人像，大口硕耳，突出了性器官，既
有男性特点，又有女性特点，被称为"阴阳合体壶"的陶罐仿
制品（原件收藏于中国国家博物馆），它生动反映了人类文明
史上，由原初的女性崇拜向后来的男性崇拜过渡的重要阶段。

　　在柳湾所处的原始社会后期，彩陶不仅是实用器具，而且
是财富和地位的代表物，不同的墓葬中有着数量十分悬殊的彩
陶殉葬品。墓坑之下，可见蜷曲一团的尸骨和堆积在旁边的一件
件陶罐，人类的私欲，在这深厚的土壤下，已经清晰可见了。

三

天色将晚，坐落在黄河边的部落中，一位妻子用小米面和黍米面加水后，不断地反复捶砸、拉伸、挤压，使这碗粉有了黏性。夕阳西下，狩猎的丈夫回来了，妻子用已经有了黏性的粉拉出了长长的、如银丝的面，看着一脸疲惫的丈夫，妻子又在已经煮熟的面中加了一勺肉末。丈夫端着这碗盛在篮纹红陶碗里的面在茅屋前的场地上，与周边邻居聊起了一天的收获。

大家满足地聊着，他们并不知道，此时一场灾难已经降临他们头顶。连绵的暴雨，在黄河上形成了巨大的堰塞湖，而此时突发的地震，使堰塞湖瞬间溃坝了，数以亿吨计的沙石和水流席卷而下。突如其来的地震打翻了面碗，一整碗面条全部倒扣在了地上。这碗倒扣在地上的面及整个部落，被汹涌的泥沙快速堆积并掩埋了起来，随之形成了一个完全密闭真空的环境。

4000 年后的 2002 年 11 月，在青海省海东市民和县官亭镇喇家村喇家遗址的发掘现场，考古专家发现了一个并不怎么起眼的倒扣着的陶碗，当把这碗翻过来后，世界面条的历史被改写了。

在此之前，国际上普遍认为意大利是最早发明面条的国家。在罗马古城，有这样一幅壁画，壁画上描绘着一群奴仆和面、擀面和切面的场景。

然而，喇家遗址这碗面条的出土，却真真切切地为中国做出了证明：早在 4000 年前，我们的古人就已经掌握了利用小米做面条的高超技术，我国的面条要比意大利早出现至少2000年！

一群不幸的人，一碗幸运的面，见证了河湟谷地先民的勤劳实践，中国人承袭着因地制宜的烹饪智慧，让华夏文明在守正中创新。

喇家国家考古遗址公园坐落在蜿蜒东去的黄河边，四周是壮丽的丹霞地貌和远处高耸的雪山。这是一处新石器时代的大型聚落遗址，遗址内保留了4000年前大地震、黄河大洪水等多重灾难遗迹——尤其是发掘出非自然性死亡人体遗骸，是迄今为止我国考古发现的唯一的大型史前灾难遗址，被称为"东方庞贝"。

博物馆内，被完整保留下的地震现场，灾害场面惨烈，但母亲守护孩子、返身救助亲人的遗迹更是穿越历史时空，令人唏嘘。由于突遇无法抗拒的灾难，这些遗骸表现了一刹那间的状态：他们姿态各异，有的曲肢侧卧，有的匍匐于地，有的上肢牵连，有的跪踞在地……其中母亲怀抱幼儿跪在地面，相互偎依，在灾难突然降临时表现的无助以及乞求上苍救助的神态令人动容。

四

禹王峡位于海东市民和县中川乡峡口村。被誉为"小三峡"的禹王峡，是黄河流经青海的最后一道峡口，往前就进入了甘肃。这里流传着大禹劈山开石、疏导黄河的故事。

景区里，禹王座椅、禹王擂鼓台、禹王足印、禹王粮

母亲怀抱幼儿跪在地面，相互偎依，
在灾难突然降临时表现的无助以及
乞求上苍救助的神态令人动容。

仓、禹王洞等诸多景观，传颂着大禹锲而不舍的治水精神。

不同于印象里波涛汹涌的黄河水，禹王峡的黄河水多了一份平静与柔情，登上玻璃栈道可以看到，碧绿的黄河之水在蜿蜒峡谷中静静流淌着，偶有游艇驶过，画出一浪波纹闪着银光。

禹王峡景区，有一棵 30 年树龄的杏树，来往的游客纷纷

被誉为"小三峡"的禹王峡，
是黄河流经青海的最后一道峡口，
往前就进入了甘肃。
（顾强　摄）

在树上系上许愿牌，许下一个个愿望。这棵树是马进才老人在禹王峡种下的第一棵树，也开启了他在有生之年看到禹王峡处处披上绿装的梦想之旅。

马进才与共和国同龄，在他的记忆里，以前的禹王峡谷北岸山坡上光秃秃的，没有遮阴纳凉的地方。看着峡谷间流淌的黄河水，再看看生态脆弱的荒芜山坡，马进才有了尝试种树的念头。1994年，马进才种下了一棵杏树。从一开始计划一年种活一棵树，到计划一年种活两棵树，再到以后越种越多，这一种就是30年。30年里，马进才在贫瘠的石山上种活了数千棵树，累计绿化了1600余亩山地。

2013年，随着民和县三川黄河水利风景区动工建设，槐树、红叶碧桃、丁香等树木花草陆续种植，禹王峡的绿色不断延伸。

我们在景区偶遇了马进才，当我举起相机要为他拍照时，马进才从口袋中掏出了一块奖牌，原来，因为种树马进才入选了 2022 年第一季度"中国好人榜"。

五

在海东有一个令人神往的地方，那里巍峨的小积石山环绕四周，滔滔的黄河水奔流其中，在一块块碧绿的农田和一片片果林掩映下，村庄错落、阡陌相连，鸟语花香、炊烟袅袅，这就是撒拉族人的主要居住地——循化撒拉族自治县。

30 年里，马进才在贫瘠的石山上种活了数千棵树，累计绿化了 1600 余亩山地。

循化县是全国唯一的撒拉族自治县，被称为"撒拉族之乡"。撒拉族是一个勤劳、勇敢，有着强烈自尊心的民族，他们有自己的语言，信奉伊斯兰教。

关于撒拉族的来源，撒拉族历史文化民间学者韩锦华先生告诉我们：相传700多年前，中亚撒马尔罕有尕勒莽、阿合莽两兄弟。他们在当地很有威望，却不幸遭国王嫉恨。为了躲避迫害，兄弟二人率同族18人，手牵一峰白骆驼，驮上家乡的一捧泥土、一碗水和一部《古兰经》，向着东方太阳升起的地方出发。

历尽艰苦的长途跋涉后，这支队伍辗转来到循化。一天深夜，他们发现他们的骆驼不见了。大家点上火把寻找了很长时间，天亮时在街子处只见丢失的骆驼静卧在地，已化为了白石，从它嘴里吐出一股清泉。众人取下《古兰经》，试量了水和土，其色泽、重量与故乡带来的水和土完全相同。众人于是在积石山下定居下来，逐渐形成了现在的撒拉族。

循化县还是十世班禅大师的出生地，故居坐落在文都乡麻日村，1938年农历正月初三，十世班禅大师诞生在此地。

十世班禅大师先祖是西藏萨迦人，元初迁来循化，明代起为世袭百户，清末升为千户，管辖"文都七族"。故居所在之处，有小河自南向北流入黄河，一棵参天古树，郁郁葱葱，挺入半空，树下便是十世班禅大师颇具藏族风情的故居。故居一进三院，外院有停车场、杂物房、仓库等；内院一侧为家庭成员的住房，另一侧有三面两层藏式楼房，楼北正中为佛堂，佛门上方挂有"河源须弥"的匾额一方，两边配以"九曲安禅爱国早传拒房；八荒向化护教所以宁邦"的楹联，颂扬大

拾拾河湟谷地的历史碎片

循化撒拉族自治县黄河大桥晚景

师爱国爱教的伟大业绩，左右分别是会客室和大师卧室。

循化县是无锡市梁溪区的结对协作对象，2017 年以来，协调东西部协作资金达 1.7351 亿元，先后打造了梁溪号游轮、循化图书馆梁溪馆、孕愣苏商小学等，投资 3000 余万元扶持循化产业园区，打造了青海化青、天椒、艾麦尔等企业，为循化产业发展打下良好基础。

我的藏地

2023

也许是我在这片土地上走得太匆忙，

也许这片土地过于厚重，

也许是这里的人文太过神秘……

对于藏地，我进进出出已经八次，我不断对自己说，对于藏地我应该画上一个句号了。

我不知道是藏地对我太有诱惑，还是我去藏地的时间还不够，或者说我对她了解还不够深、还不够透。也许是我在这片土地上走得太匆忙，也许这片土地过于厚重，也许是这里的人文太过神秘。

对于藏地，我不知道在我的旅行中，有多少是因为风景，有多少是因为文化或哲学，因此在我的日志中，我也不知道有多少是记录风景，有多少是记录有关文化与哲学，或两者兼而有之，更或是自己身不由己的思考。

第一次去藏地是 2004 年 8 月，同行的有书法家张六弢、雕塑家汤文伟以及另外两个朋友。去之前，没有思想上、行动上、文化上的准备，那是一次纯粹的看风景的旅行，去了布达拉宫、大昭寺、八廓街、纳木措以及林芝。那一次的西藏之行，开启了藏地对我的诱惑之门，使我有了以后的一次次藏地之行。那时我对藏地了解不多，对自己也没有全面的了解，身体上的、知识上的……那一次，让从小就在雾蒙蒙、雨蒙蒙的南方成长、生活的我，第一次对充足的阳光、透明的空气有了体验；那一次，我从八廓街请回了我的第一张唐卡——黑底金粉线描的坛城；那一次我似乎对藏地开始上了瘾、上了心。

第二次是 2011 年，我和钱洪斌等利用休假去了敦煌、祁连山区，后至青海湖。在青海湖畔观日落、看日出，第一次感受了高原日出日落的壮观与空灵。

第三次进入藏地是 2013 年 8 月，去采访无锡市援建舟曲

青海湖畔观看日出

青海湖畔观日落，
第一次感受了藏地日落的壮观与空灵。

郎木寺

的项目建设情况，其间我们观摩了甘南藏族自治州庆祝建州60周年的大型庆典活动，感受了甘南州经济、社会、文化等在60年中取得的长足发展以及丰富多彩、极具民族特色的歌舞表演。从舟曲往兰州的路上，我们参观了郎木寺，感受了空灵禅意；远眺了三江源的壮丽，这样的壮丽在我的头脑中盘旋许久，于是有了2016年的三江源之行。

第四、第五、第六、第七次进藏就是本书的4个篇章的日志。

在此书编辑期间，我随无锡市文联代表团赴青海省参加全国文联组织的"文彰高原、艺润青海——对口援青和东西部协作省市文联联席会议暨深扎采风活动"。在西宁参加一天活动会议后，来到与无锡结对的海东市采风，感受到了海东地区厚重、灿烂的文脉和少数民族风情，回宜后草就文稿，作为附录收入本书。

我自 20 世纪 70 年代末开始触摸照相机，那时我的叔叔有一台海鸥牌的双镜头相机，80 年代末我在宜城镇宣传科工作，开始正式使用一台珠江牌相机。第一次进藏时，首次使用数码相机。

可以说，与摄影有缘，但一直处在"票友"的层次，在编辑本书时，考虑内容的原创性，书中所有图片除少量注明外，全部使用了我自己拍摄的照片。虽然业余，但毕竟是原创。

那么多次走入藏地，我在找什么呢？其实，我并没有刻意去寻找什么，只不过凭直觉的引领，喜欢这样的无拘无束，喜欢在这样的透明空气中放飞灵魂，然而无意中我得到了很多。

对我来说每走一次藏地，都会有新的感受和新的感动，我感觉自己对藏地越陷越深，我从一个旅游者变成一个旅行者。我从阳光灿烂、奇异壮丽的风景走进了历史的、扑朔迷离的"风景"，走进了一个宗教的、哲学的"风景"。我知道，那是一个没有止境的"风景"，也是一条没有止境的"路"。

从第一次进藏地到现在已近 20 年，这近 20 年世界和我们自己都有了很大的变化。我更是由一个意气风发的中年人，步入退休人的行列。而其间的藏地之行，给我的许多关于民族与宗教、自然与历史、生命与艺术及生命与自然的知识和体悟，成为这 20 年中最值得珍藏的记忆之一；同时，这些知识、体悟和记忆，让我重新感受到生命中那种淡泊、清远而又崇高的力量和精神。

甘南建州 60 周年庆典歌舞表演

我将其中四次藏地之行的日志结集出版，无意过多地释放自己的情感独白，或无病呻吟，只是想沿着那些曾经的落满时光碎影的记忆，打通内心与藏地之间的通道，并与有藏地行经历的、没有藏地行经历的人一起分享我的那些体悟与记忆。

在此，我要感谢中国作家协会文学理论批评委员会副主任，江苏省文艺评论家协会主席，江苏省作家协会副主席，中国小说学会副会长，鲁迅文学奖、茅盾文学奖评委汪政先生为我的书题写书名；我也要感谢鲁迅文学奖获得者、西藏自治区文联副主席陈人杰先生，中国作协诗歌委员会副主任、中国诗歌学会副会长、成都市文联名誉主席梁平，青海省作协顾问、省非遗保护专家工作委员会委员井石先生为本书作序。陈人杰先生是浙江人，与我同属江南人，陈先生又长期在西藏工作，对藏地人文有深刻的理解，所以请到陈先生作序是再合适不过了。梁平先生、井石先生是四川、青海本土作家，对当地的人文地理有深刻和独特的研究，因此能请梁平、井石先生作序也是我的荣幸。还要感谢中国书法家协会会员、西泠印社社员陈伯舸先生为我篆刻"素履以往"印章，为拙作增色。

我深知，西藏、青海、四川，这三地的文化丰富与深厚，是我笔力所不能及的。但我仍怀揣敬畏之心，相继请三地文化界的权威为拙作写序，非为"拉虎皮扯大旗"，而是希望通过他们的视角，展现藏地的魅力。此书所记，虽只是冰山一角，但我期望能引领读者踏上那神秘的土地，感受那份厚重的历史与文化。同时，我也希望通过他们的序言，检验我的"日志"是否能够准确传达藏地的神韵。这不仅是对我笔墨的考验，更是对藏地文化的一种敬意。

在我的藏地行中，我还要感谢妻子对我的理解与支持，我知道，只要她有一次反对，就可能没有我这么多次的远行，因为这样的远行，不仅是经济上、时间上的支出，更有健康上、安全上的"支出"；同时我也要感谢我称之为"团长"的洪斌老弟，我的八次藏地行，六次有他同行，还有其他各位进入我"日志"的同伴，我的藏地之行，不仅收获了美景、人文、阅历，更收获了友情。

"藏地日志"结集了，我的藏地行结束了吗？不知道！

青海湖畔

　　藏地之行，有如在翻阅一本厚重、难懂的书，这本书由无尽的高山和草原、冰川和江河湖泊、村庄和人畜、嘛呢石和风马旗，无尽的历史、文化，并由阳光来串联编辑成册；藏地那记录着古拙、宏大、厚重而神秘的自然、人文的书页，你翻过一页还会有一页，每一页都有它不同的内容和不同的意境，也会给人以不同的体悟，你越翻越深远，越会被它的深邃和神秘所诱惑，其实旅行的魅力就如同阅读的过

程，那一页页不同的邂逅，或人，或景，或文化冲突，或始料未及……现在，藏地这册书我读通了吗？我读懂了吗？我想，这册书，或许我才仅仅翻阅了头几页……

《易传·象传上·履》有言："素履之往，独行愿也。幽人贞吉，中不自乱也。眇能视，不足以有明也。跛能履，不足以与行也。"当代 80 后作家七堇年在其《尘曲》中写道："凡心所想，素履以往，生如逆旅，一苇以航。"拾人牙慧，我以"素履以往"作为本书书名，既是对旅行的态度，更表明于耳顺之年对人生的一种态度。

"藏地日志"结集了，我的藏地行结束了吗？……

图书在版编目（CIP）数据

素履以往 : 藏地旅行日志 / 程伟著 . -- 北京 : 北京时代华文书局 , 2024.7
ISBN 978-7-5699-5448-7

Ⅰ . ①素… Ⅱ . ①程… Ⅲ . ①游记－作品集－中国－当代 Ⅳ . ① I267.4

中国国家版本馆 CIP 数据核字 (2024) 第 103391 号

Sulüyiwang：Zangdi Lüxing Rizhi

出 版 人：陈　涛
项目策划：文汇雅聚
责任编辑：李　兵
特约编辑：许　峰
装帧设计：周　丹
责任印制：訾　敬

出版发行：北京时代华文书局 http://www.bjsdsj.com.cn
　　　　　北京市东城区安定门外大街 138 号皇城国际大厦 A 座 8 层
　　　　　邮编：100011　电话：010-64263661　64261528

印　　刷：北京盛通印刷股份有限公司
开　　本：710 mm×1000 mm　1/16　　成品尺寸：160 mm×240 mm
印　　张：30　　　　　　　　　　　　字　　数：312 千字
版　　次：2024 年 7 月第 1 版　　　　印　　次：2024 年 7 月第 1 次印刷
定　　价：89.00 元

版权所有，侵权必究
本书如有印刷、装订等质量问题，本社负责调换，电话：010-64267955。